11个秘密

SHH, IT'S A SECRET

坏蓝眼睛——著

天津出版传媒集团
天津人民出版社

图书在版编目（CIP）数据

11 个秘密 / 坏蓝眼睛著 . -- 天津 : 天津人民出版社 , 2023.7
ISBN 978-7-201-19482-0

Ⅰ . ①1… Ⅱ . ①坏… Ⅲ . ①长篇小说—中国—当代
Ⅳ . ①I247.5

中国国家版本馆 CIP 数据核字（2023）第 096995 号

11 个秘密
11 GE MIMI

出　　版　天津人民出版社
出 版 人　刘　庆
地　　址　天津市和平区西康路 35 号康岳大厦
邮政编码　300051
邮购电话　（022）23332469
电子信箱　reader@tjrmcbs.com

责任编辑　李　羚
策划编辑　施玉环
装帧设计　东合社·安宁

印　　刷　天津雅图印刷有限公司
经　　销　新华书店
开　　本　880 毫米 × 1230 毫米　1/32
印　　张　10
字　　数　278 千字
版次印次　2023 年 7 月第 1 版　2023 年 7 月第 1 次印刷
定　　价　55.00 元

悬崖通常伪装成花团，越安全的表面其实越危险。

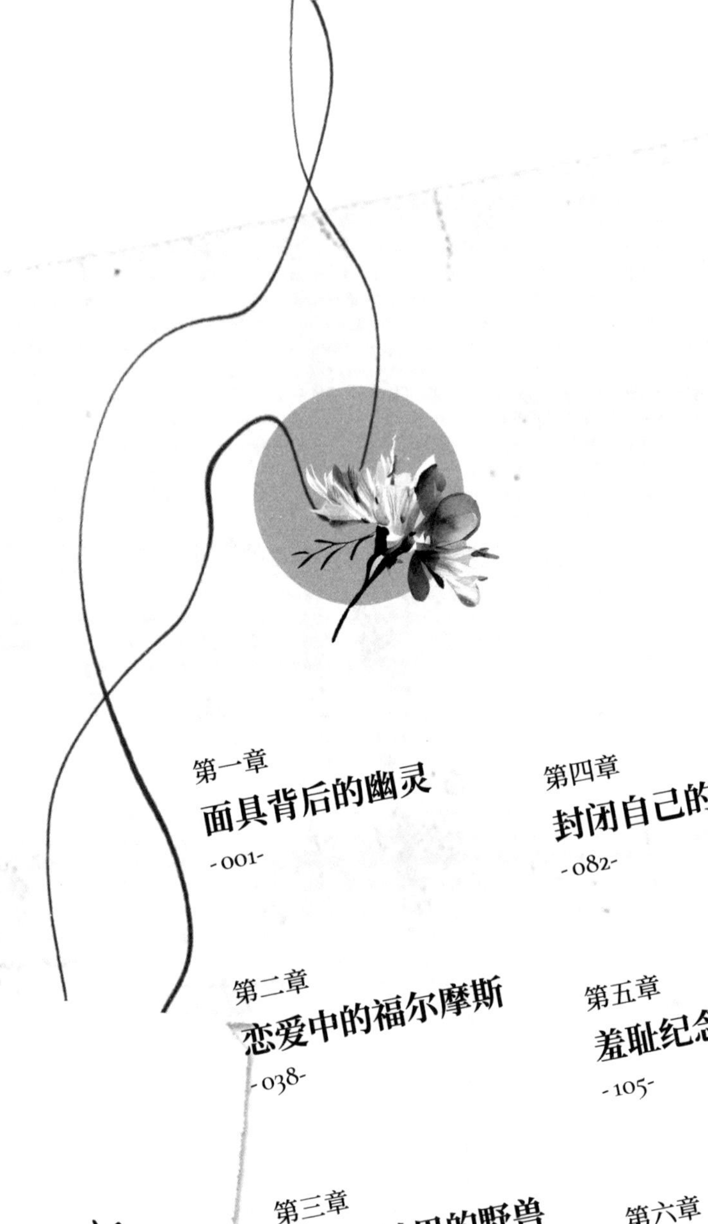

目录

第一章

面具背后的幽灵

倾诉者自述：

“你不了解讨厌一个人的感觉，看她睡醒时张着大嘴讨厌，看到卫生间满地的头发讨厌，看到她嘴唇上堆积的死皮讨厌。”——孔先生

1

一夜爆红——对大多数人来说是做梦都想不到的事。

真要说起来，那天的一切都很反常，反常到一向性格平和、淡定的黎桠竟然在众目睽睽之下跟洛宁大吵一架，然后愤然离去。连吵架的理由都莫名可笑……

十月下旬，天气预报明明显示是艳阳高照，刁顽的秋风却带着冲入寒冬的野心，毫不客气地呼啸而来。大部分人都没防备这突如其来的寒冷，只能瑟瑟发抖地疾驰在街道上，恨不得天降棉被或者立刻遁地回家。只有从不贪恋四季美好、“养生欲”满满的人们穿着厚重棉衣，优哉游哉、从容不迫地应对着寒流，像一炉胀鼓鼓的、塞满料的自信面包。

这样的凛冽寒风中，却有人在广场中央拍婚纱照。一群人举着相机和补光灯追随着不畏严寒的新人，新郎麻木、笨拙、面无表情，跟着孔雀开屏般的新娘摆着各种姿势，新娘俨然把广场当成秀场，在摄影师不辞辛劳的谆谆诱导下，各种搔首弄姿，看得人都结冰了。

市中心的广场每天见证着这座城市最繁华和最热闹的场面，发呆者和赶路人，观光客和办公族，流浪汉和广场舞团……这些明明反差极大的群体，在这里毫不违和地交织在一起，就像夏天与冬天共存，心安理得互不干扰。

像平常的周末下午一样，黎桠和男朋友洛宁刚刚看完一部无聊的电影，正准备在广场上散散步，然后在附近找个餐厅吃晚饭。

一阵邪风吹来，衣着单薄的洛宁打了个哆嗦，抬眼看到了被人群围绕的拍摄现场。当时新娘正扭成S形张开双臂、仰望天空，摄影师跪在地上追捕抓拍着，新郎像个多余的配件在后面趔趔趄趄地跟着配合，却一不小心踩了婚纱，差点摔倒，旁人哄笑。面对这样的情景，新娘却依旧心无旁骛，沉浸在自己的美貌和幸福中，不管是刺骨寒风还是无端嘲笑，似乎都跟她无关。

洛宁看到这一幕，脸上露出了不屑一顾的表情，外加一个嗤之以鼻的冷笑，这个表情令黎桠非常不舒服。

跟洛宁恋爱三年，黎桠第一次觉得他如此陌生，从五官到发型，甚至侧脸的轮廓。

三年，对恋爱的人来说是个奇妙的阶段，已经过了热恋期，但还没来得及倦怠，其中暗藏的波澜却开始伺机翻滚。因为太熟悉，所以两个人之间的话越来越少；因为太熟悉，一举一动都有默契，却不再有那么多惊喜和愉悦，似乎卡在一个微妙的分岔口，看似平稳却暗含危险。

前方跑道已经铺好，要么奔向未来，要么半途惜别，谁也不敢轻举妄动，任凭感情一天天变得越来越怪。到底哪里出了问题，谁都说不上来。

洛宁一回头正好看到黎桠用陌生的眼神注视着他，这眼神令他莫名恐惧。

“怎么这样看着我？”

“你为什么对别人的幸福意见这么大？”

“你从哪里看出来幸福？冻得浑身发抖还强颜欢笑，这就是幸福？”

“也许人家有爱的温暖，体感跟你不一样。”黎桠的语气也不友好，并且有点含沙射影的意思，毫不客气。

“有爱的温暖，人就不知道冷热了？你把爱情说得像个诅咒。”

“你这么鄙夷爱情，或许因为你根本就没爱过我吧？”

“跟我有什么关系？你怎么扯到我们身上来了？”

“你直接回答就好了，你到底还爱我吗？”不知道哪里来的勇气，黎桠浑身充满了斗志，似乎要撕开隔在他们之间的那层神秘薄纱，直抵真相。

没等洛宁回答，黎桠替他说道：“也许从来都没爱过吧。”

“我看你跟那女的一样，病得不轻。”洛宁对突如其来的攻击感到莫名其妙，反唇相讥道，而后似乎觉得还不够，又补了一句，“写作没见你有什么才华，胡乱联想的能力倒是一流丰富。”

黎桠被辩驳到语塞，一句话没说，转身离去。

洛宁没有追上去，而是毫不犹豫地向反方向走去。他一点都不担心，因为他确信过不了几个小时，黎桠就会在某个路口迷路，哪怕心怀再大的怨气，也得打电话向他求助。他没必要真的计较什么，给个台阶也就算了。

就算她赌气的时间久一点，他也会等她气消之后接她回家，这些年相处下来，点菜不用看菜单就知道对方喜欢吃什么，口头禅也了如指掌，连吵架复合的方式都没意外，就像河水里扔进去一块石子，虽然会泛起涟漪，但最终都会沉没湖底，仿佛什么都没发生过。

因为太熟悉，对彼此都有点二皮脸的底气。恋爱中的男女，最不讲究的就是脸面，今天指着鼻子互骂，明天就有可能搂在一起感恩相遇，什么反逻辑的怪事都可能发生。然而这一次有点不同，洛宁想晾一晾黎桠，而黎桠决定让洛宁见鬼去。

改变往往就是一个契机和一个信念，离开广场后漫无目的的黎桠一头扎进地铁站，想着既然要任性，也不必规划路线，走到哪儿算哪儿。当然外面太冷也是一个原因，她下意识地躲到室内。然而，脚还没踏进地铁车厢，就接到了老同学苏霏的电话。

地铁站里的手机信号不太好，苏霏的声音断断续续宛如来自鬼片，听得出来她有十万火急的事。不过苏霏从来都不正常，她的不正常倒成了最正常的事。

黎桠只好离开地铁站返回地面，迎着风听到了苏霏的呼唤。

“十万火急！黎桠，快来救命！”苏霏的声音像是点燃的爆竹一样灌到黎桠的耳朵里。

又是十万火急，不愧是永远保持“十万火急”状态的苏霏，黎桠心想。

大学毕业后，苏霏是黎桠唯一还保持着密切联系的同学。她永远风风火火，对万事都是三分钟热度，一年换一个男朋友，一年换一次、甚至两三次工作。每次失恋或者失业，黎桠都是她完美的负能量消化站。

而苏霏每次开启新恋情，黎桠就再也找不到她，只有在她换了新工作需要迅速开拓资源的时候，黎桠才又重新回归苏霏的世界里。

最恐怖的一次莫过于苏霏入职母婴网站，她强迫三五年内都没有结婚计划的黎桠购买了 VIP 亲子会员，一次性充值两万元，一下让她成为当月销售冠军。黎桠从此以后被迫天天接到各种育儿知识的电子邮件和亲子交流的线下活动邀请，终于下定决心要跟苏霏绝交的时候，苏霏却忽然摇身一变，成了综艺节目编导。

谁都不知道苏霏是用什么方法在各种不相干的领域里轻松谋到工作的，想想可能是因为顽固而持久的热情，和见缝插针、不达目的不罢休的韧性，以及对任何领域都充满好奇的研究精神，总之她有种让人无法抗拒的能量。和谨慎、严肃，常常如一潭死水般平静的黎桠对比，她是火热的另一极。

“十万火急？这次又是什么事？”黎桠略带讽刺地问。

苏霏没有正面回答黎桠的问题，只是强调这次是真的十万火急、救命级别的大事，不容黎桠多问，苏霏直接给她下达命令：半小时后，市电视台门口见。

黎樞原本有一万个理由直接拒绝，却惯性地在挂掉电话后叫了辆出租车，心急火燎地赶往电视台，简直像掐着时间去奔月。坐上车黎樞才反应过来，明明地铁是最快的选择，为什么要在周末的晚高峰坐出租车？

在车流移动的过程里，黎樞反复问自己，我到底在干什么？为什么永远被人摆布，还要赤诚奔赴？

一路上，黎樞做了各种设想，苏霏能有什么急到救命的大事？难道她发生了意外？或者被某个变态狂绑架？还是遇到了某个让她无法呼吸的前任，甚至可能只是发现了一个超级好吃的外卖？

说来也奇怪，这天真的一切都不正常，周末高峰期的城市主干道，却罕见地没有大拥堵，甚至连红灯都没遇到，黎樞一路畅通顺利地抵达了目的地。

2

苏霏早就等在门外，看到黎樞几乎是一个箭步飞来，直接将她拉进了通往演播大厅的电梯。

几周不见，苏霏整个人焕然一新，新发色、新造型，连眼珠都变成了美瞳保护下的彩色，唯一没变的是飞驰的语速以及强势到不容置疑的霸道。

电梯快到顶层的时候，黎樞大概弄明白发生了什么事。

原来苏霏今晚有一档节目要在网络同步直播，本来已经定好的嘉宾临时放节目组鸽子，理由是加了网络直播就要增加出场费，而且还张嘴就开出了天价。直播马上就要开始，预告也都打出去了，没办法改时间，刚刚来到这个节目还没站稳脚跟的苏霏也不敢告诉领导她没搞定嘉宾的事，所以，她心生一计：让黎樞来冒充那个嘉宾。

“救场如救火，真的是十万火急！”

黎桠听完了原委，立刻拒绝了。

苏霏也在第一时间驳回了她的拒绝。

“来不及了亲爱的，要么你救我一命，要么看着我死。”

苏霏以完全不可违抗的理由，拒绝了黎桠的拒绝，又加上了一句强有力的安抚：“你可不能眼睁睁看着我死，我们是最好的朋友。”

就这样，黎桠在毫无准备的情况下，被强行推进了直播间。

苏霏递给黎桠一叠播出流程稿，再一次以不可违抗的语气说：“相信我，你没问题。”然后就消失了。

黎桠看了一眼流程稿上节目的名字，差点晕过去。

《危情现场》——一档专门解决家庭纠纷、恋爱烦恼、婚姻危机、人际关系等问题的家喻户晓的情感调解电视节目。印象里就是各位求助者戴着面具在电视上撕心裂肺地倾诉，台上端坐着几个心理专家苦口婆心地劝解，最终问题解决，大家相拥而泣，大团圆谢幕。前几年这档节目火爆到什么程度？有人要打官司闹离婚，有邻里不和吵架，旁人都会劝他们上《危情现场》试试。

这些年大家看电视的频率已经在降低，很少听到这节目的动静了，没想到它还屹立不倒，更没想到苏霏成了节目编导，最没想到的是自己居然成为冒名顶替的“嘉宾”。

黎桠忍不住笑了起来，真是魔幻的一天。这一切本该当个有趣的话题跟洛宁聊聊，但想起广场上那张刻薄而陌生的脸，黎桠顿时兴致全无。

节目流程单真是事无巨细，从主持人开场词，到专家团介绍，再到当事人出场，每一个单元如何进展，何时进片花，何时插播广告，专家何时进行点评，观众何时发言，都写得非常详细，时间节点卡得清清楚楚。黎桠也是今天才知道原来电视节目也有剧本，也许这世界根本没什么是意外。

苏霏边讲电话边跑进来，脸色发青，这架势简直急得快要升天。

“不，不行，怎么可能，四季老师，我去哪里临时抓人？不……您听我说……”

很显然，这世界上还是有不受苏霏控制的人，不管她如何威逼利诱，对方执意结束了对话。

“完了完了，又一个嘉宾放了我们鸽子，黎桠，我今晚看来是真的死定了。”虽然这么说，苏霏却表现出了完全不打算跟命运低头的架势，立刻拨打了另一个人的电话，三言两语，就找来了第二个替补。

“白沧海，你真够意思，赶紧出发，我去门口接你。”苏霏激动地说完，哼着胜利的小调儿，下去接人了。

看到又有难友拔刀相助，黎桠倒也不觉得委屈了，只是感慨苏霏胆子太大，节目马上开播，她竟然临时换了两个嘉宾。

反正戴着面具演戏，谁也不认识谁，没必要那么紧张了，黎桠拿着流程单，一边安慰自己，一边寻找可能会扮演的当事人的名单。

今晚有四组求助人，分别带着各自的烦恼，寻求帮助。

求助人 1：张阿姨，48 岁，控诉丈夫不回家，对自己不关心，天天刷抖音。

求助人 2：李小丘，17 岁，玩游戏的时候爱上了一个女生，虽然给她送了很多游戏币，对方却怎么都不愿意跟他见面。

求助人 3：蝴蝶，26 岁，男朋友总是问她借钱，还用她的身份证网贷 1 万元，现在失踪。

求助人 4：孔先生，45 岁，神经衰弱，总有厌世、悲观的感觉，对什么都提不起兴趣。

看来，自己最有可能冒充的就是被男朋友骗了钱的蝴蝶，黎桠翻到了蝴蝶的故事，想重点研究一下细节。

苏霏冲了进来，松了口气：“总算都搞定了。幸好你今天化了妆。”

“化妆？戴面具还需要化妆？”

“谁说要戴面具的？”

“我不是冒充这个蝴蝶吗？”

“亲爱的，你不是蝴蝶，你是专家。”

“什么？”

“对，专家团的‘财迷女士’陆羽的替补——恋爱顾问。”

“你在开玩笑吧？”黎桠听到自己声音都颤抖了，这件事已经离谱到她无法接受的程度了，“不行，这太荒诞了，我不能陪你胡闹。”

“大姐，你怎么也要落井下石，不是答应帮我的吗？”

“说好了顶替一个嘉宾，怎么成了……顾问？我怎么可能去冒充恋爱顾问？这太可怕了。”

“当事人是嘉宾，专家也是嘉宾，没差别，这就是一场戏，身份角色不同，按照台词走就行了，你看，播出稿里嘉宾的观点写得清清楚楚，你照着念就行，没人会真的注意你说什么。”

“不行，我真的不行。我自己的恋爱都没谈好，怎么可能成为恋爱顾问？”

“品酒师也不是个个都会酿酒，营养师也未必都是好厨子，你才思敏锐又会写作，完全可以胜任。”

“洛宁说了，我写作没什么才华，至于才思敏捷，也更像讽刺。”

“洛宁懂什么，他的评价没任何意义。黎桠，这件事没有你想的那么复杂，想想看，这几年你帮我分析了多少感情问题，辨别了多少‘渣男’，我每次能顺利走出失恋阴影不都是你的功劳吗？你绝对有这个能力，否则我不会找你。”

“平时随便说话跟上节目给人建议能一样吗？我没有任何专业资质，万一搞砸了怎么办？那才是真的害你。”

“现在谁喜欢听那种一本正经的话？当下追求的是热度、流量，电视台都要求同步直播博关注度了，你就放心吧，我说你行就肯定行，不行算我的。你自己先准备准备，其他专家都到了，我得去接人了，宝贝，自信点，你就是恋爱专家，情感导师，我的救命天使！放轻松……”苏霏的手机果然在响，她跟黎桠做了一个胜利的手势，接起电话并飞速

离开。

果然一切都是不正常的，周末的妖风，莫名的吵架，她成了“专家”。

事已至此，也只能硬着头皮上阵，反正苏霏说了，不行算她的——就让她为自己的自信埋单吧。

无奈的黎桠开始接受现实，从头到尾研究每一个案例，看着看着，竟然入迷了。尤其是孔先生的故事，他和妻子是青梅竹马，共同生活了近 30 年，是令外人羡慕的恩爱夫妻。但如今孔先生却宣称自己饱受婚姻生活折磨，不仅毫无生活乐趣，而且总想离家出走。

细节确实再琐碎不过，妻子有严重的强迫症，牙刷不能摆错位置，洗完碗筷必须要放回原处，睡觉不许翻身、不许打呼噜，充电器的线不能缠在一起，袜子不能乱放，手纸要沿着虚线撕，快递包裹的外包装不能带进屋内……总之，他必须要小心翼翼不踩到她设定的各种雷区，否则就会引起一场场争执。不仅如此，他还指出妻子喜欢攀比，爱搬弄是非，乱花钱没节制，总挑剔他无能，对女儿的生活和学习更是从不关心，每天的生活内容是网购和聊天，和这样的人生活在一起，孔先生觉得自己犹如在地狱。

正看得入迷，苏霏带着其他的专家陆续走了进来，打断了黎桠的研究。

第一个出现的专家大概 40 岁，也许更老，衣冠楚楚，温文尔雅，戴着眼镜，凸肚谢顶，鞋子有点脏，一脸社交性质的微笑，眼神里却带着警觉和漠然，是看似随和却不易相处的类型。

看到黎桠，他有点惊讶，问：“换人了？”

苏霏赶紧介绍了一下，说：“陆羽老师今天临时有事来不了，这位是情感博主黎桠。”

情感博主……黎桠不禁哑然失笑，亏苏霏想得出来。不过这个定位也准确，没有作品，最多就是个情感博主。

“黎桠老师，这位是我们节目的郑洲老师，著名的心理咨询师。”

郑洲显然对“情感博主”四个字比较敏感，礼貌性地笑了笑，这笑容里带着咖位不对等的尴尬。客气完了，“资深专家”拿着流程单闪到一边去了，似乎要跟不知名的新人博主划清界限。

第二个走进来的是一位女士，人还没进来，隆重的脚步声伴随着共鸣很强的低沉嗓音先传进来了。

“我告诉你，今天说什么也不能延时，我的出场费是按分钟算的，现在多了网络直播，却不加钱，这算是变相降价。这些小事我也不太愿意计较，跟你们节目合作好几年，也算给足面子了，但不能每次都这样。”说着，走进来一个高大健壮、威风凛凛的中年女士，一身裁剪得体的装扮，头发梳得一丝不苟，武装到细节的精致时刻在宣告着自己的权威，跟在身后的苏霏像个受气包一样各种点头哈腰，黎桠第一次看到苏霏的气势在另一团强势火苗的炙烤下微弱如游丝。

“您放心，罗非老师，我们今晚是网络同步直播，不可能拖延时间，我向您保证。”

罗非冷着脸，诸多不满。一抬头看到了黎桠，愕然：“我走错化妆间了？”

又一转眼看到了郑洲，郑洲瞬间起身，两人很熟稔地打招呼，罗非的眼神最后又落到黎桠身上。

“陆羽没来吗？”罗非一下子就意识到了问题的关键。

苏霏说：“陆羽老师今晚不来了，这是黎桠老师。”

郑洲在旁边用有点幸灾乐祸的口吻说：“不光陆羽没来，连赵四季都没来。”

“是吗？”罗非更加意外了，“这算是集体罢工？”

“听说是对费用不满。”郑洲低语。

“所以临时请来替补？”罗非有种哑然失笑的讶异。

郑洲点了点头：“情感博主……”两人交换了一个阴阳怪气的笑。

“那今晚有好戏看了。”

还没等这两人说完悄悄话，门口冲进来一个白皙高大的年轻人，他的出现简直像一道阳光，不容分说地照亮了原本有点逼仄阴暗的空间。

“提前十分钟报到！”

“白沧海？你怎么自己进来了？”苏霏一下子就冲了上去，非常热情亲昵地看着他，“你是怎么进来的，门口保安没拦你吗？”

白沧海笑了笑说：“我说我是来参与节目录制的，十万火急，于是他让我登了记就上来了。”

“你太棒了，简直就是我的大救星。”

苏霏露出了花痴一样的星星眼神，感恩并崇拜地看着白沧海，夸张到白沧海都有点不好意思了。

3

录制马上就要开始，苏霏简单地跟专家团对了一下流程，郑洲和罗非显然熟门熟路，对几个案例进行了简短的分析和讨论，基本上跟稿子里写的没太大差别。黎桠的紧张感开始慢慢升起来，一种未知的、莫名的恐慌席卷了她全身，此时她大脑一片空白，唯一记得的就是十分钟后录制开始。她是节目里的“恋爱顾问”，然而，她根本不知道自己要说什么，应该怎么说，会不会说错话。

同样也是来救场的白沧海就不一样了，他看起来轻松惬意，就像准备参加一场娱乐性质的球赛一样状态满满、信心十足，目光所及之处，似乎所有的沉沉死气都被他消散。跟黎桠对视时，他还给了她一个“鼓励”意味的友好的微笑，黎桠被这个微笑打动了，心中想，这个人的牙齿真白。

直播准时开始，现场导演开始倒数，耀眼灯光下，四位专家依次登场，观众掌声如雷，黎桠的情绪也被调动起来了，简直像来到了某个盛大的颁奖典礼般激动，找到了一种“万众瞩目”的感觉。

专家入座之后，主持人登场，陆续介绍了专家们的身份：郑洲，著名心理咨询师；罗非，著名两性关系专家；黎桠，情感博主、恋爱顾问；白沧海，耶鲁大学心理学博士后，情绪问题专家。

白沧海的简历把黎椏吓了一跳，这样一个阳光大男孩却拥有如此惊人的头衔。

因为今天是第一次网络同步直播，大家都显得格外重视，尤其是主持人，看得出来她也很紧张，因此出现了几次微小的口误，不过她已经面不改色地及时纠正了过来。

原来没有天生的无懈可击，大家也许都怀揣着不为人知的情绪假装镇定，就像此刻的黎椏。

节目在主持人的推进下有条不紊地进行着，四个当事人都戴着面具，按照原定顺序出场，带着自己的故事来寻求帮助。

黎椏努力地集中注意力去倾听，却总忍不住走神，前几天看过一本关于冥想的书，作者提到“专注力”的问题。集中精力这件事看似容易，其实是非常难做到的，要想控制思想，就要跟体内的灵魂作斗争，战胜了它，才能够让意识服从身体。此时此刻，黎椏启动强大的意志力来阻止思想神游，但可惜力气微弱，她始终胡思乱想，惴惴如坐针毡。

第一位求助人张阿姨上场就开始哭，一直在倾诉老公对自己的忽视，虽然戴着面具看不到面容，但从暴露在外面的身形和衣着来看，张阿姨是个早早就跟生活妥协的人。肥胖变形的身材，包裹在材质廉价的衣料中；脚踩一双至少穿了五年以上、磨损过度的鞋子；头发发尾枯黄分叉、毫无光泽，似乎在宣告着某种凄凉。她的声音粗而嘶哑，语调里带着愤恨和抱怨。

郑洲语重心长地劝她想开一些，人到中年，要学会对生活妥协，笑对人生才是智慧的体现。

罗非则批评张阿姨过多关注丈夫，应该关注自身，当自己有了天地，谁还在乎别人的关注？丧失自我等于被动，被动就是失败。罗非的发言铿锵有力，有着很强的号召力，似乎永远不容置疑，张阿姨在罗非的鼓动下，似乎被点燃了信心，她愿意调整自己，可是怎么关注自我罗非没说。张阿姨想多问罗非几句，但罗非发言完毕后就保持沉默，多一句都不肯说了。

白沧海果然是学术派，他从“情绪渴望”入手，分析人类情感的内在需求以及成因，讲得有点高深，张阿姨显然听不懂，观众席里有人打哈欠，负责直播操作的编导也在托腮玩手机。

轮到黎椏发言的时候，黎椏觉得自己没什么特殊观点，简短地说了几句无关痛痒的话，张阿姨点头，观众们面无表情，她感受到自己的“平庸”以及来自旁边“劲敌”罗非的不满。

就像苏霏说的一样，没人真的在意她说什么或者不说什么，只要按照流程、照着台本去表演，张阿姨的苦恼到底解决没有，也许根本不重要。

张阿姨离开的时候，脚步有点沉重，很显然她还想再多问几句，但属于她的时间已经到了，专家们也都给了她专业的建议，她没有再停留的理由。可是离开这个舞台，回到她惯常的生活中去，一切都不会改变。除了在场上被当作研究对象去分析和批判，她能得到什么？不知道她来参加节目的时候鼓起了多大的勇气，心怀多大的期待，然而，结局只是在规定的时间内展示完毕自己的痛苦，然后走人。

张阿姨离开后，黎椏竟然陷入自己没能给予她真正的帮助而产生的沮丧懊恼中。

第二、第三位当事人的求助几乎没什么悬念，一个是被爱情冲昏头脑、各种扔钱的傻小子，一个是遇人不淑、恋爱遇到了“渣男”的女白领，除了劝告他们迷途知返，及时止损和报警，确实没什么可说的。

本以为节目会平庸地结束，却没想到当第四位当事人登场的时候，气氛忽然变了。

面具背后，是一个瘦削挺拔的中年人，虽然没有露出脸，黎椏却能感受到他周身散发出来的诡异感。他脚步很轻很慢，略带一点点节奏，衣着简单却极有特色，走上来的时候，灯光打在头顶，犹如一圈神圣的光环，有种神秘的气场，类似电影里的反派首领或者住在幽闭城堡里终年不见阳光的吸血鬼伯爵。

如同惯例，主持人先把孔先生的故事和诉求讲了一下，几个专家就轮流按照台本上的设计开始“劝导”。跟其他几个当事人不同的是，孔先生在整个过程中一直保持着一种奇怪的沉默。他不表态，没有认可也不反驳，就像置身事外的观众一样去聆听那些“教诲”。他身体僵硬，没有任何肢体语言，在面具的遮蔽下，黎桠甚至感觉他连表情都没有。

罗非和郑洲的发言完毕，白沧海又开始阐述一些情绪危机的分析和救助建议，尽管他是临时被抓来救场的，台本上没有他的台词，但只依靠临场发挥，就能有这么出色的表现，看得出来他是个非常优秀的专业人士，四个案例有不同的深层次分析，虽然大部分人听不懂他的话，但这种专业和认真却令人尊重。

轮到黎桠发言的时候，主持人有点例行公事地敷衍，基于前面她的发言可有可无，也没人会期待她有什么意外表现，然而谁也想不到，意外就这么发生了。

戴着面具的孔先生，从披着神秘光环上场后，一直静坐如僵尸，到节目快要结束的此刻，他却忽然“复活”了。

“主持人。”孔先生挥着手臂示意自己要说话。

主持人低头看了一眼手卡，立刻意识到有状况发生，她小心翼翼地问：“孔先生，您是有话要说吗？”

孔先生语气平静，却饱含挑衅地说：“我觉得，你们说的都是废话。”

孔先生的话音未落，全场惊讶，观众席哗然。

在导播室监控现场的工作人员立刻看向身后的制片人，苏霏和另一个编导也跟着紧张起来。

制片人眉头紧皱却没有下达命令，大家都在屏息凝视，不知道接下来会有什么意外发生。

先前一直安静的弹幕却兴奋了，很多留言蹦了出来。

——真爷们儿，说得太对了，专家们说的都是什么废话。

——这无聊的节目，早该停播了。

——这人怎么这样说话，不懂尊重人，来砸场子的吧？

…………

负责监控网络直播的工作人员立刻用耳返跟编导联系，询问需不需要暂停直播，得到的回答是不用。

主持人显然被这个意外给吓到了，有点不知所措，导播间里的编导跟她下达了命令：稳定嘉宾情绪，继续访问，一切问题后台都有控制。

于是主持人只能硬着头皮、小心翼翼地问："孔先生，您是具体对哪位专家的调解不满意呢？"

"哪个都不满意。"

孔先生的话说完，现场观众都看向专家席，罗非和郑洲岿然不动，白沧海显然缺乏经验，有点紧张，黎極则一直看着孔先生，表情严肃。

主持人试图去打圆场，说："孔先生，我们请来的每位专家都想帮助您解决苦恼，从不同的角度来分析问题，您有什么不同的意见也可以跟专家们进行现场交流，我们节目的宗旨就是要帮助大家排忧解难……"

"但是你们能解决得了什么问题？"还没等主持人说完，孔先生再一次粗暴地打断了她。

场下再一次哗然，很多人在窃窃私语，没人知道接下来会发生什么事。

孔先生的语气越发嚣张起来，他说："郑老师说'夫妻一路走来不容易，应该互相体谅'。好笑，成为夫妻，就要互相体谅？我体谅她，谁体谅我？为什么遇到问题要体谅，而不是反抗？被生活欺负了，却只能听从顺服，这就是正确的人生吗？"

弹幕上的网友疯狂地为孔先生叫好，观众席爆发出大笑。郑洲被孔先生的话气得满脸通红，却不得不为了维持风度而正襟危坐。

“罗非老师更可笑，你认为女性在婚姻中都是弱势角色？你是活在什么年代的人啊？”

罗非可不是郑洲，她不容许别人对自己的权威进行挑战，于是反驳道：“我的数据来自最新的妇女儿童权益调查，现在中国75%的女性在婚姻家庭中的地位低下，在琐事中备受苛责，这是不争的事实。”

孔先生说：“你只关注所谓的数据，到底有没有听我在说什么，现在是我在婚姻中被压迫、欺负、挑剔，快成神经病了，你还拿着什么报告来分析我的问题？你有关注过男性在婚姻中的真实地位和痛苦吗？”

孔先生丝毫没有被罗非的气势碾压，反而再一次发出了不客气地质问，全场观众都被这突如其来的、充满戏剧性的冲突刺激到，网络点击率更是激增暴涨，满屏的弹幕多到看不清楚。

编导们紧张到浑身发抖，制片人却罕见的平静，他不但没有阻止突发情况，反而露出了神秘莫测的表情，在他的沉默下，一切不正常都被允许，节目正在以无法预测的态势进行着。

孔先生继续着他肆无忌惮的炮轰：“还有你，耶鲁博士是吧？我承认你说得很专业、很高深，但是我不想知道我自己的问题，我只想知道我该怎么办。”

白沧海面对孔先生的指责，丝毫没有不开心，反而很谦虚地说：“孔先生，很抱歉我的分析没能令您满意，但我觉得了解自身，对于解决烦恼的根源是有帮助的。”

也不知道哪里来的勇气，黎椏忽然开口说道：“孔先生，从来都是您指责别人吗？”

黎椏说完，孔先生愣了一下，矛头立刻转向了她。

“什么意思？”

“字面意思，”黎椏不卑不亢，毫不客气，先前所有的紧张感荡然无存，“从您的案例到您刚才的不满，您似乎永远在指责别人。”

孔先生脸上的面具动了动，却没说话。

“生活中受妻子压迫，她处处挑剔，她有强迫症，她令人讨厌——都是她的问题，您是否做得足够好？”

“……”

“当我们被指责，首先要检讨自己是否真的没做好，而不是直接去谴责他人，并冠上如此深的恶意。”

“……”

“一边逃避着自己的问题，一边怨天尤人，觉得别人都在针对你，还给自己披上了抑郁作为盔甲，成为无懈可击的受害者。时间久了，连自己都相信了，都是别人的错。被害妄想、顾影自怜，越发觉得自己受了委屈。”

黎椏说完，观众席就有人悄悄地点头，尤其是一些中年女性。

弹幕风格又开始变了，从最开始为孔先生的“叛逆”加油的“反权威派”，到现在支持黎椏的一些“正义之士”，弹幕两极分化，开始激烈讨论。

——专家说的对，这种人就是自私，从不反思自己！

——专家牛啊！

——孔先生说话啊，怎么了，战斗啊勇士！

——这个专家好年轻，她说到点子上了，孔先生被戳痛了。

——还是支持孔先生。

——很多男人都这样，泡妞的时候嘴上抹了蜜，一旦结婚就各种嫌弃，“渣男”！

…………

“你带着求助的目的而来，却拒绝听取任何建议，因为你早就知道问题所在。”

孔先生似乎想反驳什么，喉结动了动，却什么都没说。

黎椏继续说：“其实你的问题很好解决，反省自己的生活习惯是否过于邋遢，反问自己遇到问题有没有积极面对，反思自己的生活态度是否乐观向上。你下一次反对妻子的时候想想初心和目的，到底出问题的是别人还是你自己。”

黎榧一席话竟然说得孔先生哑口无言，观众们都激动地鼓起掌来。连主持人都忍不住向黎榧露出了赞赏的笑脸。郑洲和罗非对视，脸色都十分难看。

节目已经接近尾声，一切又按照流程开始走，主持人职业性地进行着总结，弹幕爆炸到操作人员盯着监视屏上滚动的留言笑到抽筋，全场观众也为黎榧的发言而议论纷纷，苏霏得到了消息：今晚节目的收视率，突破了近三年的最高峰。老牌节目第一次网络同步直播，竟然被送上了热搜。

制片人脸上神秘莫测的表情，终于明朗成“运筹帷幄”的微笑。

节目结束后，苏霏跑来拥抱黎榧，终于放松下来的黎榧用充满歉意的语气说：“对不起啊，没按照台本走。”

“傻瓜，你太棒了！你知道吗？这期爆了！”

“爆了？”黎榧还没意识到刚才那一段勇敢的对峙带来了多大的反响，整个人都有种没从节目状态中走出来的后知后觉。

一转头，一位瘦小的女人怯生生地拿着手机问：“黎榧老师，能加个微信吗？我有感情问题想请教您……”

旁边几个观众听到，也都跟着围了过来，都向黎榧举起了手机。

“黎榧老师，能拍个合影吗？”几个女生笑嘻嘻地跑来，举起手机比画着手势自拍。

有个导播女孩跑来说：“黎榧老师，电视台的热线求助电话打爆了，都要您的联系方式……您看是发您工作室的电话还是私人邮箱？”

黎榧愕然了。工作室？她哪里来的工作室？

“黎榧老师，您的咨询费怎么收，我有个朋友，刚才看了您的发言，想跟您预约咨询。”

咨询费又是什么？

黎榧被这一波狂热的粉丝给吓到，她求助般地看着苏霏，苏霏对她使了个眼色，拍拍肩低语："姐们儿，你火了！"

苏霏刚说完就被另一个编导叫走了，一副十万火急的样子，迅速消失。

火了？黎椏还没从节目录制的紧张氛围中走出来，一切都太不真实了。舞台上的灯光灭了，嘉宾们纷纷离场，偌大的一个场地，刚才发生了无数精彩传奇的舞台，此刻在湮灭的光线中成为黯然的墓地。

直到走出直播间，投入无边的夜色中，黎椏还觉得恍若梦一场。

黄粱饭熟了，该回到现实里来了。

4

离开电视台的时候，黎椏并不想马上回家。

夜晚的城市很热闹，弥漫着灯火通明带来的愉悦感，虽然风还是有点大，却不阻碍大家在街上闲逛的热情。毕竟忙碌的一天过去了，夜晚给了人们放松的借口，人们也需要暮色隐藏伤口。

黎椏发现自己的手机通知栏异常干净，没有未接电话，没有未读消息，连个广告信息都没有。

距离自己下午和洛宁吵架后的负气离开，已经过去了四五个小时，这么长时间，洛宁没有联系她一次。这期间她可能迷路，可能遇害，可能出了车祸，可能遇到了绑架，甚至可能迷失在四维空间，被外星人掳走……一切的可能性，他都不在乎，仅仅因为自己批评他对于别人的幸福十分刻薄，又或者是因为追问了他到底爱不爱自己。总之，任何一个借口，都不足以说服她理解，洛宁的冷漠是理所当然的。

她应该先低头吗？毕竟是她挑起的事端。可是，这算事端吗？三年了，两人的感情隐隐约约显示出了不正常，但自己却找不到问题到底在哪里。洛宁拒绝沟通，她又不敢捅破窗户纸，今天，自己终于鼓起勇气直面问题，结局是"冷战"，对此，她倒是不意外。

感情的确是出了问题，黎椏再也不能假装太平，视而不见了。但如果不低头，自己继续应战下去，又该如何收场？是从此不再联系还是……直接宣布分手？

黎桠沿着电视台门口方向未知的路，漫无目的地走着。她的脑海中思绪万千，竟不知该何去何从，干脆停下来发个呆再说吧。黎桠一低头，看到脚边有个影子晃了一下，接着就隐到黑暗中，和一大片阴影混为一团。

她立刻抬头看四周，却发现并没有什么人，自己是眼花了还是幻觉？虽然已经确认过四下无人，一种莫名的恐慌感还是弥漫了全身。

黎桠意识到自己此时身处一条行人稀疏的街道，是每个繁华街道背后都可能会有的阴森冷巷，她的脑海里立刻浮现出各种发生在寒夜里的凶杀案现场，自己还很应景地穿了一件惨烈凶案受害者标配的红色风衣。

各种心理暗示下，害怕被夸张到了极致，黎桠禁不住快步行走起来，想赶紧离开这条阴暗小巷，回归灯火通明中去。走了几步，她猛然回头看，却发现背后空无一人，连一盏灯都没有，安静到骇人。黎桠的恐惧感登时升级，从对连环杀手的惧怕上升为对神秘事物的惊惧，她的双腿似乎灌了铅，甚至有些行走困难，她的呼吸也跟着急促起来，肾上腺素飙升到失控。

就在黎桠被莫名的恐惧感吓到几近失常，一个声音，宛如回声，从不远不近的方向传来——“黎桠老师，晚上好。”

黎桠被这突如其来的问候吓得魂飞魄散，定睛一看，一个瘦高、苍白的中年男人从阴影里闪出，一半身子在光亮中，一半身子在黑暗内。宛如一只阴阳猫，正幽幽地注视着她。

是他。

这身搭配奇特的衣服，这熟悉的声线，这无声无息地脚步，这幽灵一般的眼神，台上的他面孔隐藏在面具背后，此刻摘了面具的这张脸居然完美地跟上述的一切融合在一起，丝毫不觉得突兀。不用确认，不会有错。

“是你。”黎桠压制住巨大的恐惧，尽量平静地说。

“您认出我了。”孔先生用一种陈述的语气，略带戏谑地说。

孔先生的突然出现让黎桠紧张不已，为什么会在距离电视台两三千米外的僻静街道见到他——难道这人是在跟踪自己?

这个设想让黎桠更加恐慌，此人从上场就带着一种危险的气息，给人他不定期就会爆炸的预感。她不知道刚才自己的发言是否冒犯了他，虽然只是节目中，她无意针对他，但毕竟是对峙场面，对于他内心的反应，她没任何把握。

不至于，不要吓唬自己，黎桠安慰着自己，也许只是碰巧遇到。

“你怎么会在这里？”黎桠尽量平静地问，声音却不可控制地有些微颤。

“这个问题问得好，我怎么会在这里……也许是因为知道会遇到你?”

“孔先生，我不明白您的话。”

“黎桠老师，你怎么脸色发白，你不会以为我特意在这里等你吧?”

“……”被人看穿心事的黎桠此时非常尴尬。

“那你可误会了，我就住附近，刚才从电视台出来，想散散步，没想到你也在这里……黎桠老师，你来这里做什么？”

黎桠倒是被他给问住了，只能随便说个理由：“我……也是想散散步。”

“这么巧。”孔先生笑了，他似乎习惯面无表情，所以笑容有些僵硬。

黎桠分辨不出孔先生话语的真假。

“刚才我反省自己，确实，我是个只能看到别人毛病的人。”

“孔先生，我不是这意思……”

“不，你说得很好，逃避责任，塑造完美人格，将所有不如意都归咎到别人头上，还披上抑郁的外衣，仿佛全世界都亏欠我。这些你都是怎么知道的呢？”孔先生说着，探过身子靠近了黎桠一些。黎桠吓得后退几步，下意识地抓紧了口袋里的手机，想随时启动报警键，或者求助……不过，她应该向谁求助？父母？苏霏？还是洛宁？

“如果人人都能被黎桠老师这样锐利如手术刀般的见解剖开内在，找出问题的根源，可能会减少很多的苦恼。是不是？”

“有点晚了，我该回家了……”黎桠想结束对话，赶紧离开这不舒服的对话环境。

“黎桠老师，我们能再聊几句吗？”

“该说的不是都说了吗？我真的该回家了。”

“你不是想散散步？你看，这么美的月亮，我陪你走走。如果走累了，请你喝杯咖啡也可以，前面红绿灯路口左转，有一家不错的咖啡厅，24小时营业，还有酒。”孔先生看来没说谎，他确实对这附近环境非常熟悉。

“不，你有什么话就在这里说吧，”黎桠说，“请尽量简短，我有点累了。”

孔先生点了点头，似乎在斟字酌句，语速也变得更加缓慢。

“问题在于我，她没那么差，俗不可耐不是毛病，粗鄙无知也没什么大不了。甚至用普通人的眼光去看，她还挺不错的，三观挺正，积极向上，还贤惠安分。我对她的挑剔，完全没有道理，什么中年危机、情绪黑洞、思想偏颇，都是借口。”

黎桠听着孔先生的话，他的叙述平稳而随和，听不出任何情绪，却又不知道他到底要表达什么。

“为什么告诉我这些？”

“你有权利知道真相。”

“……”

“事实上，是我一直在逃避问题，逃避了多年，是你今天把它翻出来了，就像挖出了深埋在雪地里的一包金子。你说得太对，披着抑郁的外衣，心安理得地责备别人，最终连自己都信以为真。哈哈，黎桠老师，你多少岁，方便透露吗？”

“这跟年龄有什么关系？”

“我觉得你很神秘，节目的专家名单并没有你的名字，网上也没查到你的相关资料，你却一眼看出了我的破绽。你是从哪里来？为什么而来？”孔先生一边说着，一边将身子又靠近了一些，黎桠吓得后退了几步，几乎靠在墙上。

正在黎桠想着如何模糊自己的出现以及如何摆脱这可怕的局面时，孔先生却并没期待她的回答，而是自顾自地继续讲起了自己的故事。

“你不了解讨厌一个人的感觉，看她睡醒时张着大嘴讨厌，看到卫生间满地的头发讨厌，看到她嘴唇上堆积的死皮讨厌。不夸张地说，在隔壁屋子里听到她说话，我都觉得愤怒，她不该反省吗？”

“孔先生，我不理解，如果你真的那么讨厌她，无法忍受，为什么不直接离开？”

“离开？什么叫离开？她只要存在于世界上，对我来说就是一种打扰。”

“你对她的怨恨，她知道吗？”

“她能知道什么？！”孔先生忽然暴躁起来，原本平静的面目陡然间拧在一起，衬着夜色，显示出了狰狞，“她平庸至极，俗不可耐，她没有理想，更不懂生活，她存在，就提醒着我残缺，她是我通向完美世界的阻碍！”

黎桠此刻倒是不害怕了，她倒吸一口气，深深地吐出来，看着狂躁状态的孔先生，良久才出声问道：“什么是完美世界？”

孔先生想了想，没回答。

世界忽然像暂停了一样死寂、静默。

黎桠看了看表，确实是应该回家的时间了，孔先生看到了黎桠的动作，似乎一下子从虚构世界里清醒过来，恢复了“正常”，他说：“我送你回家。”

“不用了，我自己叫车。”

“好。我陪你等车。”

黎桠打开叫车软件，却发现这个世界除了这条小巷一切都还是那么正常，周末的夜晚，市区的主干道附近，叫车预约排队32人，大约等待35分钟，可怕的煎熬。

孔先生说："黎椏老师，能留个联系方式吗？"

黎椏没表态，当然是不愿意，不但不愿意再联络，甚至不想再见。关于"恋爱顾问"这件荒唐事也该随着今天的结束而彻底结束，她再也不想冒充任何人，从而进入一个完全意外的环境中。

孔先生看得出黎椏的意思，也没强求："我没有其他的意思，但今天你让我觉得，我确实需要帮助，每天24个小时中我有20个小时都想离婚，其他4个小时，我希望她消失。我需要帮助，需要有个出口去排解这些邪恶的念头……"

"如果她真的消失了，你会得到心灵上的平静？凡是妻子离奇失踪的，许多都和丈夫有关，这几乎成为路人皆知的真理和定律，你不怕背负嫌疑人的罪名？"

孔先生露出一种"见多识广"的蔑视和傲慢，他低声说："我可没说我要亲自动手……

黎椏感觉身后一阵凉风吹过，浑身的鸡皮疙瘩都冒了出来。

"你说的很对，法律是公平的，罪行也是无法掩盖的。可是事实上，大部分罪恶都安全地躲在阳光下招摇过市，只有小部分的倒霉蛋被识破、被拘捕、被消灭，失去了自由和平静，不是吗？"孔先生说，"我现在站在你面前，你以为我是个被生活折磨得走投无路的可怜虫，可极有可能我会成为加害者，不是吗？"

黎椏再次被吓到四肢冰凉，浑身冷汗。

"你有没有想过，我戴着面具，跑到众人面前控诉，也许只是欲盖弥彰。"

"什么意思？"

"任何事物都有很多可能性，也许是为了逃避责任，变了心也有可能。"

"变心？"

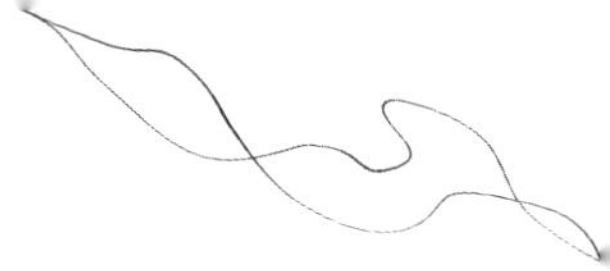

“也许爱上了别人，才看眼前的一切不顺眼。”

“你爱上了谁？”

“任何人都有可能，邻居老张的老婆，公司里刚来的同事，同学聚会上偶遇的初恋……还有另一种可能性。”

“……”

“也许我是个凶手，我隐姓埋名多年，过着另一种人生，却时不时跟警察捉迷藏，上节目只是一种挑衅的方式……”

“孔先生！”黎桠面露惊恐。

“你相信了？哈哈哈，开个玩笑，黎桠老师，我喜欢你的纯真，年轻人身上特有的认真，这是可贵的品质。”

“为什么要开这种玩笑？！”黎桠严厉地问，她感觉自己受到了巨大的羞辱。

孔先生没有正面回答，而是一种模棱两可的滑头：“我只是给你提供了一些思路，黎桠老师，你那么善于思考，这对你有帮助。”

如果说黎桠之前对这个中年男人有的是恐惧和怜悯并存的复杂情感，此时此刻，看到他自鸣得意的促狭眼神，她内心升腾起来的只有无尽的厌恶，她甚至在这一刻觉得他说的一切都是真的。他的危险不仅仅是表面上显露出来的那么简单，而是贯彻到骨髓里的邪恶。不行，她必须立刻逃离，越快越好！

出租车怎么还不来，她需要迅速离开这个可怕的地方，离开这个可怕的人，离开这可怕的一切。

“如果你再继续胡说，我就要考虑报警了。”

“报警？什么理由？性骚扰？跟踪？还是……举报在逃疑犯？”

“你……”

“黎桠老师，你知道这些年我所承受的压力有多大吗？我就快撑不住了，没有那么多时间了。”孔先生忽然换了一种口吻，像变了一个人。

“什么意思？”

“我得了绝症。”孔先生说完这句话，眼睛都红了起来，他低下头，尽量不让黎桠看到自己沮丧的模样，但是很显然，他哭了，看起来不像是在说谎，至少眼泪是真的。

黎桠呆呆地看着这个复杂的男人，不知道该说什么才好。

“已经没有时间了，我的生命也许只剩一年，也许只有几天。这些年我从来没开心过，从没为自己活过，我没有一天不是在煎熬中度过的。本来以为我老了，生活没那么多追求了，一切就都会好起来。但不是这样的，越是接近生命的尽头，越有不甘。我知道我必须要做点什么，否则就没时间了，没有时间了……”孔先生说完，双手捂住脸，失声痛哭起来，眼泪像开闸的洪水，再也止不住地汹涌。

黎桠被消灭掉的同情心在这一刻又被唤醒，不管他刚才带给她多少糟糕的体验，如果他是个进入生命倒计时的人，也许就可以被原谅。不但如此，刚才对他的厌恶，也让黎桠觉得愧疚，这不公平——她是个朝气蓬勃的年轻人，有大把的时间去挥霍和犯错，而他不同，供他消耗的日夜已不多，难道还不允许他去倾吐和发泄？

她不是道德女神，也不是真理法官，不过是一个碌碌无为的普通人，一个被朋友拖来救火顶包，连拒绝都不敢的懦夫。不对等的身份，不平衡的持有，网友用“睿智”“一针见血”“痛戳”这样的词评价她，但她实际上只是冒名顶替地行使着特权，去霸凌一个生命所剩无几的弱者。

被唤醒的同情心此刻让黎桠精神上陷入极大的自责中。她甚至也想哭，陪着他哭，或者给他一个鼓励的拥抱。可是，一切都无济于事，她改变不了任何事，伤害已经造成，生命也不会因此延长，愧疚毫无意义。

车子终于要来了，软件上显示尾号为33W的白色捷达正在距离她2.3千米的地方向她开来，一切都要结束了？一切终于要结束了。

已近深夜，不知不觉间，他们竟然谈了近一个小时，黎桠感觉精神和身体都有点疲惫不堪。这一刻，黎桠极其渴望回家，极其想念洛宁。

黎桠递给痛哭的孔先生一包纸巾，怀着无限歉意地对他说："孔先生，今晚的一切，真的很抱歉。"

孔先生没有说话，保持着流泪和无助的沉默，手里的纸巾并没有递给眼泪。

"别这么说，黎桠老师，感谢您对我的帮助，这让我终生难忘。"

"不管怎么说，生活未必那么绝望，也许你的病还会有转机，也许你的生活还有改变的可能，也许明天一觉醒来，不愉快的一切不过是一场梦。"黎桠吞吞吐吐、笨拙词穷地尽量想用一些温暖的词为今天的对话画上一个圆满的句号，因为她不认为自己还会和这位孔先生再见。

他后来真的能寻求到心灵的宁静吗？是战胜了病魔还是带着遗憾去往另一个世界，都不再是她关注的范围。如果她是误闯仙境的多萝茜，此时她最想回到自己的世界，哪怕面对的是令人愤怒的不完美男友，以及千篇一律、平庸得令人窒息的生活，那是熟悉和安全的所在，是她此刻恨不得立刻奔赴的地方。

"33W"终于如约而至，孔先生上前一步帮黎桠开了车门，非常绅士地跟她道别。

黎桠还想再说些什么，却觉得什么都是多余的，敞开的车门是通往正常世界的大门，不正常的旅程终于要结束。她跟孔先生告别，孔先生也欠身来跟黎桠握手，背后是一轮硕大到不真实的月亮，朦胧的光线照射在孔先生的头上，又平添了一份祥和的神圣感。在月光的抚摸下，所有的事物都变得温柔和美丽，而孔先生的手却冰冷如尸体。

"黎桠老师，你的眼睛很美，比今晚的月亮还美。"

黎桠惊恐地看着他，想抽回被他紧握的手，他用力握住了她，就像握住一根救命草，在车子开走之前，他眼神涣散地说了句："看着你的眼睛，我都不忍心再欺骗你了，我想告诉你一个秘密。"

黎桠使劲想抽回被孔先生紧握的手，她浑身冰冷，手心全是汗，她不敢直视孔先生的眼睛，更不想听到什么秘密，然而，孔先生似乎执意要跟黎桠"坦白"到底，他放慢了语速，声音轻到如丝一般，只有飞过的蚊虫可以听到——

“其实，我，并没有老婆，一直单身一个人。”

黎椏奋力地把手抽回，对司机说：“请快点开车，谢谢！”

车子急速地飞驰在夜的城市中，带着一句仿佛飘在空中的愉快而昂扬的诅咒——

“黎椏老师，晚安，我希望我们还能再见面。”

5

洛宁接到黎椏电话的时候，是深夜一点三十三分。他看着熟悉的号码，嘴角露出一丝“胜利”的微笑，但并不打算马上接听。

此刻的洛宁，刚看完午夜场电影，正开车在街上游荡，车内放着20世纪60年代的摇滚乐，躁动不安的嘶吼中偶露疲惫的温柔，就像大风天过后高悬在头顶的朦胧月亮。旁边是发色时髦、装扮出位，涂着桃色口红，正在对着手机鼓眼、嘟嘴、比剪刀手的林嘉嘉。

看到洛宁的手机亮了，林嘉嘉眼角余光闪过敌意，假装没看到，继续忘情自拍。

洛宁放任电话响了一会儿，犹豫了一下，换个方向接通了电话，却一句话都没说。

“你在哪里？”黎椏的口吻很奇怪，虽然是一句问话，却不是质问，更像是“求助”。

这不正常——即使是从前她主动求和，也会是顽固的冰冷，不会是这么软弱的语气。

洛宁把车内的音响声音关小了一点。

“在外面。”洛宁简短地回答，带着“吵架”后应该有的冷淡情绪。

“什么时候回来？”

“不知道，怎么了？”

“能马上回来吗？”

“……怎么了？”

“洛宁，请你马上回家，可以吗……”黎椏的声音都有些颤抖了，听上去非常不对劲。

“发生什么事了？”洛宁这才意识到，可能真的有什么情况发生了。

“回家再说可以吗？我等你。”黎椏带着浓重的哭腔，像求助，又像是控诉。

洛宁挂了电话，打算掉转方向马上回家。

林嘉嘉一脸不高兴地问：“干吗？”

“突发状况，我得回去，前面红绿灯路口你打个车回去。”

“喂，你不是吧？说好了陪我吃夜宵，一个电话就把你魂儿给招回去了？”

“我真的要回去，她有点不对劲，可能是出事了。”

“你是真的关心她？刚和我确定关系，这么快就去找前任复合了？”

“就算已经分了手，她出事我也得去看看。”

“你什么时候这么关心过我？”林嘉嘉气呼呼地说，美丽的脸羞怒成皱纸一团，“前面放我下去！”

“前面是高速路口，一小时你也不会打到车，别闹了。”

林嘉嘉说：“这会儿又来假装关心我？你可真是够博爱的，收起你的虚情假意，只要我愿意，一个电话打过去，十个男人排着队来接我。”

“我相信你有这个魅力。”

洛宁把车子停在路边，林嘉嘉不甘示弱，扭开车门就要下车。

“你真的要在这儿下车？”洛宁不放心地问。

林嘉嘉说：“你跟我说你没有女朋友，现在又冒出个女朋友。我受够了！给你最后一次机会，三天内处理完你这些破事，如果还有瓜葛，就永远别再来找我。”

说完，林嘉嘉恶狠狠地把车门一关，往前走去，不一会儿就被吞没在夜色里，不见了踪影。

洛宁拍了一下方向盘，掉头回家。

打开家门，洛宁发现灯没有开，屋子里一片漆黑，安静得吓人。

他轻手轻脚地走到了客厅，发现黎桠一动不动地坐在沙发上，沙发的背面就是落地窗，月光从窗外肆无忌惮地洒满了整个房间，一半都披在她的身体上，斑斑驳驳，影影绰绰，像电影中下一秒就要发生凶案的场景。

洛宁试探性地走了过去，问了一句："你怎么了？"

听到洛宁的声音，黎桠似乎受了震动，她一下子从沙发上弹起来，毫无预兆地扑向他，紧紧地抱住了他。这一系列的行为有些突然，倒是把洛宁吓了一跳。

洛宁看了看怀抱里一反常态的黎桠，小心地问道："你到底怎么了？"

黎桠紧紧地抱住洛宁的腰，声音极其虚弱地说："你回来了，太好了……"

"到底发生了什么事？"

洛宁发现黎桠的身体一直在发抖，眼睛里也似乎蓄满了泪水，他从没想过一向平静镇定的黎桠也有如此脆弱的一面。

在黎桠的讲述下，洛宁终于弄清楚了来龙去脉，从苏霏十万火急的求救，莫名其妙替补成了恋爱顾问，到录制结束后遇到疑似跟踪的嘉宾，差点发生意外。

洛宁没想到黎桠和自己分别的这四五个小时，居然发生了如此传奇的故事。想想自己，离开广场后他约了林嘉嘉吃饭，虽然原本的约会被黎桠破坏，但换了个主角，倒是无缝衔接上了。之后就是陪林嘉嘉去逛街，在网红饮品店傻乎乎地排队、拍照，等到了两杯难喝到要死的奶茶。按林嘉嘉的话说就是，好不好喝不重要，重要的是拍照。

女人都是难以理解的生物，从黎桠到林嘉嘉，洛宁不觉得自己能够理解任何一个，但也许正是因为不确定和不理解，造成了微妙的吸引力，也是她们在他心里真正难以取舍的原因。

喝完奶茶去看电影，看完电影本来要去吃夜宵，结果接到了黎桠的电话，他还是回来了。

之前有那么两三个小时，他是真的考虑过结束这段感情，不然他也不会和林嘉嘉约会。因为在黎椏说出“或许你根本就没爱过”的时候，洛宁竟然觉得无可辩驳。

但当自己接到她的电话，听出她的异常，他又义无反顾地决定回来，这些行为背后的逻辑，连洛宁自己都搞不清楚。

黎椏跟他分开后成了“恋爱顾问”，不得不说，这真是一种讽刺。

谁敢“顾问”恋爱，谁又敢轻易定义感情？尤其是处于如此不舒展爱情中的黎椏，到底是有什么资格和勇气登上这样的舞台的？

为了目睹黎椏的“专家风采”，以及研究“危险人物”的真面目，洛宁立刻找来了节目的视频回放，从前从来不屑于去看的情感真人秀节目，此刻他倒是看得津津有味。黎椏坐在专家席里，形象略显单薄，但也算表现得体、落落大方，直到孔先生上场前，都算得上无功无过。

孔先生出现在屏幕上，让黎椏再度陷入恐慌的情绪中，她提醒洛宁这个人的可怕，洛宁看了半天，也无法跟黎椏共情。

“有什么不一样的？不就是个普通的落魄中年人吗？”

“你不觉得他跟别人不太一样吗？”黎椏不甘心，回放了一下孔先生上场的画面，也许是受到了洛宁的干扰，黎椏此时居然也觉得电视上的人确实是个普通的落魄的中年人，并没有当时看到的那些“神秘”“奇特”和“诡异”。

整段看完，最令洛宁兴奋的竟然是突然爆发的弹幕，黎椏因为当时在录制中，并不知道她的言论引起了那么大的争议。

“所以说，就是这个哥们儿，他跟踪了你？”洛宁看完了视频，把画面定格在孔先生戴着面具的脸部大特写上。

“不确定是不是跟踪，只是‘偶遇’得很奇怪。”

“不用怀疑，肯定不是跟踪。”洛宁非常肯定地说。

“为什么这么肯定？”

“明摆着，你又没做什么对不起他的事，他为什么要跟踪你？”

“可是……我在节目里批评了他，可以说很不留情面。”

“节目找你们本来就是为了拍马屁随声附和，他不是也没给别人留面子吗？没看那几个专家脸都绿了，难道大家全都因此记仇，下了节目就要互相跟踪恐吓？”

“可是，他的表现太……”

“太什么？”

“太怪异。”

洛宁摇摇头说：“从你跟我说起这个人，你用的词全都是诡异、神秘、奇特、可怕……黎桠，我觉得你有点夸大其词了。”

“你不觉得这个人有任何不正常？”

“不正常是正常的，正常人有去参加这种节目的吗？跑到电视上说自己老婆不好，然后让一群人对着自己说三道四，这不是有病吗？”

黎桠沉默不语。

“节目结束后，你们在外面遇到了，这也很正常，随便聊了几句，他看你年轻，逗了逗你，没想到你真的害怕了，直接脑补了个恐怖片，把自己吓得魂飞魄散。也把我吓个半死，我真以为你出什么事了，不骗你，现在心脏还怦怦狂跳呢。”

黎桠讽刺地说：“我真不知道你这么关心我。”

“我也不知道。”洛宁说着，就往卫生间走去，“反正我不希望你出事，你呢，以后这种破忙少帮，苏霏这人没谱，小心真的把你带沟里，到时候你哭都来不及。”

洛宁说完，脱掉上衣准备冲澡，下意识地闻了闻身上，有浓重的香水味道。他这才有点后怕，不知道刚才黎桠扑过来拥抱他的时候闻到没有——幸好她受惊吓后意识没那么清醒，否则这么重的陌生香味她不可能闻不到。他有点心虚地悄悄推开浴室门看了看，发现黎桠又坐回原处发呆了。

洛宁想了想，故意对着黎桠的背影喊了一句：“别想太多了，一切都过去了。”

6

黎桠似乎想到了什么，拿起电话打给苏霏，本想打探一下孔先生的情况，没想到电话响起，苏霏的声音如澎湃热浪汹涌而来："亲爱的，火了火了，真的火了！"

"火了？什么火了？"

"我们节目啊，你跟孔先生的那一段对峙，被好多网友转发，现在在网上火了，持续热搜霸屏，热线电话也被打爆了，我刚才还想给你打电话呢，你去网上看看，可热闹了。"

"我没兴趣，我想问你一件事。"

"什么事？"

"你们节目的当事人，都是通过热线报名的吗？"

"不一定，怎么？"

"比如今晚的嘉宾，张阿姨、孔先生这些人，他们的资料你们都有吗？"

"资料？什么资料？"

"就是……对他们的了解多吗？"

"哪方面的了解？我不太明白，你有什么事直接说，你要联系哪个当事人吗？"苏霏完全不理解黎桠的意思。

"不是这意思，我是说，来参加你们节目的当事人，你们都有登记他们的身份资料什么的吗？"

"登记身份资料？"

"我觉得那个孔先生，有点不太正常。"黎桠忍不住直接说了。

苏霏说："你说孔先生啊，他表现太好了，我们台里领导特别满意，打算长期合作呢。"

"长期合作？"

"是啊，为了增加戏剧效果，我们导演组会创作一些争议比较大的故事，孔先生是我们请来的演员，老来参与我们节目录制，这回就帮我们扮演了一个当事人，结果没想到跟你无意间演了对手戏，炒热了节目，这真是意想不到的发展，本来领导对我临时更换专家意见很大，现在是因祸得福！黎椏，你可真是我的宝藏女孩，我太爱你了，哈哈哈……看来我这回提前转正不是问题了。”

挂了电话，黎椏彻底蒙了，竟然真的是虚惊一场？孔先生是演员，而那些他所说的“抑郁成疾”“谋杀假想”都是导演组编写的剧本？前前后后，就像洛宁说的，是她夸大其词，自己吓唬自己。

之前确实是偶遇，孔先生那些表现也仅仅是想逗逗她，也许因为夜里的妖风大，月亮太圆，而她看的悬疑小说又太多……一切不合理都合理地交织在一起，形成了奇妙的恐怖效果，想想自己竟然受了如此大的惊吓，还连累洛宁也“被惊吓”，再回忆起月光下那被她渲染过的眼神和明显不合逻辑的话语，这是一个被过度解读的故事。

想到这里，黎椏竟也忍不住大声笑起来，多么讽刺的夜。

洛宁听到黎椏的笑声，从浴室里探出头来，浑身湿漉漉地问道：“笑什么呢？帮我拿一下浴巾……”

黎椏越想越好笑，拿浴巾的一路上竟是笑个不停，将浴巾递过去的时候，洛宁看着她，不解地问道：“这是遇到了什么幽默的事？笑成这样？”

黎椏没说话，用眼神扫过洛宁的全身，看得洛宁浑身发冷，立刻躲进浴室里。

再推开门的时候，月光下的沙发上已经空了，满地的月光找不到归宿般地零星散落，屋子里依然是空旷和安静的，一切熟悉到不能再熟悉的布局和摆设，却不知道为何多了一种陌生感。

没过几天，黎椏再次接到了苏霏的电话，电话里苏霏亢奋地给黎椏带来了“好消息”：黎椏爆红，节目火了。

那天的节目播出后，因为网友的热议上了热搜，本以为第二天热度就会降下来，没想到热度持续发酵，除了派生出更多的关于夫妻关系的讨论，很多网友还找出了这个老牌节目早期的视频，发现有很多内容可挖。

很多当时看起来平淡无奇的观点，如今看来都十分奇怪且震碎三观，意外地契合了当下网络上一部分人的口味，于是有人把一些当事人和专家的对话剪辑成搞笑的段子合集四处传播，成了宝藏表情包系列。

这样一个老牌节目莫名翻红，都是仰赖黎桠——是黎桠和孔先生"临场加戏"的争执挽救了一潭死水般的节目，送这个濒临收视低谷的节目上了重生天堂，这种奇迹的诞生，大概算是百年难遇。

"所以，台里领导点名表扬了我们节目网络同步直播大获成功，抓住了当下社会热点，引发了热议，成了其他节目学习的榜样，黎桠，我们制片人还决定，邀请你成为我们节目的常驻嘉宾，正式跟我们签订合作合约！"

"哈哈哈。"黎桠笑起来。

"你笑什么？没跟你开玩笑，合约电子版我发你信箱了，你一会儿看看没问题就到台里来签约。"

"苏霏，你疯很正常，你们领导是不是也疯了？我没有专业背景，没有资历，没有工作室，甚至没有出镜经验，临时救场就罢了，签合作长约？"

"黎桠，你别笑，我们也没疯，这就是一个流量年代，谁有流量谁就是赢家，靠资历、身份和传统意义上的名头已经行不通了。你吃上了时代的红利，虽然你的发言没有那么多专业名词，但你胜在会说话、不端着，而且有爆点，容易点燃对方的战斗欲，引发热议弹幕风暴，这就是你的价值。"

"我怎么觉得你不像在夸我？"

"结果最重要，是非功过留给别人评说，不必理会。"

黎桠听到唯结果论只觉得荒诞，却一时之间无法反驳。

"我们节目的签约专家收入可是很可观的，比起你那份绞尽脑汁只赚仨瓜俩枣，还朝不保夕的专栏作家工作可强多了。这可是名利双收的好事，你成了名人、明星，这么年轻的恋爱顾问，前途无量啊。到时候洛宁还敢挑你毛病？红了之后你日进斗金，分分钟踢掉他，黎椏，你的春天来了。”

黎椏听到一半抬头，忽然发现洛宁不知道什么时候站在身边了，表情顿时十分尴尬。

黎椏下意识地捂住了话筒，没想到洛宁却说：“还犹豫什么，黎椏老师，赶紧签约吧，您的春天来了。”

苏霏听到了洛宁阴阳怪气的话，在电话那边也知道发生了什么，爆笑起来。

黎椏想了想，跟苏霏说：“我有一个条件——”

“一百个条件都没问题，费用的话我去协调。”

“不，不是费用的问题。我的条件是：不看台本，不背台词，不要限制我的发言。”

“这么简单？”

“就这么简单。”

“成交！”

就这样，黎椏莫名其妙地救场，稀里糊涂地走红，又马不停蹄地签了约，这一切犹如多米诺骨牌，一旦被一个恶作剧的小孩子推倒了第一块，一切都理所当然地倒了下去，且势不可当。

节目组通过黎椏这条索道，摸清了网民的取向，更有目标和目的性地去设计话题、编排故事。结果就是热议一波接着一波，《危情现场》上热搜几乎成了家常便饭，谁也解释不清这个奇特的现象，但又不得不承认，这就是事实。

当然，呼声也并不是一致向阳，也有人开始对黎椏的专业性进行质疑，全网搜不到资料却又如此火爆的“恋爱顾问”只此一人，甚至有人怀疑黎椏是某人力捧的不知名小艺人。同类节目的专家们也台前台后各种排挤黎椏，试图把这只闯入羊群出尽风头的麋鹿驱赶出去，然而，黎桠却越“挫”越勇，一次次地因自己非专业的观点和毫无顾忌的随性评论成为每一场节目的焦点。

那么多的专业人士，那么多专业意见，都没人埋单，现场观众打哈欠、玩手机，弹幕都静悄悄的，专家发言时间被网友们戏谑地称为“无效时间”。唯独黎桠出场令人期待，犹如一颗不定时炸弹，所有人都在屏息凝视，等待或有或无的爆破可能。

黎桠特立独行的反鸡汤路线，具有令人振奋的“朋克精神”，谁也无法阻止她越来越红。收视率高，领导就高兴，给黎桠特权：只要有基本的底线，其他随便发挥。

用苏霏的话说，黎桠之所以独树一帜，是因为她没有被任何外部条件限制，用冒险精神，成就了节目的精彩——未知和刺激。喜欢她的人不在意她的专业资质，没人注意她的经验多寡，只要她说话，大家的注意力就会向她集中，这就是观众缘，是命！

总之，路人黎桠一夜之间成了著名的黎桠老师。

第二章

恋爱中的福尔摩斯

倾诉者自述：

“对，我是‘怀疑狂’，如果分等级的话，应该是顶级那种。”——蜜蜂

1

洛宁坐在林嘉嘉对面，表情模棱两可，看不出态度。

俩人僵坐了一会儿，还是林嘉嘉忍不住开了口：“你到底是什么意思？”

“我没什么意思，不是你约我出来的吗？这句话应该我问你。”洛宁有点进可攻退可守的意思，不急不躁。

“问题解决了吗？”林嘉嘉脾气火爆，也容不得洛宁周旋，直截了当地问。

洛宁不置可否。

“我说了，给你三天时间，你去解决问题！”

“是你给我下的最后通牒，如果三天不解决就别找你——我也没找你啊。”

“你……”林嘉嘉气得浑身发抖，眼圈都红了。

洛宁看着林嘉嘉说道：“所以，应该我问你，你到底什么意思？”

“无耻！”林嘉嘉说完就要走，被洛宁抓住。

“年纪轻轻，别那么大脾气。”

林嘉嘉说：“她现在成了网红，所以你舍不得分手了，是吧？”

洛宁说：“你也知道她现在成了网红，如果我贸然分手，风险太大。”

“什么风险？”

“你想想看，一个恋爱顾问，忽然感情出现危机，这是不是也能跟着上热搜？”

“……”

“然后我会被‘刨祖坟’，你也不幸中枪，被人挖出年龄、籍贯、学历、家庭背景，天天被网友指责做小三——你想过这些没有？”

“我可不是小三！——她有那么红？”林嘉嘉不服气，但明显语气低落了不少。

“你可以试试。”

林嘉嘉赌气地坐在那里掉眼泪，感觉很无助。

“我说了，任何事都不能急，知道吗？分手也未必只有一种方式。”

“那你到底想不想跟她分手？”林嘉嘉泫然欲泣地看着洛宁，期待一个言语上的肯定。

洛宁搂住伤心的林嘉嘉，换了一种安慰的语气说：“分手肯定是要分的，但不是现在。”

“那要等到什么时候？”

“我说了，会在合适的时机。你总是着急，我会有我的节奏，明白吗？别老苦着一张脸，都不美了，你不是想去三亚玩吗？这周就去。”

“真的？你陪我去？”听到三亚，林嘉嘉的眼睛亮了。

“陪你晒晒太阳，吃吃海鲜，买买礼物，怎么样？”

“这算是赔礼道歉吗？”

“对，惹美女生气了，理应赔罪，想买什么随便，我埋单。”

看到洛宁态度诚恳，满腹委屈的林嘉嘉终于露出了满意的笑容。

2

为了方便跟粉丝们交流，苏霏不但帮黎椏在各大平台注册了认证账户，并且还开通了一个工作邮箱，没想到真的每天都能收到大量的求助邮件，现在回复邮件成了黎椏的主要工作内容之一。

由于黎椏在专注回复邮件，洛宁到家的时候，她竟然没听到。

洛宁悄悄地走到了黎椏的身后，屏息凝视了几秒，准备出手“袭击”，黎椏才察觉他的出现，理所当然地被吓了一跳。

“怎么样，我的大顾问，今天又有什么奇妙的故事？”

黎椏眼睛没离开屏幕，叹了口气说：“有一个女孩，从小父母离异，被寄养在亲戚家长大的。曾经青梅竹马的男朋友出轨了，现在总怀疑所有男人品行不端，有点心理疾病了。”

“是不是饭里吃出个蟑螂，以后都不用吃饭了？”

“她的情况还是比较严重的，后来的恋爱谈得都不顺利。”

“怎么个不顺利法？每天检查男人手机？隔三岔五偷拍跟踪什么的？”

“比这个严重。”

“比这还严重？那是真的有病了。”

黎椏盯着屏幕上的邮件，若有所思。

“这就是典型的作妖，放着好好的日子不过，天天瞎琢磨，道德模范遇到这样的女朋友，也得疯了。她这样胡闹跟谁能顺利相处？”

黎椏没回答洛宁的话，思绪依然沉浸在“怀疑狂”的故事中，任凭洛宁在旁边发表自己的高见。

“告诉她，找个工作，充实自己，每天忙到没空搭理男朋友，就不会有这么多矫情病了。”洛宁一语双关，本以为黎椏会反驳一下，没想到她一言未发。

洛宁觉得无趣，主动问道：“我说的对不对？”

黎椏说：“你说什么？”

洛宁发现自己竟然被忽视，再次阴阳怪气地说："得，当我什么都没说，刚唱了一段咏叹调。"

"等一下，我回复完邮件再说。"黎桠说话的声音被掩盖在键盘打字的声音中，眼睛始终没有离开屏幕。

洛宁想了想，什么都没说，拍了拍黎桠的肩膀说："那你先忙，我去洗澡了。"

"好的，一会儿你先睡吧，不用等我。"

"周末我要去一趟海南，最近不能陪你了。"

"海南？"黎桠终于把目光从电脑屏幕上挪开，看着洛宁，"去干吗？"

"有个投资项目，听说很不错，想过去实地考察一下。"

"哦。"黎桠说，"海南挺好的，那你顺便去晒晒太阳，当旅行了。"

"可惜你太忙，不能陪我去。"洛宁一副沮丧失落的样子，不确定地看着黎桠，生怕她忽然说出"有空"。

"这周到下周的日程都满了，"黎桠有点歉意，"苏霏帮我联系了几个媒体访问，还有个杂志要拍照，邮箱里还有几百封没回复的信……"

洛宁松了口气。

"对不起啊，忙完这阵，咱俩找个时间一起出去散散心。"

"知道你现在是大忙人，没关系，我替你去晒太阳，顺便买几个椰子回来。"

"椰子到处都有得卖，你就好好玩吧，我付钱。"黎桠仰起脸，笑嘻嘻地说。

洛宁眉毛一扬："这算是赔礼道歉的福利？"

"对，人不能陪同，但礼物可以送——帮我挑个你喜欢的东西送给自己，别替我省钱。"黎桠半开玩笑地说。

洛宁笑着行了宫廷礼："人红了就是不一样，傍上霸道女总裁的感觉真好，黎桠老师，请多多关爱在下。"

"别开玩笑了，你去洗澡吧，早点休息，做个好梦。"黎桠说完，又低头开始处理工作。

洛宁却没走。

“怎么了？”黎椏注视着洛宁，感觉他的表情有点奇怪，捉摸不透。

“看你这么辛苦，有点心疼，我也帮不上什么忙，以后等我赚了大钱，你就别这么累了。天天听这些妖魔鬼怪释放负能量，赚的是糟心钱，太受罪了。”

黎椏托着腮沉思半天，嘴唇动了动，洛宁以为她会有什么话说，最后竟然只是叹了口气。

“怎么了？听了这感天动地的话，连几滴鳄鱼的眼泪都不掉？”

“是感动，也有点好奇。”

“好奇什么？”

“你最近有点不对劲，好像变了个人。”

“大变活人？怎么变了？”洛宁下意识地捏了捏自己的脸，走到黎椏身边，胳膊环绕她的脖子，却不太敢直视她的眼睛。

“对我特别体贴，常常说出感人的话。”

“傻瓜，那不是因为我爱你吗？”

“但是……”

“但是什么？”

“但是因为说得多，显得过于轻易，似乎有点不真实。”

“你之前抱怨我表达少，现在表达多了你又觉得不真实，做人真难。”

黎椏盯着洛宁看，看得他心里发怵。

“怎么这样看着我？到底哪里不对劲？”

“表达多，是爱的象征？”

“废话，要是不爱，这么肉麻的话，能说得出口吗？”

“所以表达少，是因为那时候不爱我？”

洛宁说：“啊？”

“你还记得以前自己怎么说的吗？”黎椏推开洛宁，很严肃地问。

“说什么了？”

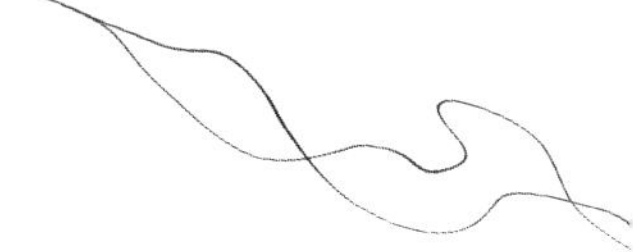

“以前我总问你爱不爱我，你说真正的爱从来不会轻易说出口。”

“人的认知是会有变化的，在你的监督和提醒下，我改变了想法，觉得爱就是应该多多表达。”

“所以，不确定的只是想法，不是爱？”

“……你看，你现在都成职业病了，每句话都能挑出毛病——不对劲的不是我，是你。”

“我可能是有点职业病了。”黎椏愣了一下，似乎刚从不同频道里切换出来，洛宁紧绷的神经总算松弛了一点。

“你可别入戏太深误入歧途，其实你们的角色是‘演员’。”

“我可不是。”黎椏立刻纠正。

“所以说，你对自己的定位错了，才会不正常。”

“说来说去，还是我不正常。”黎椏叹口气。

“天天在异类堆里打转，你能正常才是不正常。”洛宁安慰道，“忙完这一阵，我一定要带你去一个远离人群的地方，让你彻底放松一下。挪威怎么样，去看极光？或者去撒哈拉大沙漠，你不是一直很想在小王子看日出的地方看同款日出吗？”

“好啊，太好了，恨不得马上就飞去。”

洛宁暗中觉得好笑，女人都喜欢旅行，不管什么类型、多大年纪，只要听到“外面的世界”，都会一致产生同款的“心驰神往”。

趁着黎椏高兴，洛宁直抒胸臆，机不可失：“宝贝，这次去海南，如果项目沟通顺利的话，可能需要先付一笔意向金……”

还没等洛宁说完，黎椏异常爽快地说：“需要多少？”

“说不好，大概……十万左右吧，也许能少点也没准。”

“先给你转十万，不够的话我再想办法。”

洛宁激动地一把抱住黎椏，深情地看着她：“谢谢你，亲爱的。有你的大力支持，这次合作肯定成功！”

“希望你这次的项目能够顺利，我现在的能力只能帮你这么多了……”

洛宁努力绷住即将绽放出来的笑意，化为情意绵绵的热吻和目的不纯的亲昵。黎桠把持不住，差点陶醉在温柔乡，本想沉迷一下，让工作什么的都去见鬼，没想到洛宁的亲热只是象征性地持续一会儿，还没等进入状态，就突然撤身，亲了亲她的脸颊去洗澡了。

好一会儿，黎桠都没从身体和精神的迷乱中清醒过来。

3

黎桠看着未读邮件列表里密密麻麻的红点，感觉到一种巨大的压迫感。就像玩消除游戏一样，消掉一个障碍，又会跑出来无数障碍，没完没了，永无止境的感觉。

她又不敢怠慢，因为每一个障碍球背后，都藏着一个真实存在的迷路人，带着某一种破损，甚至全身破碎，怯怯地来到她的面前，用文字发出了求助。对于这些人来说，她就是飘浮在深海上的灯塔光。

求助者一：黎桠老师，我有个烦恼。我的丈夫在外地打工，平时很少回家，我一个人带着孩子生活，虽然辛苦，但挺自在的。逢年过节他回来，我总有一种巨大的压力，孩子也不喜欢父亲，觉得很陌生。我知道他很想融入我们，但我就是不想跟他亲热，孩子也不愿意见到他，他抱怨说我对他太冷漠了，觉得家里没有温暖，我既不愿意他回来也不想他这么失落，该怎么办？

求助者二：我老板是个女的，她总是借故让我加班，还让我到她家里去玩，工作的时候对我过多“照顾”，下班总给我打电话，没完没了，基本一小时起步。我觉得很难受很窒息，人在屋檐下不得不低头，但我又不想跟她走得那么近，我该怎么办？

求助者三：我女朋友动不动就生气，大到我忘了她生日、礼物不合心意，小到外卖不合胃口、面膜遮不住整张脸，甚至做了一个噩梦都要跟我吵架。我已经很努力去爱她，却觉得很无力，我该怎么做？

求助者四：已经分手93天了，依然天天梦到他，我该怎么做才能

不再梦到他？我花钱在网上买了一套变心挽回神符，但使用后没成功，对方拒不退款，请问这是不是诈骗，我应该去哪里举报？

…………

也有一些人不需要回复，只是想跟黎椏表达一下心意。

比如有个快递员，他说每天在这个城市里穿行，很少有时间停下来看看风景。有一天等红灯的时候，他在繁华商区的大屏幕上看到了一个节目预告，当时黎椏正在做一个访问，他觉得黎椏的笑容特别治愈，有点像他的初恋女友。于是，那一整天他的心情都很好。他想把这件事分享给黎椏，并且谢谢她能够帮助那么多人。

还有一些人的问题涉嫌越界，需要更专业机构的帮助。

比如一个打工人被拖欠工资很久，一直要不回工钱，工头一再地耍赖，不但不发钱，还扣着他们的身份证、押金等。眼看年关将至，如果钱拿不回去，他连回家的车票钱都不够，未婚妻也不会再等他，想请黎椏帮他。

黎椏回复邮件说这样的问题应该求助法律援助，打工人又写来邮件说自己不认识律师，也没有钱打官司，于是黎椏找苏霏帮忙，联系了电视台另一档法律节目的编导，给他介绍了个律师，竟然很快就把问题解决了。他最后拿到了工钱，打赢了官司，高高兴兴地回家结婚。临走之前，他还特意买了一大篮子鸡蛋送到了电视台传达室。黎椏有点哭笑不得，但是深深地为这件事情能圆满地结束而高兴。“助人为乐是快乐之本”，黎椏对这句话有了切身的体会。

人类都是健忘的，很快就没人记得黎椏这个“非专业”人士的出身问题。她的节目越做越多，求助者的类型也越来越广泛，身边朋友知道黎椏成名后也都纷纷联系她，有的是自身的情感问题请求她帮助；有的则是帮人要签名；甚至还有谁三舅的新餐厅开业，想请她赏脸去尝鲜；谁外甥女大学毕业了，请黎椏帮忙录制一个祝福视频，漂洋过海送去海外；谁的亲戚朋友是她的粉丝，盼着能够跟她见一面……

当然，跟她一起忙起来的还有苏霏，因为挖掘了黎椏，苏霏成了节目的大功臣，她也不甘平凡，充当起了黎椏的经纪人，四处帮她揽活，不管黎椏愿不愿意，她总有办法说服黎椏。

忙起来的黎椏充实到根本没有时间去关注自己的男朋友，再加上洛宁最近异常忙碌，似乎是受了她爆红的影响，在各种寻找投资项目，企图“奋起直追”。于是，他们的关系竟然就这样莫名其妙地平稳了下来。

直到这天一通电话打破了黎椏宁静的生活。

打电话来的是一个年轻女孩，却有着和年纪不相符的冷静，当时黎椏正在看晚上直播节目的文本内容。

“黎椏老师，你好，我之前给你写过几封邮件，你还记得我吗？”女孩单刀直入，毫无客套。

“我每天都会查收大量的邮件，请问你是？”

女孩答非所问地说：“我想跟你见面谈，很多情况在邮件里说不清楚。”

“如果邮件不合适，电话里说也可以。”

“很多细节也没办法在电话里说。”

“你可以报名参加我们的节目……”

“为什么不能直接跟你对话呢？我不想听其他人的废话。”

黎椏放下了手里的工作，被女孩的坦率给吓到。

“你什么时候方便？”

“你是怎么知道我的电话的？”黎椏也直接问道。

“我想知道就能知道。”女孩神秘一笑说，说完，又补充了一句，“放心，肯定是正规渠道。”

“能告诉我你是谁吗？给我写过邮件的话，署名是什么？”

“这很重要吗？我叫蜜蜂、草莓或者黑风怪，还是什么王红、刘志玲，对你来说很重要吗？”

黎椏说：“如果你告诉我署名，我会更愿意跟你见面。毕竟一个陌生人，和一个我了解他困惑的求助人，还是有区别的。”

“别告诉我，每封邮件你都会看。”

“不但看，每一封都有回复，并且基本记得住名字。”

“这是怎么做到的？”这次换女孩惊讶。

“我想做到，就可以做得到。”黎桠也复制了女孩的语气。

“这就是我一定要见你的理由，黎桠老师，你真的与众不同，也只有你配听到我的故事。”

黎桠说：“你这么确定我会愿意听？”

“当然，你一定不会后悔见我。我也不会打扰你太久，讲完我就走。”

看了看日程表，距离晚上的直播还有四个小时，除了路程和准备时间，黎桠有两小时的空档。也许是工作太累需要放松一下，也许是女孩电话中展现的吸引力，总之，大概用了五秒的时间思考，黎桠就决定跟她见面。

“一小时后，电视台楼下，星巴克靠窗的位置，我穿粉色球鞋，短发，就叫我蜜蜂吧。”

4

蜜蜂见到黎桠的第一句话就是：“我是个侦探。”

这个开场白有点意思，自从成为恋爱顾问，黎桠接触到了形形色色的人，其中也不乏冷僻行业、新奇职业，但是“侦探”却是第一次见到。

蜜蜂跟普通女生没什么差别，素面朝天，衣着朴素，走在人群里是可以迅速被淹没掉的人。但她的眼神里却有一种难以形容的飘忽感，让这个平淡无奇的女孩身上笼罩了一层复杂的气场。

看到黎桠听到“侦探”时的意外表情，蜜蜂扑哧一下笑了。

“你不会真的以为我是侦探吧？”

“不是吗？”

“也算是，但是‘爱情’侦探。属于自学成才，苦心钻研，正在向大师进阶。”

短短几句话，就把黎椏征服了，在苦大仇深的倾诉海洋里，有蜜蜂这样乐观的倾诉者，就像漫天阴云里钻出一个大太阳，把潮湿的土地都晒干了。

黎椏没有后悔出来见她。

“我都可以出一本书了，教人如何辨别隐形‘渣男’，肯定畅销。内容全部是干货，360°无死角地铺开生活的细节，保证可以让那些丑陋罪行无处可逃。”蜜蜂说这些话的时候，脸上洋溢着自豪的表情，令人忍俊不禁。

“你怀疑过自己的男人吗？”毫无防备之际，蜜蜂对黎椏发出如此尖锐的灵魂拷问。

这问题有点突然，黎椏竟不知道怎么回答。

“没想过这个问题。”

“我可以免费教你很多方法，让他分分钟现原形。”

“什么方法？”

“打车软件的行程记录，外卖软件的地址和订单，支付软件的账单明细，深夜运动步数统计，大众点评的浏览和搜索，微博的点赞记录，豆瓣的私信，网易云的评论……只有他藏不住的马脚，绝对没有查不到的奸情。”

黎椏终于对号入座，邮件里的“怀疑狂”女孩，就是眼前的蜜蜂。

“对，我是‘怀疑狂’，如果分等级的话，应该是顶级那种。”蜜蜂直接给自己定义。

“怎么算顶级？”

“早些时候，我还产生过幻觉。我总是在做噩梦，梦到自己遭遇背叛，狗男女不断地对着我笑，脸上戴着各种奇怪的面具。前几天我开始幻听，总觉得有人在耳边议论我，男朋友只要离开我的视线，我就会怀疑他在偷情，或者是在偷情的路上，我觉得他遇到的任何活物都可能是出轨对象，我被自己的想象折磨到呼吸困难，被那些也许不存在的情形气得浑身痉挛，你说，我还有救吗？”

她这一番话让黎桠紧张出一身冷汗。

“我其实也不是天生的怀疑狂，至少交往第一个男朋友的时候不是。”蜜蜂开始讲自己的故事之前，先沉默了好久，刚见面的时候那种松弛感逐渐被回忆中的沉重所替代，她脸上的那些阳光不见了，取而代之的是“无奈”和“伤感”。

“你之前受过伤害吗？”

“不能算是伤害，应该算是‘发现’。”蜜蜂思考了好久，才确定用这个词，“我也有过单纯天真、心无波澜的岁月。”

“你谈过很多次恋爱？”

“对，很意外吧？看起来很普通的我，有很多次恋爱的经验。”

“不意外，你有很强大的吸引力。”

“我从小就向往爱情，想一辈子都谈恋爱。”蜜蜂嘻嘻哈哈地笑起来，双腿也忍不住晃荡，“恋爱”确实是她内心向往的事。

“你是怎么变成‘怀疑狂’的？”黎桠直入主题地问。

“第一个男朋友的女朋友给我打电话的那一刻起吧。”

黎桠厘清了这个复杂的关系，竟然有点期待蜜蜂的故事了。

“我就是一个恋爱脑，天生渴望爱情，也很有谈恋爱的天赋。第一任男友其实是我闺密的心仪对象，我只是轻轻地对他施展了一点手段，他就跟我在一起了。”

样貌普通的蜜蜂，在“恋爱”领域中的专业表现确实很杰出。

“那段日子我很愉快，毕竟是第一次真正谈恋爱。不怕你笑话，在这次正式恋爱前，我可是自己在心里模拟了不少次呢。我内心就像一个随时随地可以启动的万花筒，稍不留神就会喜欢上别人，那种怦然心动的感觉，实在是很美好。你有过我这么丰富的经验吗？”

黎桠摇摇头。

“但真正的恋爱，却没那么简单，也并不美好。”

“发生了什么事？”

“有一天，我见到了一个人。”

“谁？”

“一个柔弱的女生，她说她跟这个男生从小就认识，长大后就自然而然在一起了。这个男生一直在出轨，她的爱很卑微，从伤心到接受，最后成了羞辱的默许——只要男生不离开她就行。她来找我，不是责备，不是质问，而是请求，她求我把男朋友还给她。”蜜蜂说到这里突然慷慨激昂，“我居然一直被蒙在鼓里。”下一秒她忽然沉默了，而这段沉默持续了许久……

“你放弃了他？”

“我没那么高尚，当时只有16岁的我无法接受这件事，跑去质问、责备，甚至辱骂他。他给我的答复很简单，让我不用在意——他甚至没有丝毫内疚感，也没有任何怜悯心，面对那样一个爱他至深的女朋友，他居然这么无所谓。我看清楚之后，决定不再跟他纠缠了，这不是我想要的恋爱。我受不了跟任何人分享。”蜜蜂说到这里，情绪有点激动，她看着黎桠说，“为什么他丝毫都没有内疚感？为什么呢？”

“道德感低、自私、习惯性获得，这些都有可能。”

“你这样一说我更绝望了。”

“也有很多人道德感强，责任心重，重视承诺——人和人不一样，只是你正好遇到了这类。”

蜜蜂停顿了一下，继续讲述：“那个女孩的出现给了我很大打击，然而，还有更大的打击。”

“还有其他的人？”

“对，这一场恋爱谈得真热闹，不仅仅是三人行，而是多人模式，我只是众多参与者之一。原来学校很多女生都被他撩拨过，有些是暧昧，有些是眉来眼去，有些发展到海誓山盟，有些甚至有了亲密接触……大家都以为自己是唯一，只有他在这场游戏里绝对清醒。”

“其实糟糕的关系里，没有赢家。”

蜜蜂苦笑了一下，说：“我本以为抢到了一个男神，没想到捧到手里的是个马蜂窝，他几乎毁掉了我对人类的信任。”

黎椏表情有些凝重。

“初恋可能会影响往后的恋爱模式，但你不该赋予他这么重大的意义。”

“如果没有那么多的妥协和纵容，他会有如此心安理得去祸害全世界的胆量吗？”

5

蜜蜂在经历了糟糕的初恋之后，几乎得了自闭症，从之前那个看谁都心动的人，陡然变成了一个看谁都讨厌、对谁都充满了戒备的刺猬。

她安安静静地单身了好几年，一直到大学快毕业，如果不是第二任男朋友出现，她几乎觉得自己内心的伤痕都快要被时间给治愈了。

和第二任男朋友交往完全是个意外，他长相平凡，性格活泼，喜欢开玩笑，是人群中活宝型的人物。蜜蜂被无端逗笑了几次之后，没有像以前那样竖起浑身的刺扎人，反而感觉到一种神奇的力量，浑身的尖刺竟然都慢慢地柔软了下来。

“经历了一次花心男人的洗礼，我感觉认识他是老天馈赠的礼物，他踏实稳重，还很乐观，虽然长得不出众，但很会讲笑话，我的生活因此充满了乐趣。他给了我难得的安全感。”

“听起来像是一个具有疗愈功能的家伙。”黎椏为蜜蜂感到欣慰。

蜜蜂忽然抬起头来，用异常严肃的神情说：“悬崖通常伪装成花团，越安全的表面下其实越危险！”

她的表情真的把黎椏吓了一跳，难以想象一个如此开朗、乐观、活泼的男生的出现，会携带着什么危险。

“我以前听说喜剧演员都有抑郁症，那些活泼、好动的人往往是内心极其苦闷的精神疾病患者，这种说法你知道吗？”

“是有这样的说法。但是抑郁症的成因很复杂，很多人以浮夸的表面去隐瞒和对抗内在的阴沉，结果可能适得其反。”

“原本以为他会是治愈我的良药，没想到是个隐藏很深的魔鬼！”

“魔鬼？”

“对！”蜜蜂说到这里，整个人都紧张起来。

“你们之间发生了什么？”

蜜蜂说：“开始我们确实相处得不错，但很快事情开始往奇怪的方向发展了。”

“你是怎么发现有问题的？”黎桠已经越来越好奇，有点无法自拔地沉溺在这个并不友善的故事中。

“他活泼的外表下其实挺敏感多疑的，我一开始没太在意，直到有一天，我发现他竟然偷看我的手机。”

“偷看你的手机？”

“对，他还破解了我的电脑密码，邮箱、QQ，他都查看过。”蜜蜂说，“多可怕！当你对一个人完全不设防时，对方却处处监视你的一切！”

“你是怎么知道的呢？”

“有一次我洗澡忘了拿浴巾，出来的时候看到他正在偷看我手机。我当时都惊呆了，没有惊动他，悄悄地回到浴室，从浴室门的缝隙里，我看到他一直皱着眉头翻看，直到洗澡结束。你知道这多恐怖吗？什么时候开始看的，看到了什么，为什么要看，我全部不知道。明明是一个看上去如此阳光的人，这种反差不是很可怕吗？”

“你手机里有秘密吗？”

“没有秘密，也不代表我想分享。”

蜜蜂这段话黎桠觉得感同身受，她说得很对，有一些个人隐私，诸如财务情况、悄悄话、工作交流，甚至一些消费记录，这些都并不是愿意跟人分享的，黎桠理解并赞同她的观点，但猜不到蜜蜂的故事会这样发展。

“人一旦没了信任感，内心生出嫌隙，感情基本上就没办法继续了。他可以假装若无其事，我却不能装傻，我开始有意识地逃避他。减少见面次数，更改手机密码，邮箱也换了更安全的，我本想改善，没想到更大的分歧就此出现。”

“他发现了？”

“对，他发现了我的变化，开始了更加可怕的臆想，他觉得我肯定做了对不起他的事才变得冷淡。所以，他从侦查手机发展到了跟踪，从破译密码发展到了冒充陌生人跟我撩骚。他用各种奇怪的手段在试探我，脾气也开始越来越坏，跟我当初认识的他完全不像是一个人。那些快乐活泼就像是面具，是他用来打开这个世界的工具，内在的他完全是个怀疑狂，而且有严重的暴力倾向。”

“暴力倾向？”

“是的，一言不合摔手机，吵架的时候拿啤酒瓶砸伤过自己的头，抓住我的胳膊狠狠地威胁过我……”蜜蜂很痛苦又简略地说着，“第一任男友毁了我对人类的信任，第二任男友直接诱导了我内心魔鬼的诞生。后来的事情你也知道了，我成了重度疑心病患者。

回忆确实是一个很痛苦的过程，但也是一个解开心结必须要经历的炼狱般的步骤。

蜜蜂从一个单纯无邪的可爱少女，变成如今情绪问题严重的患者，经历过不少匪夷所思的故事。每一次的伤害都像是埋了一颗恶意的种子。直到她遇到了“终极大魔鬼”，之前所有的小恶全部集结起来，凝聚成一股邪恶的力量，井喷式地爆发了。

“也真是很奇怪，我就像是一个垃圾站，几乎接触到的每一个男人都很不堪。越经历我的内心越复杂，我怀疑人性，怀疑人生，我开始研究男人的心理和生理构造，研究进化论……哈哈，你别笑我，我也是半个两性专家呢。”

“遇到感情危机，要么是求助，要么走向了研究之路，很正常。”

“不正常。其实并没有任何理论可以合理解释不合理，童年阴影？原生家庭影响？天性中的动物成分？这些都无法说服我去理解那些背德的行为。我渴望遇到正常人，就是我们歌颂的那种人，认真、忠诚、仗义、磊落、上进、专一，但是真的有这样的人吗？真的有吗？”

黎桠很肯定地说：“当然有，就像我们看到每一片树叶的脉络和形状都不相同，可它们不管是杂乱也好，清晰也好，都是存在于这个世界上的。不要让经历局限你的眼界，不要让痛苦主宰你的善良，永远要相信有美好的事物存在。”

“你听了那么多阴暗的故事，还能始终信仰光明，这倒是让我很意外。”蜜蜂很坦率地看着黎桠，“如果真实答案是并没有呢？你会不会绝望？”

“相信就会存在。”

蜜蜂说：“其实一直到认识那个魔鬼之前，我还是怀抱信心的，我也想让自己不那么绝望，想让自己内心多一点阳光。可惜，命运真的很残忍，看我张着翅膀奋力扑棱，它却一把把我摁在地上，反复碾轧，并将我送进了坟墓。”

“这个‘魔鬼’到底是怎么出现在你生命里的？”黎桠迫不及待地想知道，而蜜蜂似乎总是在周旋，黎桠鼓励她勇敢地说出来，只有直面内心最恐惧的部分，才是获得救赎的开始。

蜜蜂在沉思了好久之后，才开始讲“魔鬼”的故事。

跟先前的部分不同，关于“魔鬼”的这一段经历，她讲得很不流畅，断断续续，磕磕巴巴，几次推翻又重来，有点语无伦次，完全不像之前思路清晰，甚至自带分析，还间歇性自黑和自嘲的那个她。看得出来，“魔鬼”确实给她带来了巨大的影响，这影响久久未散，一直到现在。

黎桠在听完整个故事之后自己大概梳理了一下，基本情况是这样的：在经历了初恋伤害，以及第二任男友彻底颠覆爱情观之后，蜜蜂接二连三地遇到了不少目的不纯的“渣男”，导致她极度渴望安全感。随着年龄增长，她眼看快要到30岁的关头，很多女生这个年纪都已经做了妈妈，有了稳定家庭，她也开始盼望有一个属于自己的家庭，于是她听从了父母的劝告，开始频频相亲。

“魔鬼”就是蜜蜂在相亲的过程中认识的，介绍人说这是一个优秀青年，经济条件不错，是个值得托付终身的对象。

确实是非常意外了，她人生中遇到过的最邪恶最可怕的“魔鬼”，竟然是以相亲这种方式认识的，还是熟人介绍，所谓知根知底，实在有点讽刺。

“刚开始的时候，一切都很美好，他确实是足以令人称赞的精英青年，有事业心、上进、做事得体，完全是个理想的结婚对象。我当时的感觉是捡到了宝，看到身边有那么多差劲的男人，更觉得他很珍贵。你看，邪恶的东西往往包装精美，越看似完美的东西越隐藏无限的危险啊。”

“他是你第二个男朋友的进阶版吗？”黎椏忍不住猜测。

蜜蜂看着黎椏，半天才说：“如果只是那样，就好了。”

“到底是怎么样的一个人会被形容成‘魔鬼’，实在难以想象。”

“我都不知道该怎么描述他。先说看上去的他，就像所有人看到的一样，是个大好青年，我对他非常满意。也许之前遇到的男人都太差劲，垃圾堆里打滚的我，偶尔看到了一点点光明，真的是感恩戴德。不过人也是奇怪，拥有太多也会觉得不安，我凭什么这么幸运，能够遇到这么好的人？而且，他这么好，为什么一直单身呢？各种疑问就悄悄地升腾起来，我内心的一些邪恶也开始作祟了。你猜我怎么样了？”

“怎么样？”

“我变成了我第二任男友。”

“你？”

“他太好了，我怀疑完美背后，也许有什么见不得人的东西。我开始复制第二任男友的模式，偷看他手机，潜入他的邮件，查看他所有社交软件的关注，试图从中寻找一些蛛丝马迹，我甚至跑去偷看他的私信、收藏夹，还到求职软件上把他的简历也翻了出来——”

“你发现了什么？”

“很遗憾，什么都没发现。完全是一个无懈可击的大好青年。”蜜蜂咯咯咯地笑了起来，“连一丝暧昧，一点疑点都没有，百分百的正派人。”

“所以，只是你的心魔作怪吗？”

蜜蜂说：“如果他这么简单被破译，就不会是‘魔鬼’了。”

“真相到底是什么？”

“如果一切到此为止，确实是个美好的故事，可怜的我在经历了不少‘渣男’之后，终于被命运眷顾，遇到了理想型，我们彼此相爱，从此过上岁月静好、心满意足的生活。然而，我注定不会有这么好运。在偷偷调查许久但没有发现任何蛛丝马迹之后，我完全信任了他。但很快，他就暴露了。”

黎桠没有打扰蜜蜂，甚至连呼吸都变得小心，担心会影响她的讲述。

“那次也是个意外，我们俩去旅行，白天玩得很开心，晚上回到酒店，我刚好要处理一份文件，他去洗澡了，我在他电脑上处理工作。也不知道是不死心还是命运的驱使，我点开了他的“最近使用项目”，发现了一个我从没见过的小众社交软件，点开之后发现里面只有三天内的记录，他应该是有清理的习惯，但是这三天我们在旅行，所以他没来得及处理吧。”

“是一个什么样的小众软件？”

“这个社交软件是专门给特殊癖好人群使用的交友软件，他们在上面寻找同类，讨论那些对常人来说十分变态的内容。通过他的主页，我还发现他留下的联络方式是陌生的邮箱、陌生的微信，以及我不知道的电话号码。所以你明白了吗？他是一个双面人。表面上，他干净纯洁，毫无瑕疵，而背面却是异癖者。”

“你在你们的亲密接触中，发现他有什么不一样的表现吗？”

蜜蜂说："完全没有，非常正常。要不是这样，我也不会如此震撼。当我看到这些完全在意料之外的信息，真的崩溃了，当时大脑一片空白，浑身发抖，一直到他洗完澡，我都没有缓过来。"

"你当天就跟他摊牌了吗？"

"没有，我不敢。"

"你看上去很勇敢，但每次遇到问题，似乎都在逃避。"

"是的，我不敢面对现实。我距离美好的生活就差一步，却发现那只是一幅画，撕开画纸，后面居然是万丈深渊。"蜜蜂在讲述中真的开始发抖，像是身处寒冷的人那种孤立无援的感觉，又像是看到了怪兽后受惊吓的那种恐慌，黎棰停止了交谈，点了一杯热咖啡，试图让她平静下来。

"如果你不想再回忆，我们可以停止交谈。"

"不，不要停止。"蜜蜂拒绝了黎棰的提议，"必须要面对现实，否则，藏在内心的'魔鬼'将永远支配着我的软弱。"

蜜蜂还是勇敢的。

6

她发现了秘密，却不敢揭穿，这也加剧了悲剧的诞生——害怕失去，却无法再信任。像被抽去了灵魂的复仇僵尸一样，不断地收集着那些可怕的证据，而他毫不知情。表面上的他把所有秘密处理得干干净净，而背后一直窥视的她，也是用同等利索的手段，收集证据，不留痕迹。

像是一场无声的暗战，在邪恶的号角吹响的同时，悲惨的结局也即将抵临。

"那天是周年纪念日，我们吃了饭，又喝了酒，像过往一样若无其事。席间来了一个电话，我一眼认出了那个号码，在他小众软件上交流最多的一个人。也许是喝醉了，也许是积压的悲愤太多，我一下子就失控了。”蜜蜂痛苦地回忆着。

“我先是大哭，猛地跳过去掐住他的脖子，我当时很想把他掐死，如果他死了，是不是我的痛苦就会少一点了？他发现我不对劲，立刻制止我的行为，我开始撕扯他，打他，砸碎他的手机，甚至拿啤酒瓶砸自己的脑袋。熟悉吗？第二任男友模式全展示，满腔恨意都付诸暴力表达了。

“我恨他，恨他毁了我的幸福，恨他表里不一，恨他恶心卑鄙，恨他虚伪的面具，我要撕裂他！他是个恶魔、变态，欺骗全世界，又利用我！在我们感情稳定的假象下，他心安理得地进行着肮脏的勾当。天啊，这个‘魔鬼’，他不但毁灭了我的幸福，还让我最终也化成了‘魔鬼’……”

“蜜蜂，你不是魔鬼，你只是一个受害者……”

蜜蜂抬头看着黎桠，一字一句地说着，像是在喃喃自语又像是在为邪典总结：“我彻底破碎了。不再信任任何人，不能再平静地进入亲密关系，我成了一个不折不扣的精神病。我发明着各种侦探手段，我孜孜不倦地监视，我阴暗无比的内心流着毒液，我对世界充满敌意，对男人充满痛恨。然而，我还是离不开男人，离不开恋爱，我爱他们，又恨他们，我用最大的恶意去揣测所有我爱过的人。

“我破坏任何一段关系，又毁灭所有靠近我的人，这是复仇吗？只要是女性，我都会恶狠狠地用小号去骂她们，羞辱恐吓，我恨不得让全世界的女性都消失，因为在我看来，她们都是我的情敌！！”

蜜蜂忽然加快的语速，夹裹着浓烈的仇恨，一波波地翻滚袭来，黎桠感觉头昏脑涨，肠胃不适，一种强烈的生理反感涌上心头，几乎招架不住。

就在这时，蜜蜂又忽然恢复了平静，笑意盈盈宛如什么都没发生一般看着黎桠，带着挑衅和玩世不恭的语气问：“你说，我还有救吗？”

窗外，一切如常，阳光明媚，蜜蜂将自己投入到茫茫人海中，像

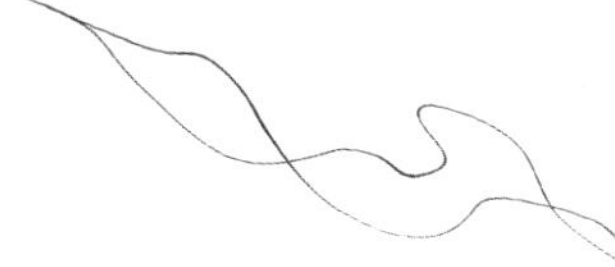

每个行走的正常人一样，谁也看不出来她是个无法相信任何人的重度“病人”。

此后的很多天里，黎椏一直没能从低落的情绪中走出来，脑子里全是蜜蜂的脸，为她的遭遇难受，一个受伤后无法自愈的女孩，用伤害的方式去对抗伤害，以毁灭回敬毁灭，如果有专业的心理修复和情感辅导，人生会不会有其他可能？以自己的专业素养，确实无能为力，蜜蜂需要寻找更专业的机构治疗。

一天夜里，黎椏在噩梦中醒来，满头大汗，呼吸困难，梦里全是蜜蜂讲述过的故事画面，打开邮件查找蜜蜂的邮箱地址，却发现和蜜蜂的来往邮件不翼而飞，就像从没出现过一样，黎椏反复查找了多次，依然没有找到，仿佛这一切真的是黎椏的一场梦。

第三章

困在年龄里的野兽

倾诉者自述：

“对我来说一切被禁止的或者不被认可的方式，才是刺激。”——金鱼

1

白沧海的到访令黎桠有点意外。

黎桠平日很少招呼朋友到家里来做客，家对于她来说，是一个私密的空间，一个放松身心的场所。尤其是最近，洛宁出差，她独享这种难得的懒散和自由。所以，白沧海的到来，让黎桠慌张了好久。外卖还没吃完，内衣还没收纳，桌上凌乱不堪，这样的生活细节展示给一个还不算熟悉的异性，确实有些尴尬。

不过，当白沧海的招牌笑脸出现在门外，一切显得没那么重要了。

“打扰你了吗？”

“没有。”

白沧海进门后四下环顾，惊叹：“你家比我想象中广阔十倍。”

黎桠倒了杯水递给白沧海：“以为我住在胶囊公寓？”

“差不多吧，感觉你是生活在狭小空间里的人。”

“因为我看起来不够大气？”

“不，因为你习惯性自我封闭。哪怕跟你坐在一起，都觉得你把自

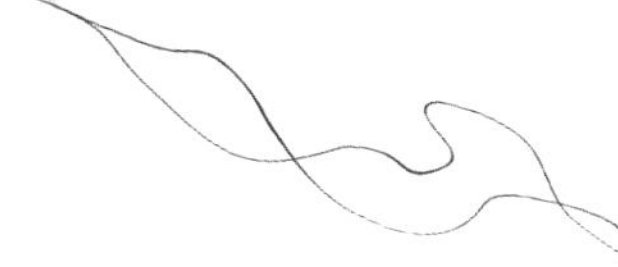

己关在自己里面。”

“自带监狱装备。”黎桠笑起来，不得不说，白沧海每句话都说得很有趣。

“你平时在家里都干什么？”白沧海坐在沙发上，就像在自己家里那样自然。

“在家里不用干什么呀，只要不出门，怎么都好。”

“是因为太红了吗？”

“你也笑我？”

“不是笑你，连我的邻居阿姨都想托我找你签名，顺便问问她女儿30岁了还不着急找对象怎么办。”

“守着一个正经的心理学博士，怎么能绕道来问我。”

白沧海说：“学术派在生活里并不受欢迎，大家好像更需要你这样的倾诉对象。”

“你的定位很准，我确实只是一个倾诉对象。”

“又不完全只是聆听，你会反驳、思考、探讨，还能提供令人意外的角度和观点。”

“我倒是很希望自己有专业素养，可以真正帮助别人。”

“‘帮助’是多维度的，不是人人都需要专业治疗，很多人只想发泄一下负能量。”

“我以前都不知道，世界看起来很平静，结果人人有烦恼。”

“我以前也以为精神问题只存在于少数精神疾病患者中。”

黎桠把话题一转说：“你快毕业了吧？”

“下个月回美国交论文，看看导师能不能让我毕业吧。”白沧海站了起来，在房间里四处参观了起来，停留在大大的落地窗前笑着说，“你这房子好棒，阳光充足，空间开阔，进来都不想走了。”

“是吗？可能我住太久，都无感了。”

“这个地段，租金应该很贵吧？”

“大学毕业那年父母送的礼物，算是成人礼。”

"你父母真的太爱你了。"白沧海露出了很惊讶的表情，满满的羡慕。

"也可能他们嫌我烦，花钱把我支走呢。"

"这样的嫌弃我也想要。"

"上次在节目里有个给父母买别墅的年轻人，记得吗？那个有失眠障碍的工作狂人，那才是我羡慕的人生。"

"各有成就吧。对了，听苏霏说，你男朋友是个投资行家。"

黎樾笑了笑，说："还没见回报。"

"能够征服你，这是他最大的成功吧。"

"我有那么好吗？"

"你都不知道吗？"

"我要是说知道，会不会太自恋了？"

"一点都不。你聪明敏锐，似乎有一种天生的洞察力，我只能说这是一种天赋，天赐的智慧。我们花了很多年的时间来研究的课题，你完全无师自通，这点我相当地羡慕你。"

"你这么说，让我在专业人士面前多惭愧。"

"一点都没有恭维，在心理测评和情绪疗法方面我确实有一定优势，但危机分析和心理调节方面，明显力不从心。"

"不用为了迁就我而谦虚。"

"专业这件事，用于分析和推论是相当不错，但难以捉摸的是人心，我生活阅历太浅，太多反常规、反逻辑的现象，我觉得无从把握。"

"我喜欢观察和研究人，天生对未知的事物充满好奇，没有专业包袱，无知无畏吧？现实远比电影和小说更离谱，正因为毫无逻辑，难循规律，我对此非常着迷。"

"我对你也很着迷。"白沧海脱口而出一句话，把黎樾吓了一跳，白沧海见状立刻改口说，"口误口误，我是想说我对此也很着迷。"

虽然白沧海纠正了口误，但冲击效果已造成，黎樾心跳加速，浑身的血液沸腾，脸烫烫的，难以平静。她赶紧假装去烧水，离开了尴尬的现场。

在厨房拿热水壶的时候，黎桠忍不住偷偷地看了一眼不远处的白沧海，他显然没有被刚才的事影响到，依然自得其乐的样子，正在研究黎桠桌上的一个复古小收音机。

白沧海的样子是黎桠当年中意的类型，德智体美劳全面发展的那种模范生，后来黎桠的审美有点改变，也许受了母亲的影响，喜欢起五官分明、身体结实的硬汉，也如愿找到了一个此类型的男朋友。母亲的逻辑很有趣：男人一定要健壮，否则连个桶装水都要自己换。

男人心目中会有红、白玫瑰，女人也有自己的月光和艳阳。洛宁是照亮寂寞夜空的明月，而白沧海是能量十足的骄阳。讽刺的是，枕边月光似乎对她一无所知，光年之遥的太阳却总能一眼把她看穿。

白沧海当然意识到了刚才的尴尬，那么明显的暧昧，傻子才感受不到，但也只能佯装口误来遮掩局促。他忍不住偷偷看了一眼正在厨房里忙碌的黎桠，确认了一下自己内心的感觉。黎桠有点独特，她似乎自成宇宙，与外界保持着微妙的距离，正是这种神秘而清冷的气质，深深地吸引了他。

平时他们接触很少，私下极少交流，对黎桠的了解都来自苏霏。白沧海得知黎桠有个关系稳定的男朋友竟有些失落，虽然苏霏对那个人评价很低，但他依然是白沧海羡慕的对象，如今那浅浅的好感被现实打压，已经化为健康的欣赏，不能拥有感情，也希望可以获得她的友谊。

水终于烧开了，黎桠给白沧海冲了一杯咖啡，顺便调侃道：“上次听苏霏说帮你介绍了几个女朋友，怎么样，有合适的吗？”

“苏霏介绍的女生都太离奇，不合适。”

“离奇？”

白沧海说：“离奇到……每位都可以写成相亲段子在网上连载了。”

“这么精彩吗？”

“有个女生上来先问星盘，接着跟我讨论冷读术，还用软件查了我跟她的三世缘分，说我俩有一世是宿敌，在战场上厮杀过，所以今生注定有缘无分……她随身携带一套性格测试题，测出了我的隐性人格，最后用花瓣占卜算出来我35岁会遇到发量危机。”

“哈哈哈哈，真的有这样的人吗？”

“千真万确。还有个女士，上来就问我有过多少伴侣，对无性婚姻怎么看。”

黎椏笑起来，问：“你怎么回答她的？”

“不想搭理，谎称牙疼跑了。”白沧海说，“还有一个最离奇。”

黎椏饶有兴致地看着白沧海，他讲话有趣生动，常常让人忘记他是个严肃的心理学博士。

“有一个女孩，来了一个套娃约会。”

“什么叫套娃约会？”

“刚开始见面的是她自己，十分钟后来了一个她的闺密，俩人高高兴兴聊起了美甲和打折；五分钟后又出现了一个闺密，三个人开始讨论美食和明星；一刻钟后，又偶遇了一个闺密，四个人玩起自拍。那天我甚至感觉自己是多余的存在，原来女生之间有那么多话题，完全不需要男人介入。”

“苏霏去哪里找来这么多奇怪人类？”

“苏霏本身就是一个奇异人士，她认识什么怪人我都不觉得奇怪，不过她把这些怪人发配给我让我有点迷惑，她是怎么判断这些人适合我的？”

“她估计没做匹配思考，就是觉得大家都是单身，热心介绍。”

“她确实是热心，而且不容拒绝。”

“不懂拒绝的人，内心都很善良吧。”黎椏对白沧海的境遇有点感同身受。

“你跟苏霏是怎么认识的。你俩就像两个星球的人，能够关系那么好，有点不可思议。”

“大学同学，同寝室的室友，也是唯一保持密切联系的同学了。”

“难怪。不过，根据吸引力互补规律，封闭的你容易被火热特质的人吸引，只有足够的热情，才能让你敞开心扉。”

“你让我想到了炭烤扇贝。”

“哈哈哈哈……黎椏，你这突如其来的幽默感，让人特别惊艳。”

“……”

“抱歉，是惊讶，我今天怎么了，简直语无伦次……”白沧海再次“口误”，有点不好意思了。

“你跟苏霏是怎么认识的呢？你不是一直在美国吗？”

“这个……保密。”

“保密？”本来随口一问，但白沧海一句“保密”，倒是引起了黎椏的好奇，不过出于尊重，也没再多问。

“你年轻有为，前途无量，慢慢寻找合适的人吧。”

“人是很多，合适太难。”白沧海摇摇头，有点遗憾。

又是一阵微妙的感觉飘过，短暂的沉默，白沧海忽然说：“对了，今天来找你，其实有一件重要的事。”

“什么事？”黎椏也才明白过来，原来白沧海是有事来访。

“我不是马上毕业了吗？打算开一间心理诊疗工作室，想邀请你做我的合伙人。”

“工作室？合伙人？不合适吧？”

“非常合适，你就是不二人选。”

“我没有职业资格证，也不具备专业资质，做节目还有一定的娱乐性质，但如果是心理工作室，应该需要更专业的人士吧？”

“专业人士当然也会有，我想跟你一起工作。”白沧海很真诚地看着黎椏说，“接受我的邀请吧。”

“这……”

“你可以拒绝，但不要马上回答，我不要那么快知道答案。”白沧海喝完咖啡，起身告辞。

在电梯口，他看着黎椏，试探性地笑着说：“你不会真的打算拒绝我吧？”

……

“好好想想，认真回答我。”电梯门关闭前，白沧海忽然留下这样一句，还扮了个鬼脸，电梯门一关，他整个人就消失在黎椏的眼前，看着关闭的电梯，盯着不停变化的楼层数字，黎椏发了半天呆。

2

那之后黎椏的生活又重归平静，直到一次节目录制发生意外。有个白发苍苍的母亲在节目上控诉被儿女遗弃，怀疑他们想联手抢她的房子，还要把她骗去乡下的养老院。

现场观众和专家们都对她的遭遇报以同情，纷纷指责儿女过分。没想到直播途中，儿女们看到了节目，直接给节目组打电话来对峙。主持人接到制片人的指示，跟儿女进行了场外连线，女儿作为代表发言，把老人的话全部推翻，并且指责母亲精神有问题。

他们口中的老母亲，经常在外面讲儿女们的坏话，擅长挑拨是非，污蔑过邻居偷钱，半夜高空扔垃圾。街坊四邻都了解她的为人，居委会能证明她品德败坏，这样的母亲，他们敬而远之。场上戴着面具的母亲听了这些话，当场破口大骂，一口气没上来，浑身抽搐直接躺倒在演播现场的地上。

整个局势乱成一团，苏霏在现场负责调解，不得不暂停直播，救护车随后带走了老人。这晚的事件当然给观众提供了一个热议的话题，但是黎椏特别难过，看到一家人互为仇敌，内心有说不出的难受。

回到家里，黎椏洗了个舒服的热水澡，却没有轻松舒适的感觉，直播中的事故一直像个阴影挥之不去，想起洛宁去海南已经十多天，因为忙碌很少联系，于是给他打了个电话。

电话响了好多声才被接起，洛宁的声音传了过来，非常熟悉，亲切，黎椏一下子想念泛滥。

“睡了吗？”

“正准备睡呢，这不是看你来电话了，马上就清醒了。”

“我有这么大威力？”

“那是，我的引领者，人生启明灯，闹着玩吗？”洛宁一贯的戏谑语气，黎椏却并无心思说笑。

“晚上直播你看了吗？”

“直播？哦。没。”

黎椏有点失落，她以为洛宁会很关注自己的节目。

“直播怎么了？发生什么事了？”

“没什么。你这两天怎么样，海南风景不错吧，项目谈得顺利吗？”黎椏不愿意再谈直播里的事，转移了话题。

“哎，天天跟投资人谈判，各种应酬，没白没黑，哪有时间看风景。”

“难怪。”

“难怪什么？”

“没什么，难怪都没时间关心我了。”

“看你说的，我没有一天不想你的，不，时时刻刻、分分秒秒都记挂着你。”

“我要是不给你打电话，你打算什么时候打给我？”

“我本来今天是想打给你，忙完回酒店太晚了，担心你直播太累，没忍心打扰你。”

“是吗？”

洛宁说：“当然了，对天发誓，我每时每刻都在想你，每一寸皮肤都在想你，身体每一个部位都在想你。”

“洛宁，说实话，你真的想我了吗？”黎椏异常严肃地问。

“怎么，你还是不信？”洛宁信誓旦旦，底气十足。

黎椏叹了口气，没说话。

洛宁发现黎椏的异样，问道：“到底发生什么事？”

“没有，我只是想你了。”黎椏说完，不想再继续说下去，“先这样吧，我有点累了。你也早点休息。”

挂了电话，黎桠倒在无边的黑暗里，坏情绪不可预估地袭击了她的全身，她盯着天花板，发了好久呆，然后闭上了眼睛。

挂了电话后的洛宁站在阳台上沉思了好久，一回头，看到林嘉嘉像个幽灵一样，眼神充满敌意地看着他。

“吓我一跳。”洛宁真的吓出一身冷汗。

林嘉嘉说：“怕什么？你的外星人身份暴露了？”

洛宁避开话题，向房间里走去，夜晚的室外有些冷，海风习习，夹杂着凉意，他竟有点瑟瑟发抖。

“冻死我了，怎么海南还能这么冷？邪门。”

“有这么夸张吗？冷？我还出汗呢，你是心虚吧？”

“我有什么可心虚的？”

“每个身体部位都忙着思念呢，是挺虚的。”林嘉嘉冷笑地看着洛宁。

“你偷听我打电话？”

“还用偷听吗？你声音那么大，唯恐整个酒店不知道入驻了个大情种。”

洛宁一把抓过说话阴阳怪气的林嘉嘉，半开玩笑半严肃地说：“你非要这样说话吗？嘴里跟长了根针一样，张嘴就扎人，我怎么你了？”

林嘉嘉甩开洛宁的胳膊，气呼呼地坐在沙发上，拿着手机乱刷视频。

洛宁看着她说：“我高高兴兴陪你出来玩，能别一天到晚地制造不痛快吗？”

“到底是谁制造不痛快？”

“你生气是因为我接了黎桠的电话？”

林嘉嘉没说话。

“现在还没分手，该尽的义务还是要尽的，打个电话你就受不了了？”

“你说不爱她，但肉麻情话张嘴就来，我到底该相信你说的还是我看到的？”

“我要是爱她，能陪你在这里浪费时间吗？”

“怎么是陪我？谁陪谁都不一定，我也许在你眼里只是个消遣时间的免费陪游。”

“越说越难听。来，抱一个就好了。”洛宁说着就往林嘉嘉怀里钻，林嘉嘉余怒未消，再次推开他。

“你到底想怎么样？”

“我想知道你的真实想法。”

“什么真实想法？”

“洛宁，你跟我说实话，你到底爱不爱那个女的？”

“真的够了，今天问爱不爱你，明天又问爱不爱她，女人怎么都喜欢问这种问题，爱又怎么样，不爱又怎么样？”

“不，答案对我来说很重要。”

“那你说说，有什么重要的，有什么差别？”

林嘉嘉说：“如果不爱，立刻分手。”

“如果爱她呢？”

“那就好好去爱，我退出，我不想再玩这种捉迷藏的游戏！”

“可以啊，你选择退出，我没意见。”洛宁手一摊，摆出无赖的样子。

“无耻！”林嘉嘉气得浑身发抖，抓起身边的抱枕向洛宁扔过去。

“无耻？我知道你心里看不起我，当然，我确实不是什么好人，但是你也不是，你虚荣、势利、现实，喜欢利用别人。我第一次看见你的时候，就被你这些毫不隐藏的缺点吸引住，我好像看到了自己，咱们俩太像了，真是天造地设的一对。”

“错了，洛宁，我跟你完全不一样，我承认自己虚荣、虚伪、势利、贪婪，但是，咱们俩的不同在于，我有良心，而你没有。”

“良心？林嘉嘉，你跟我谈良心让我觉得特别幽默。”

“是啊，因为这是你没有的东西。”

“你在网上做直播，收陌生人礼物的时候，你想过良心吗？现实中你美滋滋地炫耀各种战利品的时候，你想过良心吗？我真没看出来你还是道德模范呢。”

洛宁在身侧的镜子里看到林嘉嘉抓狂的表情，沉默了半晌，说：“分手是肯定的，时间不能定，你愿意等就继续等，不愿意等不勉强，明天你就离开，机票自己买。往后你继续带你的货、做你的网红，我回归原来的生活，大家不要再联络。”

林嘉嘉眼圈红了，也没有再说什么，她很明白洛宁说得出做得到，她如今已经骑虎难下，进退两难。

3

金鱼的出现，完全在黎椏的意料外。

电视台为了筹办台庆晚会，所有节目录制都暂停一周，黎椏也终于有了做节目以来的第一个小长假。

白沧海去美国完成他的毕业答辩，临走前本来说好邀请黎椏一起吃个饭，却临时有事提前离开，甚至都没来得及跟节目组的人告别。

洛宁还没从海南回来，黎椏想放空几天，可紧绷的神经一下子松弛下来，她竟然不知道时间如何安排。

回家跟父母吃了顿饭，聊了聊家常，饭后父母惯常坐在沙发上看电视剧，她收拾完碗筷，洗了水果陪着看了一会儿，却觉得十分无聊，甚至看得有点困。父母却看得津津有味，黎椏瞬间觉得自己的存在有点多余，她意识到父母的日常生活并没有她的位置。毕业后分开住的这几年她很少回家，父母似乎也习惯了没有她的日子，她来她去，他们并不太在意。人一旦疏离，竟然也就习惯了。

黎椏一个人在傍晚7点的城市街道溜溜达达，不知何去何从。就在她百无聊赖的时候，苏霏一个电话打来，说想找个地方聊聊天，并且扔过来一个陌生地址。黎椏很开心，欣然前往。

自从合作节目以来，她们虽然天天见面，却很少有私人交流，苏霏现在是台里最红的编导，除了这一档爆火的《危情现场》，她还负责另一档民生类节目的策划，整个人忙到飞起，连正经吃个饭的时间都没有，各种电话没完没了，但她从不见疲态，精力之充沛，真的令黎椏羡慕。

黎椏按地址抵达，发现是一个类似艺术工作室的地方。整个空间都很有格调，灯光布置得错落有致，明亮又不刺眼，有一种淡淡的温柔，楼梯漆成复古灰，扭转着向二楼延伸而去，就像一条有心事而未露面的巨龙。

黎椏在一楼等候半天也不见苏霏，此时门口却出现了一个圆脸大眼睛的女孩。

“你是黎椏？”女孩看到黎椏，眼神一亮，很快又熄灭，似乎有点惊喜，又立即克制。

“你认识我？”黎椏有些惊讶地问。

“黎椏老师，在这个城市，人人都认识你。”她脸上堆起一个笑容，眼神却始终蒙着一层“神秘”的阴云，“谢谢苏霏，终于见到你了。”

“见我？”黎椏没搞清楚状况。

“不要怪苏霏，是我的主意，我叫金鱼，想跟你认识一下，又怕被你拒绝，所以贿赂了苏霏。”

尽管有点不舒服，却也不意外，只是没想到这个夜晚发生的事将成为黎椏生命中很特殊的一个经历。

中间苏霏打来电话，说等忙完了就过来找她们，让黎椏先跟金鱼聊，消夜她请客。当然，那通电话之后苏霏一夜都没出现。

黎椏就这样，稀里糊涂地被拖到了金鱼的故事里去。听完金鱼的故事，天已经微亮，而大脑一片空白的黎椏，就像那蜿蜒而去、不知目的地的巨龙，头部被按压在令人窒息的泥沼中。

4

金鱼非常年轻，眼神却充斥着一种看透世界的不屑和藐视权威的傲慢。她有着稚气的童颜，身材却十分火辣，像是一头蠢蠢欲动的野兽，时刻想挣脱牢笼。

甜蜜和野蛮共存，纯真与欲念并行，她经历过常人难以想象的隐秘之事，也玩世不恭地对待过世界；她将爱情当作探索真理的游戏，像是上瘾一般去体验各种非常规的关系，小小的年纪已饱经沧桑。

在普世价值观中，金鱼不可避免地被标记为异类，但她从不在意普通人的看法。

最开始，金鱼是克制的。没有像其他倾诉者那样着急地去表达。她端了杯热茶，却一直没喝，眼神有些“流离失所”，也许是不知道该如何拉开这庞大故事的序幕。

房间里正在播放一张日文专辑，金鱼似乎很喜欢，时不时跟着哼几句，若有所思地转过头来看着黎桠，问道：“你喜欢音乐吗？不喜欢我可以关掉。”

“不用，今晚我本来不想工作的。”

“如果你把我当作工作，我肯定不会见你。”

“但你不是因为我的职业才想见我的吗？”

“我的故事才不会像你那些工作那么无趣，”金鱼说，“不保证有趣，但肯定独特。”

黎桠说：“每个人都觉得自己的经历独一无二，但我听多了就发现，其实大多平淡无奇。”

“反正苏霏今晚不会来了，你就当笑话听听。”

“你怎么知道苏霏不会来了？”

“我有很强的直觉，基本不会出错，比如，我可以预见你会被我的故事吓到。”金鱼嘴边泛起一个不明所以的笑。

“吓到？”黎桠倒是被金鱼的表情吓到了。

“你看，你的眉毛上扬，说明你对我感兴趣。”金鱼说，“如果你刚才皱了眉，我就不讲了。”

“为什么？”

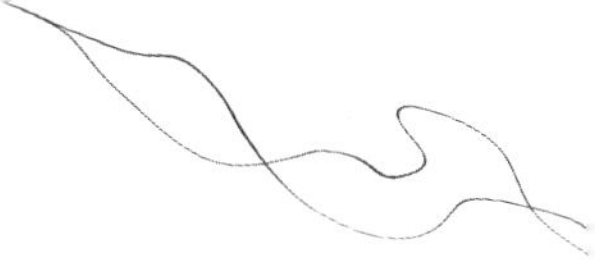

“扬眉是好奇，皱眉是嫌弃。”金鱼说完，模仿了一下扬眉和皱眉的动作，

黎桠笑起来：“准备好了，来吓倒我吧。”

“故事的开头发生在我孩童时的一个周末。我妈外出了，我爸跟他几个朋友在家里打牌，我在屋子里搭积木。夏天很热，家里也没空调，我只穿了一件小裙子，却还是满头大汗。

“房间里有个摇头摆尾的风扇，却总是吹不到我。我跑去拨弄风扇的时候发现门口有个叔叔一直在看我，他的目光让我很不自在，于是我避开他的注视，继续玩积木。过了一会儿那个人忽然抱起我，说陪我一起玩。我当时已经不是需要被抱在怀里的年纪了，我不断地挣扎，终于摆脱了他的钳制。

“后来这个人隔三岔五就来我家，有时还带我出去玩。我父母对这个人很放心，从没怀疑过什么，但我隐隐约约觉得跟他单独在一起很不安……”

“小孩子会有这么敏锐的感知吗？”黎桠问道。

“当然。我从小就是个很敏感的人，事实证明，我的直觉是准确的。”

黎桠点点头，金鱼继续讲述。

“有一天下午，我父母有事外出，那个人主动提出来家里看顾我。他要我陪他下跳棋，还说输了的人要受罚。我输了好几次，他要求我给他剥卤好的花生，还要送到他嘴里。我递给他的时候，他一把攥住我的手腕，吓得我赶紧抽回手。过程中我一不小心打翻了盛花生的盘子，把衣服弄脏了，他立刻抱起我说要帮我洗澡。”

金鱼停顿了一下，用异常平静的口吻接着说：“那个浴室是我的童年噩梦。”

黎桠吃惊地看着金鱼，她语气冷静得就像在叙述跟自己完全无关的故事。

“我不想说细节，那是我终身的阴影，以至于到现在，我每次洗澡或者上卫生间都要把门关得死死的，即使是这样也还是会担心有人进来。

“当然，当时的我并不知道他要对我做什么，只是出于本能的恐惧尖叫。那个人担心有人听到才停了手，各种哄骗我，让我停止了哭泣。那天之后，他再也没来过我家，不知道是做贼心虚还是不敢面对。我再也没听过这个人的消息。

“这件事，今天之前我没有跟任何人提过，谁都不知道。我的父母真的不称职，眼皮子底下发生了这么可怕的事，他们却一点都没察觉到。一个单身男人总围着自己的女儿转，这不值得怀疑吗？”提到父母，金鱼脸上充满了怨气。

听到这里，黎椏忍不住反驳：“我理解你对童年阴影的痛恨，那个年代的父母也许没有那么强的防范意识，但绝不可能是故意安排。”

5

金鱼显然不想继续关于她父母的话题：“不管怎样，这段阴暗的经历，让我过早地结束了无忧无虑的童年。升上初中后，我发育的同时也开始发胖，早熟让我变成困在年龄里的野兽。”

黎椏注意到金鱼的身体，这确实是一副发育过剩的身体，她有着少女无辜无邪的面孔，却完全是少妇般丰腴饱满的身姿，不兼容的元素在她身上奇妙地并存，这样的组合既像是上帝的杰作，又宛如魔鬼的本尊。

“欲望第一次释放，那次经历让我失望透了，那种乏味无聊、机械又蠢笨的方式，让我一度产生了厌烦感。如果女性只是工具而没有快乐可言，为什么要做这种事？”

听到这里，黎椏叹了口气说道：“你知道吗？在我收到的求助邮件里，有很多女性都控诉过类似问题。”

“什么问题？”

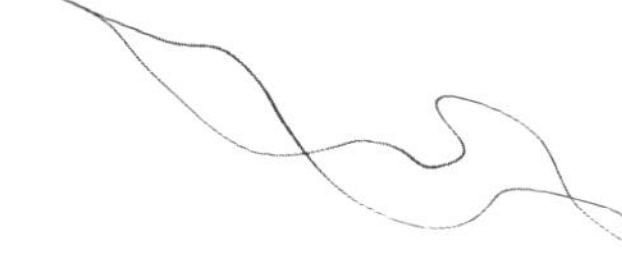

“糟糕的性生活、压抑的感情、不敢表达的欲望。”

“为什么不反抗？”

“不是所有人都有推翻生活的勇气。”

“不敢推翻，又不想忍受，我肯定不会甘心。”金鱼笑着说，“推翻一切会怎么样？比忍受痛苦更可怕吗？”

金鱼的话让黎桠陷入深深的思考中，想到自己的感情，想想自己对生活的态度，她竟无言以对。

“在第一次糟糕的经历之后，我一度觉得自己会孤独终老。直到有一次，转机来了。”

“终于遇到了与众不同的人？”

“我无意间看到一对情侣在接吻，这竟然让我找到了久违的兴奋感！那时候我才明白，对我来说一切被禁止的或者不被认可的方式，才是刺激。”金鱼果然兴奋了起来，此刻她面颊绯红，眼睛闪亮，真的像是被启迪了心智的玩偶。

“你似乎是在补偿内心不被关照的自己。”

“也许是吧，不过我并没有沉迷于此，而是决定遵照大多数人的人生历程，找个人结婚。”

“结婚？”黎桠很诧异，虽然金鱼的身体很像少妇，但她完全不像个有过婚史的人。

“对，那时候我刚刚大学毕业，跟很多人一样，对自身的未来感到迷茫，于是选择了最稳妥的一条路——结婚。不过结婚对象的选择，却有点异于常人。”

“你决定跟谁结婚？”

“爸爸的一个朋友。”

黎桠再一次讶异到说不出话。

“别害怕，不是当年那个禽兽，是一个衣冠楚楚、风度翩翩的老头。结婚那年，我21岁，他55岁，他年龄比我爸爸还大一点。说真的，他比我爸更贴近我内心渴望的父亲的形象。

“我爸因为我结婚的对象大发雷霆，他无法接受我嫁给比他年纪还大的人，他骂我不自爱，又骂朋友糟蹋他女儿。其实我爸一点都不了解我，在这件事上，完全不存在所谓的糟蹋，真要说起来，算是我向对方寻求救赎，他只不过是一棵救命稻草而已，不是他也会是别人。”

“他五十几岁，单身？还是离异？”

“丧偶，老婆在很多年前就去世了，他一直没再娶，是那种别人眼里痴情的丈夫。这也是我对他感兴趣的一点，但我其实也怀疑，真的会有人对另一半忠贞不渝吗？但事实证明，他真的不曾忘记。我不想当一个死人的替身，也挫败于男人对我的不着迷。

“他被自己的人设耽误了一辈子，包袱太重，总觉得自己是个正直人物，对工作尽心、对老婆忠诚、对同事仗义，当一个人对一切都无愧于心的时候，活得会多累？模范的贡品、美德的囚徒，我在内心里是可怜他的。”金鱼停顿了一会儿，似乎陷入深深的回忆和思考中，好久没有说话。

“后来你做了什么？”黎椏问。

“你真的想知道吗？”

“当然。”

“你不怕我做出惊天动地的坏事吗？”金鱼笑了，笑得有点顽皮，像个恶作剧后忍不住炫耀的坏小孩。

“不管你做出什么惊天动地的事，我都不会意外。”

金鱼又笑了，她说：“你真是一个好人。”

“好人？为什么？”

“你知道，世间的偏见往往让我这样的人活得很痛苦，我以为你听到一半就会厌恶地‘弃剧’。”

“你这么一说，我不得不蹲到结局了。”

“你对我没有任何敌意和嫌弃，这也很难得。”

“当别人在向我求救，我不该递去刀片。”

“黎椏，你不知道你有多美好，你让我看到了世界的另一面。面对

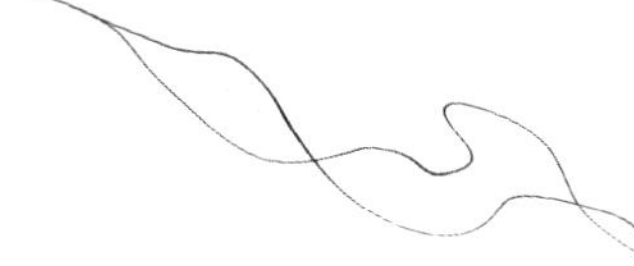

这样的友善我就更轻松了，也可以给你讲点更恐怖的了。”

时间在离奇的讲述中缓缓过去，苏霏如金鱼预言的一样并没有出现，而黎椏也百分之百被这个故事吸引，不知不觉竟快要天亮。

“有点饿了，我带你去吃个消夜吧。”

“应该说是早餐了。”

“不管是什么名义，都不该饿肚子，这太残忍。”

就这样，两个人换了一个场地，来到一个被金鱼吹爆的深夜食堂，店里有个永远挂着一张臭脸、只用气声回复顾客的帅气小伙子，和他毫无耐心地端上来的一盘盘征服味蕾的美味，黎椏此刻深刻地感觉到自己彻底地爱上了这个夜晚。

眼前的金鱼津津有味地吃着美食、喝着啤酒，轻松惬意地晃荡着腿聊着天，黎椏一阵恍惚，以为金鱼并不是初次见面的陌生人，而是交往多年的好朋友。

金鱼当初为了拯救自己，也为了一种心理上的安定感而嫁给年长的伴侣，却并没得到预期中的幸福，很快她就开始厌烦了。

对于金鱼这样的野心家，平淡生活绝不会是幸福的归宿，躁动的欲念被暂时隐藏，一旦遇到合适的时机，会变本加厉地复归，携带着毁灭性的报复。

“当我第一次把他推开的时候，已经宣告这段婚姻的结束。我就像是被囚禁在地牢里的囚犯，以为自己能够习惯黑暗，但是一旦某天看到了阳光，我会不顾一切地离开洞穴，甚至还会回头投掷一个炸弹，让这讨厌的一切支离破碎。

“不光推开他，我甚至还想复仇，也许上天窥探到了我的疯狂，还未付诸实际，我却出了场车祸，差点死掉。在医院里躺了几个月，等到出院之后，我又变回了那个经历过第一次失败性生活的我，这一次连偷窥都不再起作用。”

“后来发生了什么，在你已经无感受的情况下，又发生了什么？”

“这就是另外一个故事了。我后来以身体健康状况堪忧为由，跟老头提出了离婚，他很痛快地答应离婚，还给了我一笔钱，虽然不是巨款，也足够我吃喝玩乐几年了。

“离婚后我重获自由，还有了一点小钱，所以日子过得挺逍遥的。唯一的烦恼就是夫妻生活的不愉快。后来我干脆随遇而安，不再强求。

“这样的日子过了好久，转机终于出现了。”

“你遇到了谁？”

金鱼吃了最后一份烧鸟，满足地说：“我遇到了爱情。”

6

说到“爱情”，金鱼的眼睛里点燃了闪闪的那种光泽，表情立刻变成了和年龄相符的少女状，也许是当初太早接触到这一切，阻碍了她遇到爱情的机会。

“我和那个人的相遇纯是偶然，是在一次很普通的聚会上，我喝了点酒，天时地利人和，总之，我当时就爱上了他，他是一个艺术品，我决定要把这个艺术品据为己有。”

“……”

“但是，我失败了。我用尽了一切办法去吸引他，却都没有效果了。他对我没有任何兴趣，甚至，他有点讨厌我。”

“为什么？”

“哈哈哈，你好可爱！像我这样的人，当然会被世俗中人讨厌呀，不讨厌我的人是少数，是天使，就像你。”金鱼自嘲地笑着，“他不喜欢我、抗拒我、讨厌我，我都可以理解，因为我确实是一个‘害虫’。”

“他极其聪明，聪明到令我害怕，也因为他聪明，所以能一眼看透我。我的这些小把戏、小伎俩，我的一切，都被他像显微镜一样看透，我无处藏身、狼狈不堪。他讨厌我的肤浅，厌恶我的浅薄，哎呀他真的太好了，无法形容的好，世间极品，毫无瑕疵的好。”

黎桠哑然失笑："原来潇洒如你，一旦陷入爱情，也是这样的盲目和夸张，带着滤镜去看人。"

"不，我没有夸张，我也算是阅人无数，见识过人性的丑恶和软弱。他的存在让我知道原来世界上真的有完美人格。"金鱼完全变成了花痴状态。

"即使被拒绝，你也没有轻易放弃吧？"

"当然，我怎么可能放弃？"

"你打算如何扭转局面呢？"

"我有我的办法。"金鱼边说着，边露出了神秘的微笑，"好奇心驱使一切，他越抗拒我就越迷恋，他到底为什么推开我呢？除了道德，还有其他理由吧？揭开这个秘密，对我来说尤其重要。我做了一个决定，打听了他的住址后，搬到了他对面楼。那两栋楼距离很近，支个望远镜，可以直接看到他家里所有的事情。"

"这样……不会被发现吗？"

"当然不会，我可是有极其丰富的经验，我买了很多装备，装了遮光窗帘，将一个小型的望远镜，竖在对着他窗户的位置，窥探一切。"

"你都看到了什么？"

金鱼说："我看到他家里有一架钢琴，知道他独居，没什么朋友。"

"只是这样每天看着他，你就满足了吗？"

金鱼说："是的，这样每天看着他，我反而从占有他的邪念里解脱了出来，我就只是贪婪地欣赏着他，可奇迹就发生了——我的身体被重启了！你知道我有多么兴奋，多么激动吗？我复活了！我真的太激动了，是他拯救了我！"

看着金鱼饱经沧桑却始终能够保持童真的脸，黎桠竟然感觉到眼眶潮湿。

"拯救你的不是他，是你内心一直被遮蔽的纯真，你本该有纯净的灵魂去迎接人生最美好的感情，可是被人为破坏掉了……"

"出场顺序不一样而已，我现在接受我所经受的一切。"

在街角等车的时候，金鱼看着黎桠说：“你知道我为什么想见你吗？”

黎桠摇摇头。

“有一次我在网上搜索的时候，跳出了你们节目的一段视频。我听到你说了一段话，就是这段话，让从来都很鄙夷什么情感专家的我感动到了。”

“哪段话？”

“当时节目里有个女的在喋喋不休地控诉丈夫这也不好、那也不好，所有专家都义正词严地批判她贪婪无知。只有你，用特别平静的语气说：‘当你最初走进一间毛坯房，你看到的是希望，你会满怀期待地把它装修成你想要的样子，并且以为一生都会为此心满意足。住进去后你会发现有一些问题，房间也许格局不好、采光一般、下水道有缺陷、通风口漏风，有的人缝缝补补，也能修葺完好；有些人放之任之，怨气冲天。不管哪种方式对待，都请不要忘记最初看到毛坯房时内心的喜悦……’你知道当时我听完那段话后多么感动吗？我感动到搜索你们节目的回放，把这段话录了下来。每每想起来，内心都能吹起一阵春风。”

“三个月前，当事人是吕阿姨。”

“你居然记得这么清楚？”

“每一个向我发出求救信号的人，我都记得。”

“黎桠，你是真的人间天使。”

听到这句话，黎桠竟然又一次眼湿。

跟金鱼告别的时候，黎桠竟然有点不舍，连自己都觉得奇怪。金鱼携带着如此惊世骇俗的故事，毫不客气地灌到了她的脑海里，侵犯了她原本安静的假期，而她却没有一丝责怪，反而产生了怜悯和赞赏，怜悯金鱼如此被情欲控制的一生，赞赏金鱼不在乎一切的勇气，这都是她不曾具备的。

软弱如她，竟然是很多人的精神支持，甚至是“天使”，这不得不令人唏嘘感慨。

“我们还会再见面吗？”黎桠问。

金鱼摇摇头说：“不会，但我会记住这个夜晚，记住你的善良和爱。”

“我能为你做点什么吗？”黎桠笨拙地说，“但好像你也不需要什么帮助。”

“亲爱的黎桠，不是每个人都软弱到需要别人指路，今天你花费自己生命中的十几个小时听我说了这么多，已经仁慈至极。你和你这类人存在的意义，也许就是让我和我这类人感觉人间有暖光，这就足够了。”

金鱼说完，就消失在熹微的晨光里，扭动的身躯逐渐被晨光吞没，就像不曾发生和出现过的一团绮梦，天亮，醒来，散去。

那之后的某天，黎桠在卫生间洗澡的时候，当水流流过身体，温柔地抚摸着她的疲惫，她想起金鱼的遭遇。忽然觉得浴室的玻璃门上似乎有个不明倒影，她猛然一阵紧张，即刻查看浴室门锁是否紧闭，反复确认之后，依然觉得惊魂甫定，余惧不已。

第四章

封闭自己的“求助者”

倾诉者自述：

“你真的相信……我不是个废物，我……是个有用的人吗？”——老王

1

钥匙扭开房门之前，手捧鲜花的洛宁有一系列的“惊喜”设计。

先是踏进房间，向完全不知情的黎椏走去，这个时间点她大概在伏案工作，一定是神情专注的、忘我的，他悄悄从身后抱住她，蒙上眼睛献上热吻，然后在她惊讶不已的喜悦里“大变活人”。

接下来二人免不了纠缠亲热一番，随后自己情意绵绵地拿出准备好的礼物，再诉说一些肉麻的情话，抱怨一下在外奔波的辛苦，以及生意场上的无聊和对人情世故的厌烦。黎椏对这些事毫无兴趣，一定会适时把话题转移到自己的工作上，直播的时候出什么差错了，苏霏又带来什么意外了，某个嘉宾哭诉又得不到伴侣的爱了……这些无聊到爆的事，他也只能强忍着听完。交换完彼此的近况，这次的海南之行就会平稳地滑过去，滔滔不绝的思念和没完没了的求助者，就是他邪恶罪行的保护伞，助他安全着陆的热气球。

结果，这个计划却被破坏了。

当他蹑手蹑脚回到家里，却发现房间空空，他找遍了整个屋子也没见到黎椏。

满屋子都是烟味，看样子，房子里曾经来过一位抽烟的客人，可能是男人也可能是女人，总之，烟味并未及时散去，说明客人离开并不久。

黎椏很介意烟味，什么人能在这里肆无忌惮地抽烟？洛宁脑子里泛起各种猜想，满屋子找了半天，他终于确定黎椏外出了。洛宁把花扔在桌上，有点扫兴，也有些烦躁——有情况？

洛宁左思右想，越想越烦。他原本想搞点罗曼蒂克的惊喜，反倒让自己陷入这种胡思乱想的境地。他起身把鲜花放置好，找个花瓶插上，毕竟花了钱，万一还没送出去就枯萎了太心疼。

就算有什么问题，玫瑰总是无辜的，洛宁一边内心嘀咕着，一边给花剪枝，倒水，插瓶，都弄完了还叉着腰看了半天，觉得客厅不是最合适的位置，应该摆在她最常待的地方。

洛宁抱着花瓶来到黎椏的工作台前，看到桌上翻开的纪实簿密密麻麻地记录了一些讯息。

——刘女士，51岁，离异，女儿谈了一个男朋友，男朋友经常跟女儿借钱，她怀疑女儿交往了一个骗子，想劝女儿跟男朋友分手，女儿跟她反目成仇。

——王太太，43岁，她爱上了一个比她小20岁的男人，一方面她被他的活力和真诚所吸引，一方面她又怀疑他跟自己在一起究竟是什么目的。

——郑小姐，21岁，名校高才生，却无法跟男生交往，每当男生接近她的时候，她都会莫名其妙地恐惧，尤其不能接触她的身体，甚至连碰一下手，她都会紧张到尖叫。

…………

洛宁随手翻了翻，发现黎椏几乎每天都在做笔记，大概是直播内容和邮件案例的一些简单记录——她倒是真认真，一贯如此。但是这件事本身不可笑吗？冒名顶替参加了个节目，因为胡说八道走红，现在真的就把自己当情感大师、恋爱顾问了？这些人也是无脑，一个小姑娘，能帮他们解决什么人生难题？别说黎桠，大部分的烦恼连上帝都解决不了，“求助”无非是展览脆弱，最后一无所获。

洛宁是个现实主义者，他没信仰，也不相信任何人，有时连自己都不相信，他只相信运气。运气好的人，出身荣耀，事业腾达，感情顺利，人生繁花似锦；运气差的人，从出生到死亡，全是坎坷，唯一的密码是靠自身的智慧去改变这一切，或者借势他人好运，中和自己的倒霉。

他和林嘉嘉都是后者，他们自身没有好运，只能靠借势或者努力。努力太麻烦，结果未必好；借势如此便捷，只需选对人。这一点上，他比林嘉嘉运气又好一点，当初选择黎桠，是因为她家境优越，为人平和，又重视感情，她从不物质——或许因为没有缺少过。她一毕业就住在市中心的繁华街道上，一人独享一套房子。从没意识到很多人在这城市打拼，终其一生都买不起一套郊区的房子。洛宁只需要搞定黎桠，就可以顺理成章地摆脱租房族，住在市中心窗明几净的房子中，运气更好的是，他还选了一只潜力股，谁也想不到在恋爱三年后，黎桠莫名其妙变成城中名人，不但收入飞涨，而且名利双收。他的投资眼光不怎么样，选择伴侣倒真的很幸运，这就是他在分手时刻没法立刻做决定的理由之一。

他喜欢林嘉嘉，跟一潭死水的黎桠完全不同，她年轻漂亮、活力四射，她自由奔放、狂野不羁。林嘉嘉除了漂亮之外没有胜过黎桠的地方，但她很聪明，知道利用美貌来获取一切。她直播，每天打扮得漂漂亮亮出个镜，一群傻老爷们儿就会把钱送来，他当时也是无意间刷到了她的视频忍不住给她打赏的，前前后后也有几十万元。

这些钱让林嘉嘉误以为他是可以改变她命运的人，他不愿揭穿，因为他贪恋漂亮的躯壳和年轻的活力，在黎桠那里找不到的存在价值，完全可以在林嘉嘉身上获得。林嘉嘉只要愿意等，他会用更妥善的方式去让他们生活得更好，但她个性太急躁，总是逼迫他做出选择，不过就算她实在没有耐心等待，那他也没什么损失，退回这安乐城堡，继续享用黎桠带来的一切。怎么说，他都是大赢家。

不知不觉，洛宁靠在沙发上睡着了，醒过来的时候，已经是傍晚，黎桠仍旧没有回家。

洛宁有点奇怪，按说黎桠是一个习惯居家的人，除了工作需要，她几乎很少出门，尤其是在他即将要回来的这几天，她没道理整整一个下午都不在家，她到底去哪里了？

洛宁有点因为备受冷落而不快，他伸了个懒腰，活动了一下因为在沙发上睡眠而被压抑的血管和神经，然后给黎桠打电话。电话接通了，铃声却在屋内响起，黎桠竟然没有带手机出门。

洛宁生气地把电话一挂，扔在一边。真是不可思议，有什么重要的事情，让她忙到出门竟然连手机都不带，她就不担心他来电话？还是她故意与自己切断联系？本来制造惊喜的一腔好心情被此刻的一切打落在地。

2

晚上 11 点左右，洛宁终于听到了钥匙捅进门锁的声音。

坐在黑暗中沉思，不知不觉竟然过去了几个钟头，洛宁的怒火已经积压到极致。

门被推开，黎桠看似疲惫不堪地进来了，竟然连头也没抬，当然也没注意到黑暗中坐着的洛宁。

洛宁刚要发作，突然，门外又进来一个人，是一个男人！中年，萎靡不振，衣着简朴，有点病态。

洛宁浑身的血都往脑袋上涌，黎桠深夜带男人回家，是出轨无疑了。

之前因为自己行为不端而隐隐约约的愧疚此刻荡然无存，原来黎桠比他更放肆，原来大家彼此彼此？

黎椏打开客厅的灯，被坐在沙发上满脸怒气的洛宁吓了一跳，尾随进屋的中年男人也被此刻的场景吓了一跳，又似乎立刻明白了什么，一时间进退两难。三人对立，场景非常尴尬。

“洛宁？你怎么回来了？”黎椏开口打破了僵持。

洛宁冷冷地说：“我回来得不是时候，对吗？”

中年男人看到这种情形，结结巴巴地说：“黎椏老师……我看我来得不是时候……我先回去了……”

“你别走！”洛宁喝道。

黎椏知道洛宁误会了，立刻解释：“这是我们节目的一个当事人老王。”

“当事人？当事人不是应该在节目里见面吗？怎么，在节目里没聊够？还要带回来继续抚慰是吗？”

“你胡说什么？”黎椏面色大变，“你也没告诉我今天回来。”

“是，怪我。提前告诉你，我能看到这么香艳的一幕吗？怪不得你总问我哪天回来，就是为了避开我的视线，跟你的当事人偷情？”

“你……误会黎椏老师了……”老王急忙打断了洛宁的话，面红耳赤地试图解释。

黎椏打断了老王的话，对他挥了挥手说：“你先到外面等我一下。”

老王本来打算拒绝，但是看到黎椏很坚定的眼神，把要脱口而出的话咽了回去，他有点害怕地看了看青筋暴起的洛宁，按照黎椏的意思，走了出去，把门关上。

黎椏看到老王离开，走到洛宁身边说：“你能先别激动吗？”

“我不激动，眼见为实，你也没必要多说。”

黎椏看着洛宁，忽然笑了起来。

“你还笑？”洛宁看到黎椏满不在乎的样子，更加火冒三丈，他一把抓过黎椏的胳膊，双眼喷火地说：“连解释都懒得解释了？你究竟想干什么？”

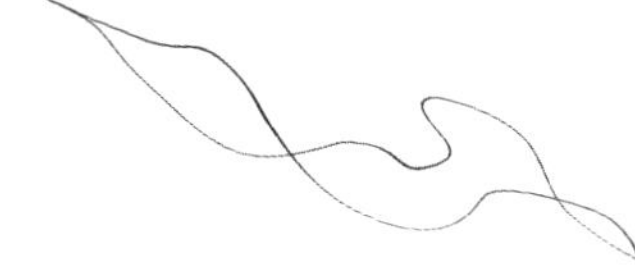

“我已经解释过了，你不信，我也没办法。”

“这就是你的态度？”

“我都不知道你这么在乎我呢。”黎桠又笑了一下，似乎完全不在意眼前的一切。

“这话什么意思？”

“没什么意思，你愿意好好沟通，我就跟你解释一下，如果你坚持己见，我没话可说。”黎桠说完，也不再跟洛宁废话，一个人坐在写字台前，打开电脑处理工作。

洛宁说：“你不打算解释是吗？”

黎桠说：“我今天一整天都很累，不想再多说话了，你要是想吵架，明天再说吧。”

洛宁看着黎桠，竟然毫无办法，他点点头说：“行，你厉害，我不该回来，不该耽误你的‘工作’，影响你的节奏，我走。”

洛宁说完，夺门而去，他本以为黎桠至少会象征性地挽留一下，没想到黎桠视若不见，任凭洛宁风一样离开。

门口，老王正垂着头蹲在角落，看到洛宁冲出来，他站起来想说什么，又没说话。

洛宁怒而离去。

3

黎桠推开门，老王慌忙站了起来：“黎桠老师，对不起，对不起啊，都是因为我，引起你和你爱人之间的误会……”

“现在重要的不是这些，而是你到底想通了没有？”黎桠招呼男人进屋，让他在沙发上坐下。

“黎桠老师……我刚才又想了很久很久，我觉得……你们都不要再为我伤脑筋了，我这个人活在世界上，就是给人添麻烦来的，我一死，这一切就都轻松了。黎桠老师，我不知道该怎么感谢你，你是一个好心人，可是，好心人也救不了我，我是一个废物、废人，没用的机器，你就放弃我吧。”

黎樞盯着老王看了半天，冷冷地说：“这么说，今天一天，所有人的努力都算白费了，你还是执意要死，对吗？”

老王欲言又止，却也没有什么更好的回答方式，于是低下了头，嘴里还喃喃地说：“反正我是个没人看得起的垃圾……”

黎樞蓦地站了起来，伸手把窗帘一拉，对老王说：“这是14楼，你要是执意要死，我也不再劝你了。从这里跳下去，明天你就会登上各大媒体的头条，那时候，你就再也不用担心自己是个没用的废人了，你会变成全城关注的焦点，这就是你要的结果吧？”

“这……”听到黎樞所说的话，老王显然是没有思想准备，他走到窗前看了看，14楼确实挺高的，他有点眼晕，又老老实实地坐回了刚才的位置，不言不语。

黎樞高悬的心脏显然也落了地，刚才的话一冲出口，她就有点后悔，如果老王真的照她说的话去做了，她岂不成了杀人凶手？幸好他只是随口说说，并不是真的想死。

黎樞自从做了恋爱顾问，每天便跟各种各样奇怪的人打交道，老王是她最害怕遇到的那种封闭自己的“求助者”。油盐不进，顽固至极，钻进自己设置的死胡同中永远不肯出来。认定了一件事，无论别人用什么样的方式去劝他，他都听不进去，只是自言自语地重复着自怨自艾。

他所谓的那些活不下去的理由其实没什么大事。有过理想可没能实现，凑合度日还心有不甘，岳母冷言言语，妻子天天抱怨，女儿女婿不待见，家里的宠物狗和金鱼都不愿意靠近他……

一个失败的人，一个被自我定义为废物、垃圾的人，他想要跟这个世界道别——以反抗的方式。

当时黎樞正在化妆间准备录制，电话打到了苏霏那里，苏霏慌张地跑来跟黎樞求助，之前已经有过四五个想要自杀的人被黎樞劝退，如今黎桠俨然成为“自杀者”的救星。

黎桠也是尽心尽力，和苏霏一起前往救援，老王当时站在护城河的边缘准备随时往下跳，苏霏和黎桠以及另外一个工作人员苦口婆心地劝了几个小时，他依然在喃喃自语，不断重复自杀的欲念，最后实在没办法，苏霏还有要紧的工作要处理，黎桠提出，她单独跟老王聊聊，让大家先回去工作。

于是，老王就跟着黎桠吃了顿饭，他虽然心情长期沮丧，胃口倒是不错，一次吃了三大碗宽面，还加了蒜泥和醋，就差要点小酒扭开收音机摇头晃脑了。

从老王的食欲上来看，他应该不是真的想要寻死。真正求死的人，别说食欲，连讲话的欲望都不再有。

吃饱喝足，黎桠跟老王有过这样的一番对话。

“你有想过改变吗？”

“改变什么？”

“既然改变不了世界，为什么不能改变自己？”黎桠看着老王，老王眼神有些躲闪，不敢直视黎桠，黎桠耐心地接着说，“为什么要让别人来定义你？”

“……”老王眼神里又浮现出消极的灰光。

“如果觉得自己无所事事，就去找有意义的事情做；如果因为赚钱少，被家人嫌弃，那就想办法多赚一些，给家人更好的生活。总之努力改变现状，摆脱这些情绪上的枷锁。”

老王说：“你以为我没试过吗？”

“你试过什么？”

“我就是倒霉，摆地摊被城管没收，本钱都没了；跑运输被人查了驾照，现在还没拿回来；人家都开网店，可是我根本玩不转手机里那些时髦的玩意儿。”

“有很多工作都可以去做，送外卖，送快递，大家不都活得热火朝天吗？”

“那个…… 太辛苦了。”老王喃喃地说。

“要不就干脆接受自己，无能又怎么样，废物又怎么样，你活了大半生，没有丰功伟绩，但也没有偷抢拐骗。大部分人，可以说百分之八十的人都是这样过的，没必要攀爬到金字塔尖上厮杀——你说的很对，那确实很辛苦。”

“……”老王根本没有听黎榧的话，他走神了。

“你觉得我说的对吗？”

“什么？”

“……”黎榧决定不再费口舌。

4

下午，黎榧拖着疲惫不堪的身体回到家里，让老王坐在屋里抽了会儿烟，这期间两人沉默不语。过了一会儿，黎榧接到了苏霏的电话，说帮老王联系了一个心理疏导专家，让黎榧可以换班休息一下，就约在黎榧小区附近的咖啡馆里。

黎榧松了口气，陪同老王下楼，连手机都忘记带。她本以为把老王交给疏导专家，自己就可以回家好好休息一下，没想到老王在咖啡馆忽然情绪崩溃，拿出随身带着的药片要吞药自杀，临死前非要跟黎榧再聊聊。疏导专家一看情形不妙，趁机溜走，把这个大麻烦留给了可怜的黎榧，黎榧内心的愤怒也被彻底点燃，她所有的同情和耐心在老王没完没了的折腾里丧失殆尽。

“好，我今天就陪你陪到底。”倔强的黎榧决定再次带老王回家，今天不把他说服不罢休。

然而，谁也没想到就在这兵荒马乱的一天里，洛宁居然从天而降，一个项目谈了近一个月的人，没有提前给任何消息就回家，而且毫无意外地误会了。

这一系列的事件令黎榧沮丧不已，她实在没有力气再去哄生气的情人和撒娇的当事人了。

说到老王撒娇，黎樞已经可以确定。老王并不是真的想死，一个真正想死的人，是不会给自己留任何退路的。只消一个念头，就可以选择悄悄结束掉生命，何必非要喊着嚷着做出一个姿态，大概因为明知道身边所有的人都会竭尽全力地挽留吧？所以黎樞才冒出了刚才那种残忍的念头，也顺便试探一下老王的底线。

黎樞清了清嗓子，换了一种稍微缓和一点的语气说："老王，我今天跟你谈了一天，包括其他的人，也陪你疯了差不多一天，你该闹的也都闹够了，其实你根本不想自杀，你只是想赢得一点点关心，对吗？"

老王没说话，低头看着自己的鞋。

"你是个生性软弱的人，要知道，自杀是一件需要多大勇气的事？你根本不会有勇气自杀，你也不舍得自杀。你讲述着妻子、女儿、女婿、岳母，甚至家里的宠物都不需要你，但是，一个对世界没有需求的人，是不会在乎别人需不需要你的。如果你足够冷漠，足够坚强，你完全不会顾及周围的人怎么看你，之所以如此介意，如此受伤害，说明你非常需要爱。

"像你这种情况的人很多，人到中年却突然失业，事业家庭都受到了严重的损伤，比你情况更糟糕的人不计其数，那是不是那些人都会选择自杀？人是需要自我排解的，如果你感觉你身处的环境非常压抑，那么你就应该试图去改变，我们不应该向命运屈服，更不该拿着生命开玩笑，去消费别人的担心，这是非常可耻的！"一口气说完这些话，黎樞感觉胸口的重压释放了很多。

如果说，白天黎樞和所有劝解的人说的苦口婆心的话对于老王来说完全是耳旁风，刚才那几句话，他至少听进去了，从他微微颤动的嘴唇看得出来。不知道是不是因为刚才黎樞"怂恿"他自杀的刺激，还是因为洛宁的突然出现，让老王觉得自己愧对黎樞，总之，他不再是僵化而封闭的表情，黎樞很满意他这样的改变。

“活下去，改变，就会有无数可能。最差的也是接受自己，平心静气。死亡，就是宣告一切结束。你将作为他人眼里的垃圾、废物，永远存在于别人的印象里。你愿意这样吗？”

“……”

“我曾经听过一个故事，故事里有个人，他比你还倒霉，走路摔沟里，雨天被雷劈，但是他没有寻死，仍然乐观地活着，他的信条是：我存在故我快乐。后来他成了一个大慈善家，开始慢慢地筹钱为村里的泥地修路，以免更多的人摔到沟里，修建更好的防雷设施，保护大家的安全……他成了全村最值得尊重的人。”

“……”

“对待世界的态度，就是你的价值，明白吗老王？”

“我不明白，我……”老王虽然依然在反抗，但语气里却多了一些迟疑，说话也有些嗫嚅。

“你从来都不是垃圾，你以前是工厂里的技术员，有很好的工作能力，你知道你的技术在一些领域里多受欢迎吗？你只是没有走出去。你还不算很老，完全可以想办法把你的专业能力继续运用起来，如果实在不行，还可以带徒弟，也能取得一份收入。更重要的是，你的妻子和女儿对你有什么误会的时候，你要做的不是跟她们对立，更不是躲起来自怨自艾，而是……”黎桠说，“你需要很认真地跟她们谈话，只有你强硬地维护自己的尊严，别人才会尊重你，你明白我的意思吗？如果连你自己都承认你是个废物，那么，这个世界上将不会再有人对你有什么期待。”

老王终于被黎桠的话打动了，他的眼睛红了，声音也颤抖起来，他说：“黎桠老师……你真的相信……我不是个废物，我……是个有用的人吗？”

“当然，老王。从我第一眼看到你，我就知道你是一个很善良的人，你的性格软弱，不善于为自己争取利益，更不懂得如何维护自己的尊严。你可能年轻时候受过一些伤害，所以造就了不争取、不激进的个性，时间久了，很多人以为你是一个根本没有尊严的人，不值得尊重，而这种情况下，你就会更加敏感，越发自卑，这是一个恶性循环。

“你可以尝试着去敞开心扉，把你最真实的感受去跟你的亲人们坦白，比如当你在家中受到了言语暴力，你完全可以告诉她们这样的行为伤害了你。这种话并不丢人，反而是一种提醒，亲人一起生活久了，会模糊边界感，会忘记对方也有尊严这件事，适当地提醒，会慢慢地唤起她们对你的重视。

“虽然我没见过你的家人，但是我不相信这世界上会有无故的残忍，大多数的伤害都是无意识的，如果她们真的意识到了你内心有如此多的伤口，我想，这些伤害一定会立刻停止。”

老王听到这些话老泪纵横，竟然当着黎桠的面痛哭了起来，这一哭，又把黎桠给哭得心软了。毕竟，坐在她面前的，是一个中年男人，比她的父亲小不了多少，算是长辈。她觉得自己的话有点重了，可是如果不是这样的“暴行”，她恐怕会被难以承受地拖拽到崖底，再无呼吸。

他试图以强大的负能量吞噬她，而她只有拿起武器，用更大的正向的力气去抵抗他，如此的博弈，九死一生。

“老王，照我的话去试试，好吗？”在确认了自己即将胜利的事实后，黎桠的口气明显地软了下来，“如果你觉得生活欺负了你，跟它斗一斗，讲讲道理，翻翻脸，而不是一下就认输，不要认输。”

“黎桠老师……不瞒你说，我说自杀真的不是吓唬人，我觉得自己这辈子太苦了……活着到底是为什么？有什么意义？年轻的时候觉得吃点苦没什么，总希望将来有了自己的家庭，日子就会好起来了。没想到，有了家庭，却要背上这么重的包袱，我承担不起，承担不起啊。”老王的眼泪像断了线的珠子一样不断地掉下来，他竟然如此毫不设防地哭出声，真令人难过。

黎桠拿了一杯热水，并递了一盒纸巾给老王，顺便看了看时间，已近凌晨。

在整整一天的“求助”中，没有任何人给老王打电话，连条短消息都没有，没人关心一个中年男人消失一天到底去哪里了，会不会有什么意外，发生了什么事。如果他有要死的决心，纵身一跃结束一切，只留下死亡通知传递给家人，她们真的不会后悔对他的忽视吗？

恍惚中，黎椏开始思考自己的这一番辛苦和鼓励，到底意义何在？

如果是她天真了呢？他的家人原本就是厌弃他、嫌弃他——到底是怎么样的原因会把日子过成羞辱和伤害模式的呢？对一个每天生活在同一屋檐下的人，一个软弱到完全没有战斗力的人，到底是怎么忍心出口伤害他的呢？

老王接过了热水，又擦了擦眼泪说：“谢谢你，黎椏老师，我知道你是个好人，你肯跟我说这么多话，就算为了你的这一番好心，我也不会再寻死了。你说的没错，我得跟命运争取点什么……”

“不是为我，是为你自己好好活下去。”

“不，真的是因为你，我知道我给你惹了麻烦，你却放下自己的事情，耐心地帮助我。黎椏老师，我活了50年，从没有谁无偿地为我做过任何事，我想通了，哪怕这世界上有一个人关心我，人间也值得我活下去。”

老王说完这些话，匆忙对黎椏道谢，然后离开，临走的时候，还特意深深地给她鞠了一躬，眼眶里的泪水蓄得太满，竟然跌落下来，打了个滚平铺在地板上。

5

老王离开后，黎椏紧绷了一天的神经轰然垮下来，她觉得自己有种想哭的冲动，“心理导师”真是一个高危职业，承担了无数人的不如意，也看到了太多人面对命运的无能为力。而她全心全意想帮那些绝望的人点一盏心灯，至少在彷徨无助的时候看到她这里尚有一丝希望，但只有黎桠知道，这丝希望是她靠燃烧自己而撑起来的光亮，而这已经是她能做的全部。最终，这些人仍旧要去独自面对自己的人生，她却要继续照亮新的迷宫，内耗到奄奄一息。

她一直希望自己坚持理智和客观，尽量置身事外，尽量不要太感性，但是她的灵魂确实太自由了，常常失控，她跟着当事人的情绪起伏，被别人的遭遇染灰，信心和意志都随着外界的强压而渐渐塌陷。那些真正以心理治疗为专业的人太厉害，黎桠不知道自己该如何平衡情绪不受干扰，才能承担起学术和人情交织下的魔幻人生。

不过，越是艰难越有成就感，每次调解成功，对黎桠来说至少是一种精神奖励，比如让老王放弃了自杀的念头，留住了一个希望。虽然她不知道这种挽留到底是对是错，至少她的努力有了好的结果，至于他以后的人生，是幸福还是继续不幸，后悔还是庆幸，她也没能力去负担了。

黎桠正准备去洗个热水澡，放松一下精神，却忽然发现桌上躺着一个陌生的手机。老王的手机？一定是他的手机，屋子里没有其他的可能。

老王也许因为激动，所以离开的时候忘记带上手机了——黎桠抓起手机冲出去，想要当面还给他。这会儿他应该还没走远，估计很快就会发现手机不在，没准还得折返，幸好自己及时发现了。

黎桠来不及穿外衣，没顾上换鞋，也没等缓慢如笨象的电梯，直接从楼道一路狂奔跑下14楼，追出了小区，来到了车水马龙的大街上。

老王果然还没走远，应该是在等车，他像一座冰雕一样矗立着，似乎在发呆，又似乎在等人，总之只看背影，也能感受到他那种茫然无措的孤独。一个人就是一座孤岛，说的应该就是老王这样的人。

黎桠气喘吁吁地停住脚步，刚要喊老王，正好看到老王回头了，他一定是发现自己手机没带，见黎桠追出来，他立刻挥了挥手迎面跑过来，然而……一辆卡车犹如幽灵般疾驰而来，瞬间遮住了黎桠的视线。随着一阵急刹车，一声巨响，全世界在这一刻拉上了帷幕。

“说话啊！你到底跟他说了什么？！”一个中年妇女冲上来，揪住了黎桠的领口，因为用力过猛，黎桠感觉到一种巨大的压力，几乎窒息。

“说啊，你这个妖精，你怎么闭嘴了？哑巴了？到底跟我老公说了什么？”中年妇女满脸狰狞，晃动着肥胖的身体，口沫横飞，怨恨和诅咒夹杂在血腥味浓郁的口水中，全部挥洒到了黎桠脸上。

黎桠没了知觉，整个人恍恍惚惚，毫无招架之力。

“是你害了他，现在他躺在医院里生死未卜，要是最后真出了什么事，都是你的错！”中年女人喊破嗓子般地指控，所有人都围了上来，一层一层，如同地狱般罩住了黎桠，他们有的面露窃喜，有的摇头叹息，有的茫然无措，有的空洞麻木，但无一例外，都在做着残忍的审判。

黎桠抱着头捂住耳朵，痛不欲生地跪倒在地，想祈祷一切瞬间消失，猛然间，她像是被一双大手抓住，一把拎到了另一个时空。

原来是一场梦。

醒来后黎桠发现自己浑身大汗，后背都湿透了，惊魂不定，精神沮丧。

自从那天目睹老王车祸，连续好几天黎桠都做着同样的噩梦，老王的妻子声嘶力竭地指控是她害的，她百口莫辩，却要遭受大众的审判。同样的梦反反复复，只要闭上眼睛就能连接上，入口就是沉默的审判。

黎桠茫然地坐起来，又不知该去向哪里，只好接着躺下，却不敢闭眼，唯恐再次进入“审判”中。

电话响了，她不想接，这几天她几乎处于自闭状态，任何人的电话、任何人的消息她都没有回复，她想让自己跟这个世界隔绝。老王的事给她带来的震撼实在太大，大到她已无力承担，尽管老王度过了危险期，可是亲眼看到车祸带给黎桠的身心伤害却是无法撤销的。

有人敲门。

奇怪，是谁？

难道是快递或者外卖？

黎榧打算装死，屏住呼吸不出声，敲门声越来越急促，似乎有急事来报告。

黎榧拖着疲惫的身体，从猫眼里看了一眼，门外站着的人令她心跳停止：白沧海？

6

“我以为你还在美国。”黎榧惊讶地看着门口的白沧海，他竟然出现在她虚弱至极的时刻，她甚至有点想哭了。

“回来好几天了，这几天节目里都没看到你，苏霏说你病了，电话也不接，到底怎么了？”白沧海急切地问，“看你脸色好吓人，真的病了？”

“要不然，你以为我失恋了吗？”

“哈哈哈，失恋倒是没什么可怕的了。”

“失恋不可怕吗？”

“我可是‘失恋专家’。”

黎榧有些意外，看着满脸笑意的白沧海，不知道他这句话是真是假。

“你常常失恋？”

“逗你啦，但是我是真的跟一个同学一起研究过一个课题，关于因为失恋而遭到重创，形成的病理性伤害——心碎综合征。”

“心碎综合征？”

“人在遭遇极度情绪伤害后，产生极度哀伤和愤怒，身体会分泌出儿茶酚胺，导致心脏异常收缩，出现胸闷、憋气、呼吸短促等类似心脏病的症状，严重时还会产生心脏撕裂般的疼痛感。”

“心脏是真的破碎了吗？”

“不是真的破碎，但是一种应激性的心肌炎。”白沧海捧着自己的胸口，表演“心碎”，“所以，不要随便为任何人难过，代价太大。”

几句嘻嘻哈哈的话，像携带着热风的水果一样灿烂入侵，黎椏居然感觉自己此刻轻松多了。

白沧海熟门熟路，进门就喊着要帮黎椏泡茶，让她坐着别动。黎椏也乐得有人帮忙，现在她浑身一点力气没有，真的虚弱到需要人照顾。

“到底怎么了，能跟我说说吗？”白沧海端着泡好的茶，坐在黎椏对面，非常真诚地看着她。

黎椏看着白沧海，沉默了片刻，问道：“你对自杀怎么看？”

“自杀？你可不要自杀，生活多美好！”

“我当然不会自杀，只是在思考一个问题：活着就是成功，死亡就是失败吗？”

白沧海说：“这个话题很深奥，要看你怎么理解死亡。”

“你是怎么理解的？”

“神学家说灵魂不死，肉体消亡只是一种表象。所以，肉体的‘消亡’可能只是一种暂时的告别，灵魂会在其他的地方，以其他的方式重生。当然，我们都没死过，没办法确认这种说法的真伪。”

“所以，如果肉体只是旅馆，这一世的行程不满意，灵魂决定提前结束，退票离店，不是很好吗？”

“不满意就要改车票？不如意就要换旅馆？如果再坐一程就能等到柳暗花明呢？又或者说，如果中途退票被罚呢？更恐怖的是，没准另一个行程更糟糕，另一个旅店全是扁虱飞虫，那么该怎么办呢？”

黎椏失笑：“你真是彻底的悲观主义者。”

“所以，你骨子里很乐观，总觉得未知的一定是好的，在我看来，眼前的应该是最好的，未知和没发生的，不必设想。每一个眼前的好组成了整体的好，活在当下，活好自己，持续好下去，不好吗？”

“其实你比我会开导人。”

“那我为什么没有你红？”白沧海开起玩笑来，也是防不胜防。

“老王的事故你知道吗？”

“听苏霏说了，这是一个意外，我正想跟你说，你不要被这件事困扰。”

“如果老王那天不是被我拉着劝说，也许不会遭遇车祸。”

“你不能总给未知加上乐观的设定。如果那天不是你劝说，也许他早就跳河了，苏霏都告诉我了，那天一整天大家都在劝导，你不但劝导，还坚持到底，至于后来他的人生如何，就与你无关了。”

“我特别愧疚，你不知道老王多可怜，明明已经放弃了轻生的想法，可是如今躺在医院，生死未知……”黎桠想起那个恐怖的场景，又陷入情绪低潮中去。

“即使他真的因为车祸去世，也未必是坏事。”

“可他真的是个好人啊。”

“你太天真了，你把人性想得太简单了。”

“为什么？”

“你知道他三年前就开始买意外险了吗？”

“意外险？”

“三年前，他给自己买了好几份保险，受益人是同一个陌生女人。”

“不是妻子？”

白沧海说：“不是。”

“……”

“还有很多不为人知的信息，都是你想不到的。前几天他老婆打电话给电视台，非要索赔医疗费，结果被一个律师驳斥得哑口无言，那之后她又跟台里领导商量给她解决一块墓地，一旦老王去世，他们要合葬的那种规格，也被拒绝了。”

“这些我竟然都不知道。”

“阳光的背后，可能有很多看不见的苔藓。老王的事已经过去了，我们也没有必要再讨论关于他的这些是非曲直，任何事都不影响他在你记忆里是个好人，而且你竭尽全力去帮助过他。现在，黎桠老师，你该走出来了，不要被他带走你的光彩，明白吗？还有很多人需要你，你不在，节目收视率都下降了，制片人正头疼呢。”

"原来你来找我，是被制片人派来做说客的。"

"当然不是，就算是游说，也是苏霏的工作，我哪有这种任务指标，你不要误会我。"白沧海着急地解释。

黎桠说："我误会与否，真的那么重要吗？"

"当然，我可以被全世界误会，唯独不想被你误解。"

黎桠愣了。

"你不要误会这句话啊……"白沧海意识到自己又口误，脸一下就红了。

黎桠哈哈大笑起来，她夸张的笑声解决了两个人之间悄悄弥漫的尴尬，让一切变得"可笑"起来。

7

门被推开的时候，黎桠已经睡了一觉，半夜口渴，醒来想倒杯水。还没等她走出卧室的门，就听到大门处正有人用钥匙开门，她马上就明白是洛宁回来了。

距那天洛宁负气而去，已经快一个星期了，这一个星期黎桠被老王的意外车祸打击到身心俱疲，不但没有处理工作，甚至连门都没出过，如果不是白沧海的到来，她不知道还会沉溺多久。

当她渡过了情绪最糟糕的时刻，终于可以平静地入睡而不被噩梦折磨的现在，洛宁出现了。她已经从沼泽里爬出来了，稻草不是他。

承担自己沉重情绪的不是作为男朋友的他，而是别人，想到这一点，黎桠在黑暗中发出了不动声色的冷笑。

洛宁进门之后立即换了拖鞋，紧接着又去了洗手间冲洗了好久才又出来，之后打开冰箱拿了瓶水"咕咚咕咚"喝下去，又在客厅里转了好几圈，似乎在暗示和试探，就是没有进卧室。

黎桠假装睡着，并不想搭理他，但内心此时已经被纠结占满，她难以描述此刻对洛宁是一种什么感觉。

客厅的电视被打开了，黎椏听到洛宁正在拿着遥控器转台，一口气换了十几个，每个频道不到一秒就转掉，感觉那人心思完全不在节目上。

在电视声戛然而止以及空塑料水瓶被扔进垃圾桶之后，拖鞋“吧嗒吧嗒”的声音终于踏进了卧室，黎椏此时有一种终于要行刑的煎熬感。

洛宁走进房间，把灯打开，黎椏习惯了黑暗中的视线，猛然一阵强光入侵，她立刻用被子遮住了脸。

“睡了？”洛宁带着不愉快的语气，加上不甘心的“低声下气”，问道。

黎椏没说话，翻了个身，继续睡觉。

“我不回来，你是打算从此不跟我见面了吗？”

黎椏沉默，没有说话。

“电话也不接，信息也不回，我以为门锁都会换呢。”

“我病了。”黎椏低声，没有任何情绪起伏地说。

“你这是打算把我逐出门外？”洛宁似乎没听到黎椏的话，还沉浸在半开玩笑半抱怨的状态中。

“我病了。”黎椏又重复了一遍，“这几天没有看手机，也没有外出，一直卧床。”

“所以，我不是被遗弃？你只是没看手机？”洛宁找台阶般，迅速地捕捉到了一块可以下脚的水泥地。

“能把灯关上吗？”黎椏忍着内心的不舒服，请求道。

“行啊，当然可以，你是打算睡觉？不打算聊聊吗？”洛宁说着，探过身子去，“啪”地一下关掉了灯，瞬时间黑暗铺满了整个房间，一切似乎又恢复了安宁。

黎椏在黑暗里叹了口气，抓紧了被角，身体都是紧绷的。

洛宁显然是没注意到黎椏的变化，他从进屋子到此刻，都没认真看她一眼，就像在舞台上演独角戏的演员，他关注的只有自己。

“你说你也不问问我这几天去哪里了，也不关心我是不是风餐露宿、颠沛流离了，你有时候就是太固执了，换位思考，如果你看到我深更半夜带个女的回来，你不会抓狂吗？我当时其实也知道没什么事，就是想让你解释解释，让我安心，没想到你态度那么……算了，不说了，我知道你怪我不信任你，我们俩吵也吵了，闹也闹了，握手言欢好不好？”

洛宁说完，伸出手来，试图去拉黎桠的手，没想到黎桠竟然躲开了。

“这么多天还在生我的气？你看，我还给你带了礼物呢，你生我的气没事，礼物可没得罪你吧，你还是让它早点物归原主，结束流浪生活吧。”

洛宁说着，拿出一个方形的小盒子，递到黎桠的身边。

黎桠没有接礼物，她双眼望着天花板，似乎在自言自语地说：“那天你走后，你知道发生了什么吗？”

“发生了什么？”

“那天你走后，被你误会的那个当事人一直在跟我道歉。”

“是该道歉，这糟老头子就不该出现，要是没有他，我们俩能吵架吗？”

“……他道歉，觉得自己的出现影响了我的生活。”

“算他有眼力，那天要不是看他年纪大，我非上去抽他——大半夜跑一个女孩家里，合适吗？那么一把年纪了，不懂得避嫌？”

“他说，从没有人关心过他，而我却为他影响了自己的正常生活。”

“哦，然后呢？”

“然后，他带着歉意离开。”黎桠慢慢地说，“离开后，我发现他的手机没带，下去给他送手机。”

“是不是故意的？怎么会有人忘了带手机。”

“我跑下楼去，正好看到他在路边等车，我看到的是他的背影，他背对着我，面向马路。”

“我怎么感觉会发生什么，你的语气怎么那么奇怪？这老头不会骚扰你了吧？”

“你能不能听我说完，不要打断？”黎桠的声音开始哽咽，她几乎感觉到自己浑身都在发抖，遏制不住的悲愤和难受交织成一种抗拒。她再也没办法在洛宁冷血自私的口吻里保持平静，他每一句不公正的评价就像划在玻璃上的尖刀，刺耳的声音腾空而起，降落到她的头顶，化作火热的岩浆，流经之处，把所有的事物都侵蚀。

“你怎么了，感觉你的状态不太对啊……”洛宁这才意识到黎桠好像有问题。

“我拿着手机去找他，我看到的是他的背影，他已经放弃了轻生的念头，想重新开始。”

“他想自杀？”洛宁冷笑了一下，似乎觉得这是个笑话。

“不要说话！”黎桠尖叫起来，腾地坐起来，目光有些歇斯底里，在黑暗中看不清五官，把洛宁吓了一跳，当即闭嘴了。

“他本来已经打算重新开始，可是就在他回家的路上，却出了车祸。

“什么意思？死了？”

“……”

“……喂，你别吓唬我行吗？他死了？”

“横冲出来一辆卡车，他回头找我拿手机，被撞倒了。万幸最后没有生命危险。”黎桠平静地说。

“没死？我看你的表情还以为多严重呢！”

“一定要去世对你来说才算是严重？而且这不是重点，重点是，他被撞了。”

洛宁显然是没有思想准备，被黎桠的表情吓了一跳，他看着黎桠说：“撞了就撞了，你怎么这么激动，还这样看着我？又不是我开的车，也不是我要害他的，你这么苦大仇深地看着我干吗？”

“没什么，我只是告诉你这件事。”

洛宁说：“你告诉我干吗，我认识他是谁啊？每天有那么多人出事，用不着都通知我吧？跟我有关系吗？”

黎樞看着洛宁，冷笑了一声。

“你笑什么？”

“你永远关注的都是你自己，你生气了，你离开了，你回来了，你从来没有想过别人。”

“我不是想着你呢吗？不想你，我能回来吗？”

黎樞摇头：“你无药可救了。”

“从我这次去海南到回来，你一直对我脸不是脸、鼻子不是鼻子的，你到底有什么问题，有什么想法，不如直接说出来，干吗这样阴阳怪气的，还拿出个车祸吓唬我。我关注自己？废话，我当然关注自己，人不为己天诛地灭，你是要我心系苍生、博爱天下？”

“够了，洛宁，够了。”黎樞的眼泪唰地流了下来，如此绝望，如此难过。

“是啊，别再说这些不开心的了，我觉得你就是工作太累，累得你精神出问题了……好了好了，不吵了行吗？不要再吵了，我累了，休息一下可以吗？”

洛宁看到局面已经不可控制，知道再争辩下去肯定是无穷无尽的问题，索性先熄火停战，睡醒了再说。

于是，在黑暗里，洛宁躺到了黎樞身边，他试图去靠近黎樞，却感受到黎樞的排斥。于是他找了一个合适的位置，酣然入睡，就像从来没有离开，也从来没争执过一样坦然自若，毫不在意身边的人全身的细胞都在颤抖的事实。在他看来，只要睡一觉，深深地睡上一觉，一切就都会恢复如初，从没发生。

这天夜里，黎樞一直睁着眼睛看着窗外，这一轮弯月时而出现，时而隐蔽，就像在用捉迷藏的方式跟她悄悄对话。

“我该怎么办？”她用沉默的叹息一遍遍问自己，却在旁边的鼾声里麻木不仁。

第五章
羞耻纪念馆的建立人

倾诉者自述：

“我喜欢偷东西，不是因为穷，单纯是喜欢偷窃的感觉。我无法给您描述那种快乐，是成就感？是恶作剧？还是……肾上腺急速运转的快感？”
——玛尔妮

1

一天晚上，黎桠结束了节目录制，正要离开电视台回家，突然，她被门口停着的一辆红色跑车给吸引住了视线。跑车的主人似乎有意在等她，见她出来就将车窗降了下来。

黎桠看到一个装扮入时、浓妆艳抹的年轻女孩，对方戴着一副宽大的墨镜，几乎把整张脸都遮住了，显露在外的是娇艳欲滴的性感红唇以及吹弹可破的奶冻皮肤，浑身上下洋溢着“得意”和“嚣张”——多么顺风顺水的人，才能随身佩戴的两种表情。

“是黎桠老师吧？”女孩高扬着笑脸，问道。

黎桠点了点头，女孩仔细看了她一眼，这一眼令她浑身不自在，黎桠感觉到对方有点“审视”的意味。

“我认识你吗？”黎桠问。

女孩仍旧没下车，只是手握方向盘笑了笑：“你回家吗？我送你。”

“不用了，我自己打车回去。”黎桠并没有接受女孩的诚意，打算结束与她的对话。

女孩说："等一下，黎梴。"

黎梴停住了脚步，好奇心令她再次打量了一下这个女孩。

这时，女孩也下了车，对方身材修长，让她不得不昂起头来看着她，在个子太高的漂亮女人面前，黎梴第一次体会到蛮横的压迫和侵略感。

"我不是你的粉丝，也不是跟踪狂，别害怕。"女孩直截了当，笑着亮出底牌，"我是通过一个朋友知道你的，想跟你聊聊。"

"哪个朋友？"黎梴第一时间想到苏霏，她陆续给自己安排过很多身份不明的访客，从不通知，此刻再来一个她已经不觉得意外。

"这不重要，重要的是，我想让你知道，我不是什么危险人物。能给我点时间吗？"

"……"黎梴犹豫了一下，毕竟对方只是莫名其妙从马路边钻出来的一个陌生人，但做情感顾问久了，对人也有一些天然的"关切"。这么深的夜晚，特意在路边等着她，要跟她谈谈，一定是有不寻常的故事的人。

最重要的是，虽然眼前是个陌生人，黎梴却有种奇怪的亲切感，人和人的气场有很微妙的引力，要么是相互吸引，要么是彼此排斥，这女孩给她的感觉是前者。

这样光芒四射的女孩，也会有感情困惑吗？

见黎梴上了车，女孩笑笑说："叫我小雀吧。"

黎梴点了点头。

"这不是我真名，不过没关系，反正我是我就可以了。"

"带着故事来找我的，都不是真名，你好歹还没戴面具。"

小雀笑了笑，车飞驰而去，行驶时速超过了80迈。

"我喜欢开快车，非常刺激。"小雀在风里对黎梴说，话语像是被插上了翅膀，说出来就升腾入空，袅袅不见了。

黎梴说："好羡慕会开车的人，我方向感极差，连在自己出生的城市都经常迷路。”

“看来老天是公平的，给了你那么敏锐的头脑，但剥夺了你最简单的一些生活能力。”小雀说，“我跟你相反，我方向感强，记忆力也超好，过目不忘，去过一次的地方就再也不用导航。”

“天才少女。”

“哈哈，可惜还有‘但是’——但是，我有本事科科不及格，对人情世故也一无所知，连小学数学都看不懂，看超过一百字以上的文字都犯困。”小雀说到这些“但是”的内容，竟无任何阴影，反而狂放大笑。

黎椏被逗笑：“那你是怎么活下来的？”

“活下来不需要读书，也不用脑子。你把活着想得太复杂了。”小雀顽皮地对黎椏眨眨眼，有点恶作剧的快乐。

“我好像是一直很紧张、沉重的人。”看到小雀如此轻松地定义生活，黎椏有些感慨。

“你结婚了吗？”小雀笑着说。

“没有。”黎椏也笑笑，想起洛宁，笑容竟然僵住。

“打算结婚吗？”

“不知道。”

“不知道就是没有，结婚这件事，只有 Yes 和 No。”

“你也是情感导师吗？”黎椏也开个玩笑，试图放轻松。

“我是恋爱专家，但不是理论专家。”

黎椏说：“你刚才的理论就很不错。”

“哪一条？”

“关于结婚，只有 Yes 和 No，没有中间。”

小雀哈哈大笑，然后沉默了好久。

“你结婚了吗？”黎椏打破沉默，问。

“我？怎么可能，我不结婚，结婚有什么意思，那是牢笼，是地狱。”

“也有幸福美满的婚姻，不要武断。”

“没有人的婚姻是幸福的，美满只有两种可能性：第一，有一方是白痴。第二，俩人都是白痴。”

“你对婚姻的敌意有点大。”

“难道你真的相信婚姻是一件值得期待的事？”

“对没经历过的事，我一般不下定义，等亲身经历过再评判吧。”

小雀把车停到路边，点了根烟问黎椏：“抽烟吗？”

黎椏摇了摇头。

“干吗这样看着我？”小雀发现黎椏的眼神不太对。

“我在等你的故事。”

“我的故事？”

“你找我，不是为了谈你的故事吗？”

小雀哑然失笑，说：“原来你把我当成是倾诉狂了，我只是说想找你聊聊，可没说要聊我的故事，那多无聊。”

“那你找我是聊什么？”轮到黎椏好奇了。

“随便聊聊，我们能交个朋友吗？”

“你的目的是什么呢？”

“目的？没有什么目的，就想跟你认识一下，我喜欢聪明的人。聪明、善良，以及正义，这是我从小就向往成为的人。”

“你没能成为吗？”

“生活所迫吧，无恶不作，哈哈哈。”

“这就是你故事的开始吗？”

小雀说：“看，你已经有职业病了，每个人都必须有故事吗？”

“我觉得你找我一定不只是为了聊聊天。”

“那你觉得我找你是怀揣着怎样的目的？”

“不知道。”

“我可以常来找你吗？晚上你直播结束，我可以送你回家，就在路上随便聊几句，如果你非要我有目的，当你的免费司机怎么样？”小雀的话把黎椏吓了一跳，有目的的人是正常的，没有目的却又如此好心，倒是真的有点恐怖。

小雀很敏感地发现了黎桠的不安，她说："别害怕，我是单细胞生物，只是想跟你认识一下，做个朋友，没事聊聊天，说点别人的坏话。你天天听人讲故事，一定很压抑，把我当你的树洞就好，我不介意。"

"为什么呢？"

"什么为什么？"

"无缘无故的友谊？"

"对，就是无缘无故的友谊，你非让我定义，我脑子都疼了。"

黎桠被小雀的直率感染，她很喜欢和如此简单的人交往。

"如果需要我付费，拜托给我打个折，毕竟我常常没钱花。"

"我不是专业的心理专家，跟我聊天不收费的。"

小雀说："为什么不收费呢？其实这是很好的创收项目，你投入了智慧和时间，别人得到了解脱和安慰。听说心理咨询贵得吓人，你跟钱有仇吗？"

"我不是心理专家，无法给别人提供专业的意见，我只能……按照自己的看法去分析问题，心理医生通过很多年的专业学习才取得职业资格证，如果我这样的人都能挂牌收费，对于那些拥有真正专业技能的心理咨询师，是不公平的。"

小雀说："你真是个善良的人。"

"也没那么高尚，其实我本业是个作家——写不入流的专栏。每天听奇特的故事，倒像是老天派人来送素材呢。"

"这想法不错，我也可以给你提供素材。我知道的事也不少呢，但我得慢慢地给你输送，否则你就没有再见我的理由了。"

"你是做什么职业呢？"

"什么都做，"小雀说，"我的理想就是做个有钱人，做不到就找个有钱人，总之，利用一切机会去赚钱。"

"看样子，你的理想已经实现了。"

小雀耸耸肩，把烟灭掉："事实证明，赚钱比我想象中容易。"

"这个世界对于好看的人一向是足够宽容的。"

小雀哈哈大笑：“难得听到女人赞美女人，黎椏，你这个朋友我交定了。现在天不早了，你该回家好好休息了。我知道你每天要面对无数心理有问题的人，如果你也有心事要倾诉，我想做你能随时交换心事的朋友。”

小雀驱车离去的时候，黎椏感到深深的愉快。这些年她的生活简单枯燥，除了热情的苏霏时不时入侵，她几乎没什么朋友。但苏霏的模式是天马行空，很难指望她能真诚地和自己聊几句知心话。她永远在派遣任务，永远轰轰烈烈地干自己的事业，只有当她需要的时候黎椏才是“朋友”。她总是在上天入地，谁都不知道她什么时候有空，指望她的情感关怀几乎是不可能的。

如今黎椏摇身一变成了“明星”，虽然每天接触各类人，但这些人大多需要她的抚慰，因此她的位置永远被挂在高处。黎椏必须逼迫自己变成一个类似天使的角色，而自己的烦恼和心事也渐渐被习惯性地淡化、抹掉。

刚才小雀的话非常温暖，令人舒心，仅仅是短暂的交谈，她已经很感激。

2

洛宁在聚精会神地看投屏电影，就连黎椏回家他都没听到。

洗完了澡，黎椏边擦头发边坐在旁边看了一眼屏幕，一群满脸迷惑的人类正驱车飞往某个神秘目的地。

“什么片子？”黎椏随口问了一句。

洛宁用手指在嘴边做了一个表示“安静”的动作，示意剧情正发展到高潮，连眨眼都是冒犯。

黎椏只好又把注意力追向屏幕内，飞车途中突然冒出来另一伙人，端着枪拼命扫射，子弹上蹿下跳，就是打不中主角，真是无聊的成人英雄游戏。

黎桠看了不到五分钟就犯困了，起身离开。

“追啊！”洛宁投入其中，紧张到声音都在颤抖。

黎桠擦干头发，睡觉之前打开邮件，习惯性地处理一些来信。听着电影里传来的枪战声，黎桠觉得如果洛宁对两人的感情能有此刻这般投入的千分之一，她都不会觉得灵魂孤寡。

可能是中场休息，也许是终于结束，洛宁终于肯把眼球从屏幕上摘走，听到他去了趟厕所，然后踩着拖鞋走了过来。

“今天怎么样，心情不错？”洛宁看了黎桠一眼，发现她面带笑容，似乎很愉快。

“是的，今天认识了个新朋友。”

“新朋友？你不是每天都认识新朋友吗？”

“我说的是朋友，不是求助人。”

洛宁打了个哈欠，说：“那挺好，你应该多交往点真正的朋友，天天跟神经病患者打交道，你都不正常了。”

“我哪里不正常了？”

“看，你现在就是过于敏感，我随口一说，你这么认真干吗？”

“我不喜欢你随意将人定义为神经病患者，正常人都会有烦恼，不能因为别人选择倾诉，就看不起他们，你也有烦恼，但你未必有勇气求助。”

“正常人都有烦恼，但家丑不可外扬，有什么解决不了的烦恼，非要跑到电视上去宣扬？好像是多么光荣的事情，唯恐没人知道他有病似的。”

“希望你永远无烦无恼，光荣体面。”黎桠好不容易拥有的愉快情绪，被洛宁几句话浇灭，她低头处理工作，不再答话。

“反正呢，我这辈子都不会有什么感情困扰，就算有我也能自己处理好……”洛宁正说着，听到影片里枪炮轰鸣，他忙不迭地跑去观影了。

黎桠摇了摇头，冷笑无语。

3

密密麻麻的未读邮件中，有一封特别显眼，标题是红色字体，一下子跳到了黎桠的眼前——“对不起，我是个小偷”。

黎桠好奇地把信打开，看得出来写信的是一个心细的姑娘。无论是信的格式还是文中的标点运用都非常规整，用词和语气也非常有礼貌。虽然是电脑打字，也可以看得出来这个人的敏感和细致。

黎桠再次看了看信的标题“对不起，我是个小偷”。带着无限的疑问，她开始读这封信。

黎桠老师：

写这封信给您非常冒昧，虽然我们没有见过面，但您的节目我每期都看，感觉跟您很熟悉。我考虑了很久，最终还是决定写这封信给您，希望您看了之后，不要因为我的行为而愤怒，您是这个世界上唯一知道这些秘密的人。

我从小就没有得到过父母疼爱，不知道为什么，我的父母都不喜欢我。

我的父亲是一个画家，他从来没有尽过做父亲的责任，动不动就会失踪几个月，在我都快忘记有这个人存在的时候他又会身无分文地狼狈回家，美其名曰去山里寻找灵感。但我知道他并没有自己说的那么脱俗，我猜他大概是去某个红颜知己那里鬼混了。

我的母亲是个普通工人，强壮、倔强又好胜，她曾经是个美女，可惜嫁给我父亲，不幸的婚姻令她过早苍老了。我记忆中的她，一直是憔悴和暴躁的，面对父亲的不负责任和风流成性她毫无办法，唯一的排解方式就是打骂我。

小时候，因为我打碎一个杯子，她将我拉到走廊上狂揍一个小时，直到把我打得鼻青脸肿、号啕大哭，被听不下去的邻居上来制止，她才罢休。这样的桥段经常上演，她似乎是在寻找双重的快感，一方面，她发泄着仇恨，另一方面，通过殴打我，来树立她在邻居们心目中强悍的形象，她不喜欢被别人指指点点，不甘心当弱者。

我经常在想，有一个好强的母亲是幸福还是悲哀呢？答案肯定是后者，母亲的好强导致她在失败的生活面前扭曲了自己的个性，她不愿意承认婚姻失败，但她确实选了一个无赖。我父亲号称画家，顶着艺术家的名号，好逸恶劳，从没赚过钱，却有无耻的天真，是百分百的空中梦想家。

自从我有记忆开始，他就跟母亲“打游击战”，他不断地与模特们偷情，但从不承认，他对母亲并没有爱，只有生活上的依赖。这些年，他鬼混又落魄，家庭重担全部都落在母亲的肩膀上，当然，说到这里，我由衷地对母亲表示同情。

对不起，请原谅我语无伦次的表述。谈到原生家庭，我有太多太多的话要说，却又有太多太多的不忍和辛酸跑出来阻碍我的表达。我经常读心理学的书，知道童年对于一个人的重要性，一个人的人格塑造、心理成长，都与童年有着密不可分的关系，我的童年，几乎都是在暴力的阴影下长大的，所以也注定我不会是一个健康的人。

还是说说我自己吧。

黎桠老师，没人相信我是个小偷，而且是惯犯。如果不是我坦诚地写下这封信，那么即使您看到我，也不会相信我是这样的一个人。在很多人眼中，我是标准的乖乖女，我长相白皙清秀，成绩一直很优异，毕业后在一个著名的外企工作，在外人看来，我是光鲜亮丽的，但只有我自己知道，我的内在早就腐烂了。

我喜欢偷东西，不是因为穷，单纯是喜欢偷窃的感觉。我无法给您描述那种快乐，是成就感？是恶作剧？还是……肾上腺急速运转的快感？不亲身经历的话，是无法体会到的。

第一次体会这种感觉，要从我 7 岁那年说起。

那年，我母亲带我去她的一个朋友家里做客，那是一个品位优雅的女人，她的家吸引了我。我从没见过如此精致的布置，家里的每一个小细节都恰到好处，至今我仍记忆犹新——洁白的薄纱窗帘、纯色的地毯、一尘不染的茶几，连喝茶的杯垫都勾勒着与众不同的图案，简单却不失格调。只要踏进这个空间，人就不由自主地优雅起来，连大声呼吸都觉得是冒犯。

说到这里得说说我的家，虽然我爸爸自诩艺术家，但我们的家却杂乱不堪，像个垃圾场。零乱的画作、随处可见的杂物，随着越来越多物品的堆积，我家几乎没有一处干净的地方。我从小就熟悉的油彩和水墨、各种味道怪异的纸张、无数绘画的书籍、满地的烟头和烟灰……我讨厌我的家，它是一个废墟，至今仍是如此。

我不愿意回家，家对我来说意味着母亲的巴掌和父亲的垃圾。而母亲那位朋友的家，就像开启了鼹鼠地洞的光明，让我知道原来家可以是这样的。我真想做她家里的小孩，在那样温馨而又平静的环境下生活，健康快乐地长大。而且事实证明，她的小孩确实很快乐，她的女儿比我大两岁，是个品学兼优的孩子。不仅钢琴十级，会跳芭蕾舞，还拿过花样滑冰的冠军，是常被我妈拿来羞辱我的‘别人家的孩子’样板。母亲只知道羡慕别人的孩子有多少光环，从来没有检讨过自己是否是个合格的母亲，在她这个朋友的对比下，母亲感到相形见绌，更加沮丧。

我第一次偷东西，就是在那个阿姨家里，战利品是一个小胸针。我之前也见过很多胸针，但她家里那一枚非常特别，是一个黑天鹅的造型，通身镶满了黑色的钻石，脖子伸向空中。听说是她的丈夫为她从国外带回来的，她爱不释手，曾经给我的母亲展示过几次，母亲羡慕不已，捧在手里半天，不舍得放下。

就在某一次来做客的时候，我注意到她有个专门放首饰的抽屉，趁着她跟母亲聊天的空当，我偷偷地把盒子里的黑天鹅藏到了口袋里。我当时的感觉就是……浑身的血液都沸腾起来了，面红耳赤，坐立不安，似乎空中有一双眼睛见证了一切。我呼吸困难，难以平静，只好假装肚子疼，让母亲带我回家。

"胸针"变成我胆战心惊的秘密，即使已经离开她家几个小时，我还是没能从紧张的状态中解脱出来，我佯装病痛躺在床上，手里紧紧握着它，罪恶感弥漫全身，却也因此让我得到了变态的满足。我为此担忧了好久，最终这件事不了了之——她并没有追究。我想，她很可能根本没发现胸针丢失，即使发现了也不会想到是我干的。

它是我的了，这种复仇的快乐第一次被我体会到。

到底是复谁的仇，为什么这么做可以复仇，我不明所以。总之，我发现这世界上很多美好的东西都可以被我掠夺。

从此，偷东西成了我的一种习惯，最初的负罪感被得手后的得意逐渐取代，再后来，变成随心所欲的小事。同学珍爱的签字笔、老师课桌上的糖果、同桌的漂亮饭盒、学校操场上被谁落下的课本……就这么随手拿来，若无其事，全都变成我的。

等我长大一些后，我变本加厉，到图书馆借书，我一般都会撕下几页来作为纪念，在超市购物，我会习惯性地顺手牵羊，很多超市都安装了防盗的检测门，但经验丰富的我找到了消除报警的方法，我在这方面有超常的天赋，从没失手过。

我不知道自己这么做的目的是什么，也许只是为了偷而偷，没什么目的，偷可以给我带来一种放松和喜悦，紧张的同时压力得到了释放。有人喜欢暴饮暴食，有人喜欢疯狂购物，都是解压手段，我的方式就是偷东西，每获成功，成就感爆表。

写到这里，我竟因为尽情地表述而又有了一种激动的快感，这是一个不为人知的秘密，平静外表下的内心竟然是如此肮脏。偷盗和不劳而获是可耻的，可是我一点都不那么觉得，现在我居住的房子里，摆满了各种各样的战利品——7 岁开启我快乐之源的黑天鹅，这些年林林总总的获得，都陪在我身边，像个羞耻纪念馆。

我还会继续偷下去，因为我很难从别的方面获得快乐。黎桠老师，您知道的，人生疾苦，需要寻找快乐对抗孤独，对吗？

如果您看到这里产生厌恶，或者想劝我改邪归正，我想我不会再出现了，如果您能理解我，给予我一点点鼓励，那么我应该对您说声“谢谢”。不过我不会跟您见面，如果未来意外相遇，您一定不要随身携带喜欢的物品，很有可能见完面，它们就属于我啦……

您的粉丝

玛尔妮

看完这封信好久，黎桠仍感觉精神恍惚。玛尔妮的信令她感觉到了一种恐惧和寒冷，虽然信中没有叙述任何恐怖的情节，只是一个从小受到了家庭环境影响而有心理疾病的女孩的一种非常坦白的表述，可是没有来由地，黎桠感到心生寒冷，第六感觉告诉她，这件事并没有那么简单。

可是，信恰到好处地止住，并且，是以一种黑色幽默的方式结束，令黎桠无法释然。她坚信这封信仅仅是试探，而并非她所要表述的主要内容，洋洋洒洒的描述只不过是为了牵引出更惊天动地的内幕……

黎桠回了一封信，玛尔妮这个署名让她感觉很熟悉，查了一下，竟然是希区柯克电影《艳贼》里的女主角，有点讽刺的意味，也符合整封信黑色幽默的风格。

黎桠非常害怕玛尔妮会消失，再也不出现了，所以她的回信有些小心翼翼。先是讲了一些无关紧要的话，简单地回忆了一下童年有共鸣的记忆，可能每个小孩都会有一个仰慕的别人家的母亲，她也一样。最后黎桠说，很希望再次读到她的信，希望能够有更多的交流。

点完发送键之后，黎桠像强迫症一样反复检查，确认不会因为某种故障发送失败，为了确保对方百分之百能够收到回信，她竟然又重复发送了一遍。

黎桠就这样对着“邮件已成功发送”页面呆坐了半天。

洛宁这时候已经把他的大英雄电影圆满看完，乐呵呵地从冰箱里拿了一瓶可乐，走过来对着黎桠说："怎么了？你怎么眼神呆呆的？"

洛宁的话打破了黎桠的自我封闭状态，一下子回到了现实中来。

"你偷过东西吗？"黎桠冷不丁一问，把洛宁吓一跳。

"什么意思？"

"小时候，偷过大人的东西吗？"

洛宁松口气说："吓我一跳。小时候谁没偷过家里的东西啊？我爸妈的钱包都遭遇过我的黑手，不过那时候胆子小，最多就是十块八块，多了不敢，被抓住肯定要打断腿。"

"现在呢？"

"现在啊？现在只偷一样东西。"

"是什么？"

"你的心！"洛宁说着，笑嘻嘻地靠过来抱住黎桠，想亲热。

黎桠完全不在状态，身体的反应非常僵硬。

"你怎么了，不光眼神呆呆的，身体也呆呆的？"洛宁发现黎桠的抗拒，问道。

"刚才看了一封邮件，心情有些沉重。"

洛宁把黎桠的电脑合上，拉着她往卧室里走，边走边说："你呀，赶紧给我放松下来，忘掉这些工作，白天忙一天，晚上回家还被这些破事干扰，累不累？你想把自己搞疯吗？我看不光你疯了，我也要跟着疯了。"

4

回到卧室，黎桠觉得通身疲倦极了，随手扭开了音乐，是前几天听了一半的《You Belong To Me》，在卡拉·布吕尼倦懒的歌声里，黎桠似乎有点被感动，洛宁缠过来的怀抱里，她竟然有倦鸟归巢的感觉，不管他们之间有过多少不和谐的音符，至少此时此刻，身体和身体的抚慰是真实的。

黎桠眼睛湿湿地看着洛宁那张熟悉的脸，动情地问了一句："我们是不是都老了？"

"哪里，年轻着呢，享受美好时光……"洛宁完全没顾及黎桠这时候的伤感。

"你想过结婚吗？"黎桠这句话问出来。

洛宁忽然愣了，抬头看了看她的脸，感觉不是开玩笑，一下从她身上翻下来，小心翼翼地看着她，说："结婚？"

黎桠没说话，只是看着他，等待他接下来的回答。

这样一句话，把原本轻松美好的夜晚气氛给打破，洛宁一脸惊愕地看着黎桠，有点张口结舌地说："结婚？这么突然……这个问题我都没想过。"

黎桠也愣住了，虽然这句话不是她有预谋地问出的，但是得到洛宁这样的回答，她觉得颜面尽失。

结婚这种事，原本是男人追着女人问的，现在反过来，她脱口问出，对方全无此意，哪怕连哄一哄她，说点甜言蜜语的应付都没有。

小雀说"结婚这件事，只有 Yes 和 No"，洛宁的答案昭然若揭，不必怀疑。

黎桠感觉索然无趣，起身走向卫生间，洛宁跟随其后，问道："怎么突然就不高兴了？我说错话了吗？"

黎桠被洛宁这样的追问弄得更加尴尬，停住脚步，说："我太累了，要泡个澡。"

"泡澡……你没生气吧？"洛宁走到她身后，双手环抱住了她的腰，在卫生间明亮的镜子里，两个人的脸一前一后，一个阴沉一个明亮。

洛宁说："你现在说话都有坑，我都不敢随便回答，就像刚才你问我偷过东西没有，接着又说结婚，我满脑子都是跟你亲热的事，你忽然说结婚，我以为这又是什么测试题呢。我现在被你影响得也有点神经兮分了，你能理解一下我吗？”

黎椏回过头来，很直接地看着对方说：“洛宁，我问你句真心话，你可别骗我。”

洛宁心里一惊，表面还是装作很平静地说：“你说，我绝不骗你。”

黎椏说：“咱们俩到底是什么关系？”

“……怎么这么问？”

“回答我。”

“当然是……男女朋友，这还需要什么回答？”洛宁被黎椏的提问搞得慌张不已，心虚的人总是异常敏感。

“男女朋友有两种，一种是奔着结婚去的认真关系，一种是有某种目的的交往，比如性伴侣，或者其他的利益联结，我们属于哪一种？”黎椏语气有点咄咄逼人。

洛宁迟疑了一下，然后哈哈大笑起来：“黎椏，你真的是有职业病了，你想得太复杂，也太极端了。”

“你在避重就轻。”黎椏继续说，“你并没有正面回答我的问题。”

“好吧，那你觉得我们俩是什么关系？性伴侣？还是什么利益关系？我是你理想的结婚对象吗？”

被洛宁一反问，黎椏竟然也不敢随便回答。

“人类的关系很复杂，但爱情很简单，你爱我，我爱你，我们选择彼此，这就是答案。至于接下来的站点，不是由我们共同决定的吗？结婚就证明是真爱，分手的都是仇敌？没有结婚计划的交往就是有目的？亲爱的，你是情感专家，拜托你不要跟那些迷路的少女一样幼稚、无知，好吗？”

洛宁的这一番话，让黎椏顿时哑口无言。

“如果你在提问之前，已经预设了答案，只要得到自己满意的回答就高兴，那我可以满足你，来，我们把刚才那一截对话掐掉，你重新问我，我保证让你满意。”

黎椏说：“这样有意义吗？”

“那你到底想要怎么样？”

“这个话题已经过去了，不要再说了。”

说完，黎椏离开了卫生间，剩下洛宁一个人对着镜子沉思。说实话他满腔怒火，但又无从发作，在黎椏感觉感情不对劲的同时，他也没那么粗线条，他试图去调整过关系，可惜他们终究没能得到缓解，反而越走越远了。

这天晚上，两人各有心事，谁都没再说话。

“结婚”这个话题一被提及就面临如此难堪的处境，而且后果比黎椏想象中更严重，她没想到自己会如此不悦，事实上她最近并没有结婚的打算，玩笑也好，试探也好，洛宁斩钉截铁的坦白令她分外意外。她到底为什么要留恋这段鸡肋般的关系，为什么不能勇敢一点，撕裂这种不疼不痒的状态呢？

洛宁也有点辗转反侧，他搞不懂黎椏今晚忽然提出结婚的目的，是随口一说？还是真的有结婚的打算？抑或是节目做多了，对他产生了某些怀疑？他非常满意目前的关系，相互依靠又没羁绊，他可不想把自己绑到婚姻这座坟墓里去，虽然目前看来，无论从经济还是哪方面，结婚对他来说都是有益的生意，但他此刻想再享受几年自由的时光。

第六章

陷入“被爱”的狂喜

倾诉者自述：

“如果对我有好感，为什么不积极回应？我都撒出去一大把橄榄枝，就差在他面前变成一棵橄榄树了，他怎么能做到这么云淡风轻的？”
——苏霏

1

苏霏一屁股坐在了黎榧面前，原本神采飞扬的她，似乎遭受了严重霜打，连力气都没有了。

“你怎么了？”黎榧抬起头，看着苏霏，有点奇怪。

“我恋爱了！”苏霏呜呼哀号，毫无“恋爱中的女人”的狂喜。

“你恋爱了？跟谁？什么时候？”黎榧吓了一跳，自己天天跟苏霏见面，永远风驰电掣的女郎，吃饭都会风卷残云的大忙人，居然能够抽出时间谈恋爱？

白沧海进来，正好听到对话，好奇地说：“谁恋爱了？”

黎榧指了指苏霏，白沧海做出惊吓的表情说：“苏霏恋爱了？谁那么倒霉？”

“喂，你给我小心点，我现在可是气压很低，小心我拿你当出气筒。”

白沧海哈哈大笑说：“我可是热气球，只会带你升空，恋爱不是挺美好的事儿吗？怎么愁眉苦脸、唉声叹气的，谁敢不对我们苏霏言听计从？”

“我问你们，我是不是长得很难看？”苏霏摸了摸自己的脸，极其不自信地问。

“你这是逼人夸你吗？”黎椏简直不敢相信，从来自信满满的苏霏，也会有一天对自己的外貌不自信。

“你跟我太熟了，已经没了审美能力，来，白沧海，你作为直男，请你客观地给我打分，来吧，暴风雨我都承受得住。”

白沧海说：“8分吧，胶原蛋白满满，五官大气，身材修长，个性爽朗，有种王者气场，坦坦荡荡的那种神采飞扬。”

“8分？”苏霏怀疑地说，“所以，满分是100？”

黎椏也忍不住大笑起来，被爱情打败的苏霏展露了深藏的可爱。

大概花了半个下午，黎椏终于搞清楚了来龙去脉，大概在半年前，苏霏加入了一个网球俱乐部，每周的某个下午都去打球，也因此认识了一个球友，就用Q来代表好了。Q先生也是媒体人，是个很知名的汽车刊物的主编，用苏霏的话说，既不年轻，也不英俊，手脚还不太协调，还有点四环素牙。就是这样的一个奇怪的男士，却莫名其妙地吸引了苏霏的注意，久而久之，她有点动心了。

在遇到Q先生之前，苏霏一直是个很洒脱的人，恋爱常谈，失恋也是家常便饭，从没有哪个男人真正让她牵肠挂肚过。但自从对Q先生动了心，苏霏就变成了“恋爱脑”少女。

总结他的喜好，研究他的星座，测算他的血型，拿他的照片四处找人评判他的面相，网上摇卦算他们的缘分，根据他微信朋友圈和微博的状态来判断他一天的心情——她就快变成他的体外小蛔虫。

不仅如此，她还希望他能够不用那么辛苦就了解她的点点滴滴。吃什么喝什么全拍给他看，总结自己的个性，把狮子座女生的特点拷贝给他看，用各种美图软件把自己照片捣鼓成女神一张一张发给他。为了怕他混淆，还特意标注上拍摄日期，让他注意到1号早晨的她和2号晚上的她表情上的变化，也让他存储的时候不至于把 3 月的她跟 6 月的她排错顺序。

把摇卦的网址发给他，并且把自己占卜的结果附上，还要问他摇的结果跟自己是否一致。为了表达自己的情绪晴雨变化，故意在微信朋友圈和微博按照设计好的频率去发布，她除了变成他的体外小蛔虫，也变成了他的人肉小指南——轻松了解一个女生的点点滴滴之捷径篇。

即使苏霏已经做到这个地步，可是对方的反应依然不大，除了没事就点赞，他几乎没有给她留言过，哪怕只言片语或者一个合情合理的表情都没有过。而她给他私聊发过去的图片、单独晒的状态、单独留的言，他也能不回就不回。

如果不是听到她亲口讲出这些，黎桠和白沧海都无法相信上述作为竟然出自苏霏。

“岂止，还有更肉麻的呢，你们确定要听下去吗？”

“当然，放马过来吧。”白沧海听得津津有味，眼睛都放光了。

“他只给我点赞，却从不私聊，这到底是为什么？”苏霏先抛出问题。

白沧海说：“很简单，给你点赞对他来说是一种公众行为，私聊就是关系密切的象征咯。”

“不是因为忙，而是故意不回？”苏霏不愿意相信。

黎桠说：“忙碌的人会有时间大大给别人点赞？”

“当时我做了很长时间的思想斗争，觉得爱情不应该是这样的，爱一个人不该如此计较。我很快对自己进行了严肃且惨无人道的批判，重新收拾起阴沉的情绪，回到阳光底下，继续恋爱之路。”

“你又做了什么？”

“主动打招呼，不管他是否回复，早晨说早安，午间说午安，晚上道晚安，像个永不掉零件的小闹钟。始终充满着热情，不计算得失，不计较失衡，相信缘分，相信真爱无敌！”

“天啊，我都被感动了，Q先生呢？他还是没反应吗？”白沧海问。

“也不是毫无反应，但确实回应不是非常多，你们明白什么意思吗？”

黎椏和白沧海都直摇头，谁也听不明白这到底是什么意思。

“这么说吧，他也回，但不是每次都回。这是好现象吧？如果他对我完全没意思，其实没必要回的，是不是？假装看不见，或者干脆觉得很烦也可以直接拉黑？”

“……”

“但是，如果对我有好感，为什么不积极回应？我都撒出去一大把橄榄枝，就差在他面前变成一棵橄榄树了，他怎么能做到这么云淡风轻的？”

“……”

“所以他根本不喜欢我是吧？因为我长得丑？不够性感？我是不是该去做个热玛吉，垫个鼻子什么的？不，可能因为太胖了，最近过劳肥，天天吃夜宵，体重都超标了，一定是因为这个原因，不行，我得去健身房每天俩小时，一个星期恢复正常。”

“……”

“你知道我最讨厌含混不清，到底行不行，说句话对不对。不行，那就算了，我转移目标，行，那就赶紧恋爱起来啊，时光宝贵，时不我待，时光飞逝如电，哪有时间玩这些猜猜猜的游戏呢？”

“……”

苏霏开启了自言自语模式，一会儿站起来，一会儿坐下，一会儿看看手机，一会儿又看看天花板，一会儿叹气一会儿又发呆，完全失控了。

“你们俩怎么不说话？别光看着我啊，快帮我分析分析，这到底是怎么回事？这家伙到底喜不喜欢我？”苏霏的独自表演终于渐近尾声，想起了自己的两个观众。

黎椏叹口气说：“说了半天，你这是暗恋，哪里是什么谈恋爱呢。”

“是啊，对方也许根本就不知道，你在这里烦躁不已，苏霏，你这种状态很糟糕，你完全被对方控制了。”白沧海提醒她。

“他可没控制我，没准他根本不知道，唉，黎桠说得对，一切都是我自作多情。”苏霏垂头丧气，完全丧失了光彩。

“他又不是猪，怎么可能不知道你的心思，你只差把他按在墙上壁咚了好吗？”黎桠简直无语了，苏霏的智商坐滑梯到了白痴的行列，黎桠再也无法忍受了。

白沧海说：“这招数不错，很适合苏霏，霸道女总裁，哈哈哈，他再语焉不详，支持你直接壁咚。”

“那，要是壁咚之后，他还没明确表态呢？”苏霏傻傻地问。

黎桠只想打人。

2

“好几天没见，你好吗？”门口红色跑车的到来令黎桠欣喜，小雀那熟悉的身影出现，涂着明亮的口红，远远地向黎桠热情地打招呼。

“我以为你消失了呢。”黎桠坐上了小雀的车，仍然掩盖不住愉快的表情。

“我去了趟东京，购物去了。”小雀拿出来一个漂亮的礼盒，“送你的礼物。”

黎桠非常惊喜，当场要拆，小雀说：“礼物要回家再拆。”

“为什么？”

“如果喜欢，皆大欢喜，万一不喜欢，拜托别让我知道。”

黎桠笑起来，把礼物收好。小雀的车速又提了上去，经过立交桥，又转了几条街，漫无目的地行驶着：“这几天没见，又遇到什么棘手的事情了吧？”

“棘手的事情多了，倒也习惯了。”

“每天生活在别人的烦恼中，是一种什么感受？”

“全力以赴伸出援手，但能力有限，只能尽力而为。”黎椏叹口气，“现在最困难的是，是非界限越来越模糊，对和错也常常令我困惑。判断力和感知力都在变钝，让我有点恐慌。”

“也许根本就没有对错，很多人倾诉的目的只是发泄而已，你不必那么认真的。”小雀安慰道。

黎椏叹了口气，说：“你做什么工作的，轻松吗？”

“这世界上哪有轻松的工作？能问你一个私人问题吗？”

“什么问题？”

“你赚钱多吗？”

黎椏有点意外，没想到小雀如此直接地问出这样隐私的问题。

“别紧张，我不是要借钱，只是了解一下，著名的感情顾问、心理专家，应该收入不菲吧？”

“我对钱没有概念，赚了就不见了。”

“为什么？你不像挥霍无度的人。”

“可能是命里注定不聚财。”黎椏说着，竟然冷笑了一下。

小雀注意到黎椏的表情，也不愿意过多地追问他人隐私，于是说：“我跟钱有仇，所以吧，钱一到手，马上就花掉，花了咱再赚，这是我妈的名言，当然，我妈从来没有有钱过。”

说到小雀的家庭，黎椏突然想到了给她写信的神秘女孩玛尔妮，她对小雀说：“你觉得原生家庭对一个人的一生影响大吗？”

“当然大，小时候缺什么，长大就疯狂补什么，我认识个人，童年很悲惨，父母非常吝啬，什么都不给他买。他长大后成了一个囤积狂，什么都往自己家里搬，房子里堆得满满的才踏实，我觉得这是一种病态的行为，他不承认。”

“是的，缺失了什么，就会在力所能及的状态下给自己补偿。”

“你缺少什么？”

黎椏想了想，说：“我的童年还算比较幸福，就是朋友少，长大后也没疯狂补齐，依然很少。”

“我算一个吗？”

黎桠点点头说：“应该算。”

“那你的朋友真的是太少了，连我这种萍水相逢的路人，都可以成为你的朋友。”

听到小雀的话，黎桠有点为自己悲哀。

“你有男朋友吗？”小雀问。

“有。”

“你们相处怎么样？”

黎桠不知道该怎么回答，竟然深深地叹了口气。

小雀说：“我特别好奇，你经常为别人解决情感问题，那你在面对自己生活的时候，会不会也很理智地分析和处理呢？”

黎桠说：“事实上是不行的。就像一个迷局，当我置身事外，很自然地就能把自己摆到公正的位置上；当我身在局中，却常常看不清楚真相。”

“什么真相？”

“这段感情到底怎么样，对方是否真心对我，我又是不是真正爱他，一切都像是谜语，猜不透。”

“上次分开的时候，你以为我会带着自己的故事，结果没有。”

“这次呢？带来了吗？”

“你真的要听吗？”

黎桠说：“很乐意听。”

小雀说：“好吧，那我就随便给你讲讲我的故事。不过我都不知道从何说起，要不这样，我们就当闲聊，想到哪里说到哪里，你也不用帮我分析，也不用给我意见，我可不想让你加班。”

黎桠点点头，为小雀的善解人意感动。

“从哪里说起呢？从我的父母吧。我妈是个标准的小市民，市侩、小气，喜欢说是非，很自私，不过她长得很漂亮。我爸呢，也是个标准的小市民，怕老婆，性格软弱，没什么才华，但个子很高，身材魁梧，浓眉大眼，算是英俊。”

“你遗传得非常不错，是你父母最优良的基因。”

“好看但穷，这是要命的处境。在我妈金钱至上观点的熏陶下，我从小就虚荣又现实，爱财如命，现在也一样，我喜欢一切贵的东西。我念书念的不多，中学念了一段时间就烦了，有次在大街上走，被一个星探看上，要我去拍个广告，就这样，我开始赚钱了。”

“原来你是模特。”

“这只是故事的开始，你要有点耐心哦。”

“好，期待后面的精彩。”

“后来我发现我被骗了，那个人根本不是什么星探，只是一个酒吧的混子，把我带到一个花花世界去，见识了各式各样的猪头，他们挥金如土，让我很是开眼。现在想起来，这帮土包子们那种假装洒脱的劲儿特别傻，满脸冒着油光，浑身铜臭气味。

“当时我很年轻，还不到16岁，人见人爱。当然，这不是真的爱，只能说他们都想占我便宜。不过我没那么傻，我很明白一旦走到了那条路上，就回不来了。我妈教育我，要得到自己想得到的，但尽量少付出，最好不付出。”

“看来原生家庭确实影响至深，我喜欢你妈妈的现实哲学。”黎桠忍不住笑了起来，虽然这不是一个很幸福的故事，但是小雀描述得绘声绘色，黎桠甚至完全可以想象出小雀母亲的形象。

“那之后我就认识了我生命中第一个男人，他是做珠宝生意的，跟那帮猪头不同，他儒雅斯文，长得也很俊秀，唯一的缺点就是结婚了。他几乎改写了我的人生，教我如何穿衣打扮，告诉我各种礼仪，给我改名字，带我见识了很多高级的场面，这么说吧，如果没有他，你就不会看到现在的我。”

黎桠认真地听着小雀的讲述，说到这个珠宝商人时，小雀有点动情，语气不再那么嬉皮。

“他很善良，也懂得游戏规则，点到即止的那种合适。说真的，这么多年了，我也遇到过无数男人，谁都比不上他在我心目中的地位。

“我觉得每个女人生命中都会出现这么一个人，带领自己开启爱的全部意识，也注定后来会消失得无影无踪，他除了留给了我无限的美丽世界之外，什么都没留下。哦，对了，你看这枚戒指，红宝石的，是他送给我的。七年了，我一直戴着它。”

黎桠感同身受，却又没有合适的情绪在此处安放。

“后来他走了。”小雀声音变得很低沉，甚至有点哽咽，“有点残忍，因为那个时候我发现自己陷进去了，为了保持游戏规则，他选择了离开。前一天我们还一起计划去滑雪，转天他就从这个世界上蒸发了。”

“他还是不错，不愿意让你越陷越深，所以只能离开。”

“我们差得太远了，天壤之别，年轻的好处就是无知无畏，敢有勇气去想象跟他的未来，换了现在的我，看一眼他的身份，评估完毕，立刻拉黑。”

“后来你们一直没有再见？”

“就算见面又怎么样呢？这样的结局最好，他算是留了一个完美的形象给我，在我还算很单纯的时候。你看，他教会了我如何搭配衣服，认识各种名牌，教会我骑马，教会我开车，还教会了我品尝红酒……一个平凡的女孩脱胎换骨并不难，关键是有没有运气遇到那个有能力改造你的人。”

“我好久没说这么多话了，原来诉说是这么痛快。”小雀愉快地说，“难怪热线电话永远火爆。”

“倾诉本身就是一种疗愈。”

“你要不要也试试？”

“我？”

“嗯，交换游戏，我说完了，该你了。”

黎桠说：“我没有你那么精彩的故事，从小到大，我的生活很平稳。”

“故事未必都要惊涛骇浪，平淡有平淡的美，定期排放，就当消毒了。”小雀顽皮地说，“放心，听完即焚，安全保险，我对天发誓。”

“我……从何说起呢？”

“在成为情感顾问之前，你的生活是什么样的？”

“没什么变化，只是没有那么多人认识。我的生活一直很平顺，读书的时候梦想当作家，但时间过后发现自己才华不够，仅仅在一些杂志、自媒体写写专栏，被男朋友讽刺没才华。”

“这个男朋友真够讨厌的。”

“他说的也没错，我确实才能普通，又极其敏感，跟我相处应该很累。”

“让女人感受不好，说明男人差劲。”

“伴侣关系其实是互为镜子，他糟糕，我也好不到哪里去，彼此都不够合格，才会有这样的尴尬吧。”

“你们交往多久了？”

“马上三年了。”

“为什么不结婚呢？”

“谈过，没什么结果。”黎椏又想起前几天的“结婚事件”，感觉自己依然受伤，仍旧耿耿于怀。

“你们谈过结婚？”

“前几天偶尔提及，没什么答案，就不了了之了。”

“他不愿意负责任吧？”小雀问，“现在好多男人都渣，不负责不表态，说到结婚就当缩头龟，本质就是自私。”

“我也没有要结婚的想法。”

“为什么呢？女人最后都想要安定吧。”

“这段感情谈得很奇怪，好像大家都猜不透对方想什么，也没胆量去揭穿，就这样如履薄冰地继续着，不知道哪天会崩，有点听天由命的意思。”

小雀说："没想到你身为情感方面的专家，却谈了一场充满猜忌的恋爱。"

"挺讽刺的。"

"我是不打算结婚的，我觉得谁都不配我拿一辈子的时间跟他浪费，从那个人之后，我几乎就再也没动过感情，跟任何人都是逢场作戏。"

"我之前看到一个说法很有趣，说人的一生，情感的重量总和是固定的，比如有一斤重，太早用完，后来就没有了，慢慢用，一次一两，可以用好久。"

"这个说法我喜欢，我这一斤全部给了那个人，以后都是轻身上路了。"

黎椏想到自己这一斤感情，竟然觉得一毫都没分出去，不知道日后会不会慢慢挥发掉，还是会遇到一个未知的人对他倾囊而出，或者一直存留体内，无人分享。

"今天不早了，你该回去休息了，我送你回家。"小雀适时地将车开到了黎椏所住的小区，"今天非常开心。跟你聊了这么多，我们不能把话一次都说完，留着以后慢慢说。"

黎椏由衷地说："期待下次见面。"

3

跟小雀告别后，黎椏接到了苏霏的电话，自从陷入糟糕的"恋爱"，她就开启了钻研模式，随时随地扔过来一大堆疑问，以及一大堆截图让黎椏分析，往往她还没来得及分析，苏霏又更新了状况，简直令自己目不暇接。

为了方便交流，苏霏甚至拉了群，群里只有她、黎椏、白沧海三个人，群名就叫"恋爱情报局"，完全是她的感情进展直播。

最新的情报是：苏霏以请教球技为借口，约 Q 先生吃饭，Q 先生没回复。

白沧海认为这个借口太严肃，建议她换个其他的，黎桠则认为，对方不想赴约，什么借口都没用。

为了给苏霏出谋划策，黎桠阴差阳错地按错了楼层，到了11层，走出来才发现楼道的感觉不太对，马上返身再按电梯，可惜电梯已经下去了，黎桠只好从楼道走楼梯上去，结果刚刚推开楼道的门，发现地上躺了一个人。黎桠吓了一跳，以为是乞丐，却发现是个似乎有点眼熟的老人。

老人发现黎桠，坐了起来。虽然躺在地上，但他衣着整齐，不像是流浪汉。他的身子底下铺着一张厚厚的纸壳，像是饮料箱拆开后铺平的样子，身边还放着一个蓝色的包，里面露出来一个高高的水杯，像是临时的装置。

黎桠忍不住问："大爷？您怎么睡在这里？"

老人摇了摇头，没说话，又深深地叹了口气，似乎有难言之隐。

黎桠更加好奇了，这时候电梯隆隆响，停在了11层，黎桠本想再多跟老人聊几句，但想到电梯来了，也就匆忙离开。

电梯停到14楼，黎桠刚要走出电梯箱体，却迎面遇到了洛宁，对方神色匆匆的样子。

"这么巧，你回来了？"洛宁说。

"你要出去？"

"刚才来了一个电话，有个老同学约我去见个面，今天晚一点回来，你不用等我。"洛宁边走边整理衣服，看他的样子，倒像是去相亲。

黎桠迟疑着，停在原地。

洛宁看到黎桠没走，说："怎么了？脸色好差，太累了吧，赶快回家泡个热水澡，好好睡一觉。"

"我刚才在11楼，看到一个老人。"黎桠忍不住说。

"你怎么会去11楼？"

"按错了电梯。11楼楼道里睡了一个老人。"

"这很正常，要饭的吧？现在天太冷了，外面待不住。"洛宁显然有些心不在焉，急着离开，“别管那么多了，我得赶快走了，一会儿迟到了不好……”说完，话音还没落，人先钻进电梯，消失不见了。

黎椏回到家里，换上拖鞋，穿上睡衣，“恋爱情报局”又显示“99+”了。

最新的讨论是：到底要不要告白。

白沧海秉持着自己的直男思维，一直在鼓励苏霏勇敢，喜欢就表白。黎椏则更了解苏霏，这次她是真的动了感情，人一动情就胆怯，哪能这样鲁莽地去告白？

聊了一会儿，黎椏又想起楼道里的老人，以及他看向自己时那无助的眼神，有点放心不下。于是就在群里说了一下这件事，苏霏让黎椏打电话给物业，如果不是本小区的居民，这样会有潜在的危险。白沧海建议这么晚了不要出去，要处理也等第二天，黎椏左思右想，还是换了衣服出门。

11楼楼道，老人果然还在那里。

老人很警觉，听到有人来，立刻坐起来，看到黎椏，略微失落。

黎椏蹲了下来，对老人说：“大爷，您怎么在这里睡觉？”

老人说：“我没地方住。”

“您家是在这个小区吗？”

“以前是，现在没有家了……”老人不断地重复着这句话，黎椏更加确定这个老人并不是一个流浪汉。

“那您怎么会在这里呢？”

老人说：“我住在这里，风吹不到我，我身体不好，77岁了……”

黎椏泛起一阵难过，这位年近80岁的老人非常瘦，满脸的老年斑，尤其是他缩在地上的样子显得更加凄凉。

“您的家人呢？”

老人忽然情绪激动起来，嗓门很高地喊：“没良心的东西！老天有眼，早晚遭报应！”

老人的叫声震亮了楼道里的应急灯，灯光忽忽闪闪，正好电梯门打开，有几个住户经过，看到老人，都异常冷漠地离开。

有个邻居开了门缝，看到黎桠在询问情况，悄悄地说："他儿子不孝顺，把他从家里赶出来了，老头睡楼道好几天了，儿子不闻不问，造孽呀！"

说完，摇摇头把门关上，世界又恢复了安静。

黎桠被邻居的话刺中了正义的神经，是什么样不孝顺的儿子，把年近八旬的老父亲赶出家门？黎桠觉得脑子里的血液一下子沸腾了起来，她问老人："刚才那个人说的是真的吗？您是被儿子赶出来的吗？"

老人老泪纵横地点头："畜生啊！遭天谴！"

黎桠说："您别哭，大爷，我帮您去向他问清楚，这么做太不像话了。"

"没用的……"老人一边哭一边说，"找谁都没有用的。"

4

黎桠站起身来，拿出电话，先给小区的物业打了电话。

"是物业吗？我们小区A座11楼的步梯楼道口，有一个老人被儿子给赶出来了，你们能派人过来调解一下吗？"

物业说："是张大爷吗？"

"我不认识他，我是14层的业主。总之，老人现在睡在楼道里实在是太不像话了，你们派人过来解决一下吧。"

物业说："这事已经不是一天两天了，我们调解过很多次都没用，他们父子的事连他自己都说不清，我劝你也别管了。"

"怎么能不管？"黎桠有点急了，"问题不解决，总不能一直让人睡在楼道里呀！"

物业的人说："不是我们不想管，这件事很麻烦，我们管不了，你联系居委会吧，这属于家庭纠纷，请他们协助解决，行吗？"

黎桠没有办法，只好给居委会打电话，接电话的是一个中年妇女。

黎桠把刚才的话又说了一遍，居委会的人说："哦，是11楼的张老头吧？姑娘啊，这件事，我们之前已经协调过了，但是儿子不同意让他回家住，我们又不是法院，没有办法强制他接收老父亲……"

黎桠觉得她的头都大了，她从没想到竟然有这种事情发生，一个被驱逐的老父亲竟然没有一个机构能够去申诉？黎桠马上想到了媒体，对，媒体的力量是无穷的，电视台、电台，这种节目多得很，她给认识的一个记者打电话，把事情说了一遍，记者为难地说："不好意思啊黎桠，我们每天接到类似的事情太多了，这件事没什么新闻点，他被赶出来，这属于家庭纠纷，这报道我们做不了，他可以去法院起诉儿子不赡养。"

连续打了几个电话，结果都差不多，黎桠有点沮丧了。

老人看黎桠如此热心，擦着眼泪说："姑娘啊，你别操心了，这是我的命啊，我睡在这里挺好的，风刮不着，雨淋不到，就是有时候喝水困难点，你给我倒杯热水吧？"

黎桠连忙点了点头，拿了老头递过来的杯子，匆忙地跑回家去，给他倒了满满的一大杯热水送来，老人很高兴地喝了起来，无限满足地说："我好几天都没喝到热水了。"

黎桠突然一个念头闪过，她说："大爷，我就住在14楼，您要是不嫌弃的话，要不暂时到我那里住一下吧？"

老人的眼睛里闪烁出了光芒，但是很快就消匿掉了，他说："我不能去你那里住，我没有钱。"

"您误会了，我不要您钱，我看您这样住在楼道里，心里很难过，您要是不嫌弃的话，可以暂时住在我那里，我会想办法帮您把这件事解决的。"

"不，姑娘，谢谢你的好意，我要是离开这里，一切就全完了。"黎桠没太明白，老人继续喃喃自语道，"在这里挺好的，你不要担心，我死不了，他想让我死，没那么容易的，我就要在这里，哪里也不去……"

看到老人如此坚持，黎椏没有办法，只好回去了。回家之后，她心里还是放不下这件事，煮了点面，又拿了一个暖水瓶，再次去了11楼，给老人送了过去。

老人已经对黎椏很熟悉了，他看到水和饭，显得很高兴，毫不客气地接受了。

黎椏说："大爷，您儿子为什么要把您赶出来呢？"

"我老了，不中用了，干不了活，是个老废物……"老人说着，眼角又开始有了眼泪。

"这也太过分了，父母老了，子女是有赡养的义务的……"黎椏说。

老人摇摇头说："没用，我有三个儿子，一个都不养我。"

"您有三个儿子？？"黎椏更加吃惊了，"他们都在哪里啊？"

"我大儿子住在郊区，二儿子在外地做买卖，小儿子就在——"老人颤巍巍地站了起来，指了指不远处的房门，"就在1103住。"

"您自己有住所吗？"

"我老伴死后，三个儿子把家产分了，本来说好了轮流照顾我的，现在都反悔了。"

就在这时候，有个矮胖女人穿了一双棉拖鞋，抱着小孩从他们身边目不斜视地经过。

老人低声说："这是我小儿媳妇，抱着的是我孙女。"

黎椏惊讶地看着这一对面无表情的母女，就这样经过自己的亲人身边，看着对方如此落魄，竟然无动于衷。

"喂……你等一下。"黎椏不知道哪里来的勇气，对着那对走远的母女喊道。

女人停下了脚步，回头看着黎椏，黎椏问："你是老人的儿媳妇？"

女人点了点头，黎椏低头看到小女孩一脸早熟的表情，似乎对于睡在门口的爷爷非常反感。

"怎么能让老人住在楼道里呢？"

女人说："不关我事，这是他们的家事，我什么都不知道，你去问他自己吧。"

老人无奈地冷笑了一下，眼睛看着前方，不知道在想什么。

黎桠听完这句话，径直地向1103走去，按了门铃，又敲了敲门。开门的是一个小个子的中年男人，大概40岁的样子，四肢粗壮、眉眼浓重，五官跟老人非常像，是老人的儿子无疑。

"你是谁？"小儿子很抵触地问。

黎桠说："我住14楼，今天看到老人睡在楼道里……"

还没等黎桠说完，小儿子就打断了她："他在楼道里是他自己愿意，关我什么事啊？"

"他是你的父亲，这么大年纪了，你不能看着他睡水泥地啊……"

小儿子一边说话一边走了出来，走到老人身边，指着老人的鼻子就开骂："你这个老祸害，你不就是想让全世界的人都来骂我吗？告诉你，我不怕，你随便，你爱去哪儿告我去哪儿告我！你爱睡哪儿睡哪儿，我都是一句话：这一切都是你咎由自取！"

老人听了小儿子的话，并没有黎桠想象中的激动，似乎是因为平日听惯了这些话，显得挺平静的。

"张先生，不管怎么说，我希望你能把老人接回去，天气越来越冷了，这么下去真不是个办法……"

"他并不是没地方住，这个人不是他表现出来的那样可怜，他不是个正常人！"小儿子说，"我大哥、二哥为什么都不管他了？我妈怎么死的？这些你都该问问他，他就是个祸害，真的，我一点都不夸张，他走哪儿祸害到哪儿，谁见了他都得躲着。你不信可以去居委会问问他们，那儿的人见了他都躲着走，他这号人，活着就是为了给人添堵的！"

"小畜生！"老人终于开始有反应了，"我就不该把你生下来，早知道是这样，当初你生下来我就该把你掐死！"

"我宁愿当时被你掐死！"小儿子越说越激动，声调也越来越大，他对黎椏说："你去向街坊四邻打听打听，他是个什么样的人。我这么跟你说吧，他去年被我大哥赶出来之后，来我家里住，一开始我对他怎么样？给他做饭、洗衣服、收拾屋子，什么都不用他操心，可是他怎么做的？他一个老年人，完全不知羞耻，袜子、内裤随地扔，大白天穿个内裤就出来晃，家里还有我媳妇和女儿他也不避讳，大半夜在屋子里放京剧，完全不在意会吵到别人睡觉，上厕所大便堵厕所，小便故意撒墙上，你问他，是不是他干的事……"

"你胡说……你胡说，我抽你！你胡说！"老人因小儿子的话更加激动，他甚至站了起来，企图阻止儿子胡说八道，结果被儿子推了一下，黎椏赶快去扶，老人歪在墙上，气得浑身发抖。

"我一开始没想把他赶出来，但是又实在没有办法，只好找了一个养老院，给他交了三个月的钱，吃喝都有人照顾。结果他在那里住了一个星期不到，就被人送了回来，说他在养老院里总是捣乱，搞得邻里不能安宁。

"养老院不接收他了，我实在没办法，就跟大哥、二哥商量，结果他们都要混蛋表示不管，那我也没办法，我也没法管他了。你别觉得他可怜，当年我妈就是被他给气死的！我妈跟了他一辈子，他从没给我妈一分钱，现在我妈死了，他又想来祸害我们哥儿几个，告诉你，没门，谁来都没用！"

黎椏不敢相信小儿子的话，她看到老人因为过于激动而号啕大哭了起来。

小儿子继续说："他每个月退休金有五千块钱，我现在没工作没收入，他在我这里又吃又住，你问问他拿过一分钱生活费没有？他的孙女今年都快3岁了，你问问他给孙女买过一根冰棍买过一件玩具吗？我告诉你，他就是个老守财奴，一辈子都这样，他不是没有钱，他是一辈子都舍不得花钱！也不知道是不是死了之后能带进棺材里！"

黎椏不忍心看老人此刻的表情，自己亲生儿子的指控，实在令他难堪。小儿子则像是被点燃的爆竹一样噼里啪啦地响了起来："你闻到这楼道里的怪味了吗？你仔细闻闻，你以为这是什么味？这是老头随地大小便的味……"

黎椏实在听不下去了，她觉得脑子里一阵充血，无限的悲哀就这么弥漫了上来，她很想哭，不知道为什么，面对一个无助的老人，她没有办法拿正常的规则去判断他。这似乎是黎椏的软肋，她无法面对弱者，她总是没来由同情弱者，当她面对这样的场景，看到一个晚景凄凉的老人遭受儿子如此可怕的指责，她没有勇气继续听下去，她浑身冰冷，额头渗汗，慌忙中按了电梯，迅速离开11楼。

回到家里，好久好久，她都没有平静下来，"可怕"就像一个恶魔笼罩住整个房间。

手机群里，白沧海和苏霏在如火如荼地讨论着关于男欢女爱的策略；而楼道里，儿子和老子互相恶语相向，除此之外，一定还有更甜蜜的也还有更阴暗的，所有不和谐的符号就这样和谐地共存，交织成一个魔幻的世界，当初自己究竟是怎么有勇气去闯入这个世界内部，与那么多不相关的人共担生命中的疾苦的？

这天夜里，黎椏没有打开电脑，没有看邮件，没有打电话，也没有任何心思追剧，她带着恐惧进入昏昏沉沉的梦中，熟悉的场景再次出现，一双双奇特的腿，就像浮光掠影一样出现在她的眼前，她感觉到压抑、胸闷、窒息，拼命想抓住点什么作为依靠，直到半夜盗汗醒来，洛宁还没有回家。

5

林嘉嘉来到约好的酒吧门口，迟到了近半个小时，老远就看到洛宁烦躁地站在路边等待，虽然是深夜，却看得出来他出门前特别"装修"了一下。

看到林嘉嘉，洛宁高兴地扬起笑脸，快步走上来。

“我以为你不来了呢。”

“怎么，等得不耐烦了？”林嘉嘉看着洛宁。

“哪能，佳人有约，多久都要等。”洛宁说着，伸手就要搂林嘉嘉，林嘉嘉没有接应他的动作，快走了几步，进入酒吧内，洛宁愣了一下，紧跟着走了进去。

酒吧里噪声惊天动地，疯狂的人类正靠着音乐和汗水来驱赶无边的寂寞。

林嘉嘉找了个相对安静的角落，点了杯酒，似乎心情不太好的样子，一脸落寞。

“怎么了？去了趟日本，一直也不联系我，回来变高冷女神了？”洛宁依然笑嘻嘻地打趣，试图缓解尴尬。

林嘉嘉没理他，看着舞池里狂躁的人群发呆。

洛宁说：“说真的，这段时间怎么连个电话都不给我打，我都寂寞死了，整天昏昏沉沉的，一点精神没有，购物不开心？”

“钱不够，要买的太多，开心不起来。”

“别烦了，下回我陪你去，让你买个痛快，你看，我还给你买了件礼物呢。”

林嘉嘉把脸转过来，看到餐桌上放了一条金灿灿的手链，林嘉嘉拿起来看了看，然后在手腕上比了比：“这么俗气？”

“还行，是橱窗款，那天经过商场，我一看就特别喜欢，觉得跟你很配，马上买下来准备送给你。”

“多少钱？”

洛宁不好意思地说：“没多少钱，一万八。”

林嘉嘉冷笑了一下，没说话。

“怎么？不喜欢？”

“这种不知名的破牌子，跟我配？还橱窗款，你也太会明嘲暗讽了吧？”林嘉嘉一边玩弄着手链一边说，不屑一顾地扔在一边。

洛宁被这句话说得有点尴尬，他向四周看了看，确定没有人注意到

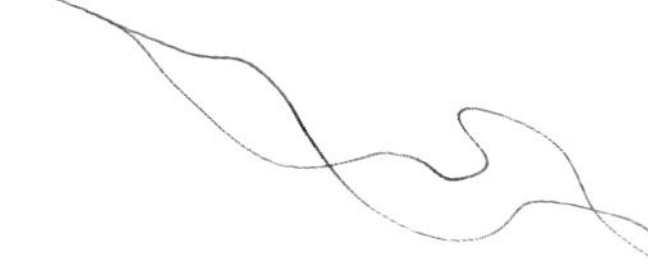

他，他压低了声音说："你不会是生理期吧？怎么说话这么冲？"

林嘉嘉一把将手链扔到了洛宁脸上说："什么生理周期，你还真把自己当成女性专家了。"

洛宁也有点生气，他忍耐地说："林嘉嘉，你到底怎么了？"

"我怎么了？"

"你是怪我没陪你去日本？我不是跟你说了，这段时间走不开，频繁外出容易引起怀疑……"

"闭嘴吧，既然你这么在意她的感受，就该老老实实做个模范男朋友！"

洛宁被林嘉嘉的话激怒，起身就要走。

"洛宁。"林嘉嘉喊了一句。

洛宁以为林嘉嘉后悔自己的行为，停住了脚步，打算给她一个改过自新的机会。

"我今天来是想跟你说清楚。"

"你要说什么？"洛宁回头看着奇奇怪怪的林嘉嘉，完全摸不透她的想法。

"如果之前我对你有点好奇，现在我的好奇心消失了，你也不用再拿分手骗人骗己，游戏结束了。"

"你这是有了新的游戏目标？"

"对，你很聪明，我有了新的游戏目标，而且，对手比你有趣多了。"

"搞了半天，你这是有了新欢？"洛宁自嘲地笑了起来，"何必绕圈子，直接说自己移情别恋了不就完了，我不耽误你好事，祝你跟你的金主终身幸福。"

"以你的智商，也就这点见识了，旧爱，新欢，金主，你真令我倒胃口。"林嘉嘉毫不客气地回敬。

林嘉嘉从前也任性，但从没像现在这样令洛宁看不懂。他开始意识到事情没有他以为的那么简单。

"好聚好散，没必要这样。能告诉我到底发生了什么吗？我格局小，智商低，但也想死个明明白白。”洛宁说。

“很多事情说不明白，也没必要说，你好自为之吧。”

洛宁想了想，觉得也确实没什么可说的，于是准备离开。

“等会儿。”

洛宁又一次回头。

“把你的礼物拿走，橱窗款……我消受不起。”林嘉嘉鄙夷地扫了一眼桌上被冷落的手链，就像俯瞰一只落水狗般，趾高气扬地从洛宁身边离开，头都没再回。

洛宁被林嘉嘉气得浑身发抖，半天没缓过神。

服务生端着鸡尾酒上来，看到这个场景，进退两难。

“拿来！”洛宁喊了一嗓子，服务生小心翼翼地把酒端过来，洛宁将两杯酒瞬间消灭，然后负气离开。

洛宁走出酒吧，原本计划着一个美好夜晚，竟然如此狼狈地告终，女人真是恐怖，说变就变。尤其是这一段时间，也不知道怎么回事，平静的黎柾忽然提出结婚，而任性的林嘉嘉另寻新欢。

看来，他在自以为游刃有余的感情世界里，已经彻底失去控制权。

6

洛宁回到家，屋子里安静得有点吓人，没看到黎柾伏案工作有点奇怪。洛宁推开卧室门，发现黎柾在蒙头大睡，他走了过去，轻轻地掀开了黎柾蒙住头的被子，看到她睡得很熟，想必是工作累了吧，她很少这么早睡觉的。

洛宁悄悄地关上了房门，坐在沙发上，倒了杯酒，扭开电视，谁知道声音过大，把他吓了一跳，赶快去拿遥控器调低音量。结果过程中他又把酒杯碰倒了，乒乒乓乓的，好一阵忙乱。人要倒霉的时候，真的是喝口凉水都塞牙，洛宁一边擦着洒落的酒一边忍不住诅咒林嘉嘉。

黎柾被响声吵醒，以为天亮了，抓起手机一看，凌晨三点不到。她走出卧室，看到客厅被洛宁弄得乱七八糟，他正一脸怒气地收拾残局。

“是我把你吵醒了吧，你怎么这么早睡了？”

“有点不舒服，就早睡了。你这么早就回来了，没跟同学多聊会儿？”

“没什么可聊的，见个面就行了，聊多了烦。”洛宁擦完了洒在桌子上的酒，把玻璃杯的碎片扔到垃圾桶里，然后走了过来，搂住了黎桠，黎桠闻了闻洛宁身上，说：“怎么有香水味道？”

洛宁有点紧张地抬起袖子闻了闻，说：“是吗？怎么会？我没有用香水的习惯。”

“真的，特别熟悉，好像在哪里闻到过……”黎桠不甘心地抓过洛宁来，仔细地闻了闻，洛宁虽然有点心惊胆战，但是毕竟今晚并没有跟林嘉嘉有什么亲密的行为，所以并不是非常紧张。

“我知道了，可能是那老同学用的香水，我一晚上也在憋着气呢，真受不了，大老爷们儿涂得跟香料一样。”洛宁一边说着，一边脱去了外衣，骂骂咧咧很厌恶地扔到了一边。

黎桠没再追问香水的来源，她倒了杯水，说：“我傍晚跟你说的事，你还记得吗？”

“什么事？”

“11 楼的老人的事。”

“哦，当时走得太急，没听你说清楚，怎么回事？ 11 楼的老头，怎么听起来那么恐怖，像是鬼片。”洛宁打趣。

“是一个可怜的老人，老伴儿去世后，孩子们分了家产，现在被儿子给赶出了家门，住在楼道。刚才你走后，我又去 11 楼看了看，那个老人今年 77 岁了，有三个儿子，大儿子住郊区，二儿子在外地做生意，三儿子就住在 11 楼的 1103 室。我刚才去找他小儿子，他控诉了老人的种种不是，坚决不接收老人回家。”

“你管这些破事干吗？”洛宁皱着眉头说，“还去找他儿子说理，你也不怕他伤害你。”

黎桠说：“他怎么会伤害我？一个老人被赶出家门住在楼道，我怎么能坐视不理呢？”

“你呀，我算是看透了，你就是喜欢多管闲事，虽然现在你成名人了，但你也不能真拿自己当世界警察啊，外面那么多乞讨的老头，你要不一个个都领他们去找儿子评评理。”

黎桠像看一个陌生人一样看着洛宁，眼神里充满了疑惑。

“怎么了？”黎桠的眼神令洛宁毛骨悚然。

“我真没想到，你怎么能说出这么无情的话？你让我觉得很陌生。”

“我说的话你不爱听了？黎桠，你不是活在一个真空世界里，这个社会很复杂，什么事情都可能会发生，多一事不如少一事，你接触了那么多的事，怎么还这么天真呢？”

“不是我天真，人要有基本的正义和善良吧？我相信每一个正常点的人，看到眼皮底下发生这样的事情，都不会袖手旁观的！”

“你的意思是说我不正常？”

“我觉得你特别冷血，我真讨厌你这种事不关己高高挂起的姿态，你缺乏同情心，这让我非常震惊！”

“好好好，我冷血、自私、该死，我不是人，行了吧？”洛宁稍微熄灭的满腔怒火又被黎桠给点燃了，“我是为了你好，怕你受到伤害，怎么这样反而遭到了你的批判，道德的大锁都加上来了。黎桠，你醒醒吧，你真的以为自己是情感界的专家？是普度众生救苦救难的菩萨？如果你真的这么灵验的话，麻烦你先让我发大财，好不好？”

黎桠冷笑着说：“能不能发财是你的命，求谁都没用。你也没必要讽刺，我看到了需要帮助的人，都会尽我所能。我从没把自己当成什么光辉的角色，我只是觉得人最起码应该有慈悲之心，这是人与低等动物的区别，很遗憾，你让我改变了看法。”

“没错，我跟你不一样，路见不平，我不会拔刀相助，我信奉明哲保身，自求多福。既然你没把自己当什么人物，拜托你不要拿着专家的口吻来教训人，我不是你的粉丝，更不是你的求助者，你最好回到现实世界来。”

“你真是不可理喻。”黎椏冷冷地抛下这句话，再也不愿意跟洛宁争吵半句，她转身向屋内走去。

她的态度惹火了洛宁，洛宁一下子抓住黎椏的手，说：“你说清楚点，你到底想怎么样？”

“没怎么样。我觉得我们的价值观出现了严重的分歧，我要重新考虑我们的关系。”

“什么价值观？你倒是把话说清楚，不要让我猜。”

“你没什么错，我也不是真理，只是我们俩的路径不同了。”

“确实，你没觉得你变了吗？”

“我变了？”黎椏哑然失笑，看着洛宁，“算了，你今天喝了酒，等你清醒的时候我们再聊吧。”

“不，我没喝醉，现在清醒得很。我们早就该聊聊了，既然今天把话说到这里了，不如就认真坐下来好好谈谈。”

黎椏看到洛宁情绪激动，并不是谈话的好状态，下意识地逃避：“今天我太累了，而且时间也太晚了，我还有一些工作要处理……”

“工作？工作！你每天都在跟疯子打交道，我看你早就出问题了！”洛宁原本一股无名火无处释放，借此机会开始咆哮发飙。

“我再次提醒你，我希望你尊重我的工作。”

“都是因为你这个奇怪的工作，我们之间的问题才越来越多的。你天天除了工作，就是工作，你关心全人类，但是你关心过我吗？”

“我不关心你吗？”

“是你出了问题，黎椏你变了。你刚才对我的批判，暴露了你一直不好意思说出来的真实想法，你觉得我像个低等动物。”

“你有点过于敏感，我想你真的是喝醉了，我们明天再谈吧。”

“不行，今天咱们俩必须说清楚。”洛宁露出了不讲理的嘴脸。

黎椏也火了，说：“既然你非要摊牌，那就说吧。”

黎椏的强硬态度令洛宁意想不到，他倒不知道该说什么好了。

“说啊。”黎椏表情冷静，语气非常冷淡。

“你对我有什么不满，除了刚才那些冷血无情什么的，不如都说出来吧。”洛宁收敛了一下刚才过度暴躁的情绪，坐了下来。

“我们认识快三年了吧。”黎桠说。

“下个月整三年。”

“三年了，我觉得我并不了解你。”

“不了解我什么？不知道我每顿吃几碗米饭，睡觉喜欢侧卧还是平躺？”

“我指的不是这些……洛宁，我们认识三年了，我甚至不知道你是做什么工作的。”

听到这句话，洛宁有点坐不住了，毕竟这确实是个敏感的话题。

“你这是什么意思，我是做投资的，你不是都知道吗？”

“投资？房地产、酒店、股票、旅游都是投资，具体是什么？”

“什么赚钱做什么，没有固定的项目。”

“赚钱了吗？”

“我知道你现在蒸蒸日上，而我的事业一塌糊涂，你是名人了，看不起我，觉得我是个无能的废物，是吧？”

“你不能正常说话是吗？”

“还说什么呢？”洛宁站了起来，在屋子里踱来踱去，“原来问题的核心是这样，我怎么这么蠢呢，还一心想着赶紧做出点成绩，别拖了你的后腿。”

“为什么不回答我的问题？”

“我们的关系已经不平等了，你刚才说我们路径不同了，你越走越高，我越走越低，别说是你，就连我自己也看不起我自己！”

黎桠深深地叹了口气，沉默良久，她说：“我们俩刚认识的时候，你说你做生意需要资金，我全力支持你，哪怕是在我收入很低微的时候，我也拿出积蓄帮助你。你每次问我借钱，少则三五千，多则十几万，我没有让你打过一次欠条，但是你从没告诉过我，这些钱都去了哪里。你的生意进展如何，因为不想给你压力，所以我很少过问，可是三年过去了，我一直在想，是什么样的生意，一分钱都不赚，却需要一直投入呢？你可不可以告诉我，你这几年究竟做的是什么生意？都是怎么执行的？钱都去了哪里？”

洛宁被黎樞赤裸裸的问话逼得面红耳赤，他一直以为黎樞对财务没概念，谁知道他错了，直到这一刻他才知道自己的天真，她不是不说，而是一直等着自己说，眼前就是她需要他讲明白的时候了。

洛宁没想到他自己挖坑把自己埋进了土里，现在想后悔都来不及了。是他拉着黎樞非要对方说清楚，现在她真的要他说清楚了，但他根本没办法说。这些年洛宁花了黎樞多少钱，连他自己都数不过来，至于都用在了哪里，他自己也说不清。如今到了这个份儿上，他总不能又像以前一样蒙混过关，因此他必须要快速地编织一个美丽的谎言，把一切圆过去。

他小心地坐在了黎樞的身边，拍了拍她的肩膀说：“我其实早就想跟你谈谈生意的事，但是我以为你对我的事情没什么兴趣，你也很忙，我不想拿这些破事打扰你。其实这几年，我一直在做长线投资，我跟朋友合伙开了一家小型的投资公司，中间还做了一段时间的期货。但是你也知道，现在大环境不好，我们很多投资项目都失败了，砸进去不少钱，正在想办法补救……我们这行主要是看眼光，另外就是运气，只要投中一个好项目，利润就很可观，之前的漏洞也就都能补上了……”

黎樞听了洛宁的话，反而真正地起了疑心，她说：“你合伙开了投资公司？跟谁？什么时候？在哪里？”

“就跟朋友合伙的，我注了点资而已，几万块钱……后来，赔钱了，就不干了。”

“那这些投资是公司行为，还是个人行为？”

“后来……不就做期货了吗，也是跟一个朋友做的，但也赔了……”洛宁的辩解越来越苍白，他不知道接下来黎樞还会问什么。

“那你去海南谈的是什么项目？”

“哦，海南啊，海南那边有个投资人打算做度假公寓……”洛宁绞尽脑汁地编造着谎言。

黎椏看着平日巧舌如簧，此刻却结结巴巴、语无伦次的洛宁，第一次看到他如此窘迫。她的心开始慢慢地向下沉，她很希望洛宁能够如实相告，哪怕说出残忍的真相，她不想听到这些虚伪的谎言。

“我可能是太心急了，”洛宁的表情忽然变成一种类似撒娇般的温柔，令黎椏分外惊讶，“我着急证明自己，担心你看不起我，你上次说结婚，我其实压力很大，总不能两手空空去面对你的父母。我表面说没想过，其实是因为还没赚到足够的钱，没资格娶你，你理解一个男人的尊严吗？”

黎椏瞬间感到万念俱灰，就在这次谈话前，她还对洛宁抱有一丝希望。但此时此刻，她听到不断从洛宁嘴里喷射出的谎话，她只有绝望的厌弃和彻底地失望了。

“好了，今天就到这里吧，我不想再谈了。”黎椏疲惫不堪地离开，向卧室走去。

这次洛宁没有再阻拦，反而松了口气，他以为自己演技爆表，再一次力挽狂澜，蒙混过关，并为这个结局沾沾自喜。

没有结果就是最好的结果，至少她没提出还钱，还好她也没说分手，而自己的日子就可以继续这样混下去，只要他消停一段时间，相信黎椏很快就会忘掉今晚的不快。

洛宁想起林嘉嘉，心里竟然难受起来，赌气很容易，但他却不想失去她。就像他不愿意放弃黎椏一样。黎椏是他的安全城堡，林嘉嘉则是他的空中楼阁，如今空中楼阁爆炸，连安全城堡都差点崩塌，幸好一切都是虚惊一场，林嘉嘉大小姐脾气，过几天再去修复，如今先把眼前城堡的安全漏洞补好，安身立命，以梦为马。

洛宁无意间伸手摸到了被林嘉嘉嫌弃的手链，洛宁大喜过望，真是天赐福音。

他轻手轻脚地走进房间，黎桠正侧躺在床上，他从背后搂住她，语气异常温和地说：“亲爱的，对不起，刚才我语气太暴躁了，我知道你很累，我应该多关心你的情绪，不该跟你吵架，我太蠢了，应该多关心你……”

不管这些话是真是假，黎桠的确被感动了，黑暗中，她忍不住落泪，她太虚弱，需要一个温暖和坚定的怀抱，可是洛宁从来没有给过她任何精神上的抚慰。如果今晚注定撕裂，至少此刻的温暖她觉得值得。

洛宁说：“你看，光顾着吵架，把重要的事情给忘了。”

说完，洛宁把手链放在黎桠的面前：“马上就是我们三周年纪念日，本来想到时候给你个惊喜，不如现在当作道歉的礼物吧。”

黎桠有点意外，她跟洛宁认识这么久，几乎从没收到过礼物，恋爱中的女人没有不喜欢礼物的。每次看到其他人秀恩爱，她也不是不羡慕，只是他们的情况不同，日常开支基本是黎桠在承担，就算洛宁要买礼物，花的也是她的钱，这么想想就觉得没什么必要，不过谁不喜欢意外惊喜呢？比如此刻，当黎桠看到手链，她低落的情绪一下就被驱散。

“来，试试看，我给你戴上，橱窗款呢，特别适合你。”洛宁看到黎桠的表情，知道自己的这一招走对了，他连忙帮黎桠戴上，却发现尺寸有点小。当然，这是按照林嘉嘉的标准去买的，跟黎桠不合适也不意外。

黎桠倒是很善解人意，反而安慰洛宁：“稍微紧一点没关系，我最近确实该减肥了，有了美丽的动力——这手链真的好漂亮，谢谢你，洛宁。”黎桠笑得特别开心，抬着手腕反复欣赏，爱不释手。

洛宁回想起刚才他在林嘉嘉那里受到的冷遇，真是冰火两重天，顿时无限唏嘘。洛宁趁机把黎桠搂在了怀里，一种如释重负的感觉。

黎桠险些崩溃的精神，在洛宁的拥抱里获得了特殊的温暖，他们紧紧拥抱在一起，虽然各怀心事，却有种相依为命的沉重。

黎桠非常满足地睡着了，睡梦中一直紧紧抓着洛宁的手，洛宁却怎么也无法入睡。黑暗中，他看着窗外渐渐明亮的天光和缓缓升起的朝阳，生平第一次有了“危机四伏”的感觉。

7

黎桠原本不想再去11楼，不想再看到父子对峙的可怕场面，可她总是放心不下，时隔几天，她还是去了熟悉的楼道。

一切如常，老人依然躺在那里，安静地跟命运做着对抗。

步梯楼道离电梯很近，总是人来人往，却没人关注一个被赶出家门的老人到底何去何从。老人也麻木了，沉浸在自己的世界里，外界的一切都似乎与他无关——直到看到黎桠。

当黎桠端着热水和饭菜出现，老人的脸上浮现出一种复杂的表情，似乎有一丝高兴，更多的是尴尬。

“大爷，好久不见了，我想跟您说几句话。”黎桠蹲下来，试图平静地试探。

老人“嗯”了一声，坐了起来，颤抖地接过黎桠端来的饭盒，小心地放在身边。

“您今后有什么打算吗？”

老人说：“现在挺好的，风吹不着，雨淋不着，我是个废人，对社会也没什么作用了，就在这里安度晚年，什么时候死了倒好。”

“我有个建议，不知道您能不能接受。”

“你说。”

“您有没有考虑过租个房子，远离不开心的一切，自己开开心心地生活。”

老人有点自豪地说：“我有退休金，国家每个月给我发五千块。”

黎桠说：“是啊，您现在身体健康，还有退休金，如果跟家人相处得不愉快，没必要非住在一起，完全可以把自己的生活安排好，郊区有很多单身公寓，每月一千多块，水费电费都包含在内，空气也好，可以没事去公园散散步，认识一些新朋友。”

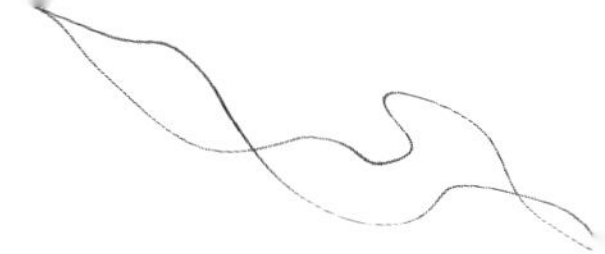

老人眼神茫然，似乎没听到黎桠说的话。

“大爷？您觉得我的建议怎么样？”

“不能走……我养了他们一辈子，到老了，家产都被他们瓜分了，我不能让他们好过。”

“问题是，您才是最大的受害者，您在楼道里这么多天了，他们该吃吃该喝喝，并没受什么影响，难受的是您自己。”

听到这里，老人又开始激动，浑身发抖，眼睛里布满仇恨。

“要不这样，如果您信任我的话，我跟您的三个儿子商量一下，每个人每个月给您出一点钱，为您租个房子，您看怎么样？”

老人摆了摆手说：“没用的，畜生们不会为我花钱的，都是钱闹的呀！”

黎桠说：“我很想跟您说，其实钱真的没那么重要，您现在有收入，也不需要别人照顾，未必要跟儿女绑定在一起，自己生活没什么不好。”

老人突然笑了起来，这个笑容有点诡异，把黎桠吓了一跳。

“姑娘，你不要担心我，大爷有的是办法。”

“……”

老人：“我虽然被儿子赶出来了，但只要我不走，居委会就得管着我吃喝拉撒，他们怕我给他们的业绩抹黑。派出所民警也不错，隔三岔五来做调解，老三没安生日子过，天天有人找他麻烦，我要的就是这效果。”

“……”

老人越说越高兴，简直手舞足蹈：“我在老大家的时候，他媳妇太厉害，有时候不让我吃饱饭，我就把他们家的高级无烟锅给烧化了，窗户也给砸了，还把电线给剪了，让他们上不了网。”

虽然小儿子控诉过父亲的劣行，但黎桠一直选择不信，她主观地认为老人是善良的、隐忍的，是需要被社会善待的。可是……眼前这位老人得意的表情，彻底把她打败。

“老三比老大心眼多，但也斗不过我。他财迷，惦记我的退休金，跟我提了几次我都不给，他就跑去银行把我的账户挂失了，想偷我身份证去把钱领出来。我就把自己的身份证藏起来了，顺便还把他的身份证也藏起来了，没有我的身份证，也没有自己的身份证，他就领不出钱来了……”

后来老人还讲了很多，都是他与儿子们“斗争”的段子，也许是黎桠的热情打动了他，让他打开了话匣子，如果现场有一位编剧记录整理，把老人的故事搬上银幕，估计会是非常火爆的一部单元剧。离开的时候，黎桠哭笑不得，觉得应该接受帮助的，不是那个老人，而是认知被严重颠倒的自己……

8

回到家里，黎桠仿佛一身轻松地刷了半天手机，发现苏霏的故事也有了新的进展。

就在黎桠焦头烂额地跟洛宁吵架的那天夜里，苏霏受邀参加Q先生的生日派对，苏霏激动万分，隆重出席。那天约在一个KTV包厢，来的人很多，男女老少，苏霏一个都不认识。

她被Q先生拉到身边，边唱歌边喝酒，暧昧不已，当着那么多人的面，Q先生完全不避讳，一直拉着她的手一首首地唱情歌，虽然他的歌声极其难听，简直不堪入耳，虽然他的手心一直出汗，湿哒哒的让她不太舒服，可是这算什么，这夜星光灿烂，苏霏的爱情来了！

不出所料，白沧海比苏霏还激动，鼓励她赶紧告白，趁热打铁，机不可失！

苏霏也完全陷入“被爱”的狂喜中去，这么明显的暗示，还需要怀疑Q先生的态度吗？但是，他们之间需要一个明确的说法，于是苏霏当下就决定豁出去了，必须告白！

生日派对结束后，大家纷纷作鸟兽散，Q先生因为喝酒喝得太多，没有开车，站在路边帮各路神仙拦出租车，苏霏心怀鬼胎，一直在他后面寻找合适的机会，终于，把所有的人都送走了，只剩下他们两人，月光如水，苏霏的机会来了。

苏霏鼓足了勇气，直截了当地问："你喜欢我吗？"

Q 先生被猛然一问吓了一跳，随即大笑起来，却没回答。

苏霏又问了一遍，Q 先生还是没回答，只是笑，这次是神秘微笑。

苏霏急了，第三次问："你到底喜欢我吗？"

Q 先生醉醺醺地晃荡了半天，反问了一句："你猜呢？"

我猜？刚刚被梁静茹和白沧海灌满了勇气的苏霏再次干瘪倒地，茫然地看着这个深谙情场迷魂术的中年男子，面对她一遍遍的追问，他的答案居然是"你猜"！

翻看着聊天记录，黎桠笑得眼泪都出来了，她怀疑第二天连人鱼线都能笑出来。苏霏对他们直播完这个结果之后，对着苍天发出了灵魂拷问：这个"你猜"到底是什么意思？

白沧海发了无数表示尴尬、捂脸、无语的表情后，非常黑色幽默地跟风加了句："你猜。"

然后，对话就停止了。

黎桠看了看群里最后一条消息发表的时间是昨天晚上，忍不住在群里问："后来呢？后来发生了什么？"

苏霏此时连珠炮一样发了一堆信息，拼凑起来大概是这样的场面——

在说完神奇答案"你猜"之后，Q 先生就等来了出租车，趁着夜色，他无限深情地看着傻掉的苏霏，直到出租车司机催他上车，他才恋恋不舍地离开。临走前，他用惯常的暧昧和含混不清的语气对苏霏说了句："早点休息。"

甚至都没管苏霏一个女生大半夜如何安全回家，就这样消失在了茫茫夜色中。

"然后呢？结局是什么？"

“结局就是我失恋了！我现在清醒了，再搭理那个“渣男”我就不是人！古人说的对，女人还是要专注事业，感情一无是处！这件事到此为止，此群解散，后会无期。”苏霏集中爆发完，退群消失。

白沧海还追问：“这就完了？”

这就完了。

苏霏终于又变回了苏霏，这样的结局不是最完美吗？如同南柯一场梦，醒来一切如常，该奋斗奋斗，该前进前进，春梦了无痕，世事无常，如梦幻泡影，如露亦如电，常作如是观。

生活远比一切的杜撰更离奇，因为它不需要逻辑。

时隔几个月，黎桠又去了一次11楼，发现老人已经离开了。曾经打过地铺的位置，如今毫无痕迹，被清理得干干净净，仿佛从来没有人在这里逗留过。

有个保洁工人经过，跟黎桠抱怨，老人住在楼道里的那一段时间，整个一层楼都有大小便的臭味，被住户各种投诉。物业来协调过几次无果，最后大家实在忍无可忍，自发地要求在楼道里喷洒消毒液，但是都盖不住那种恶臭。

“那他现在去哪里了？事情怎么处理的？”黎桠忍不住问。

保洁工人说：“不清楚，听说1103的房主把房子租出去了，谁都不知道他搬哪儿住去了，可能因为他父亲的事，他在邻里间也没脸见人了吧。反正肯定是为了躲开他爸才搬走的，摊上这么个爹，也够倒霉的。”

黎桠有点失落：“搬走了，那老人怎么办呢？”

“听说居委会新来了个主任，女的，特别厉害，三言两语就给老头说走了。”

这件事也总算是解决了，不管老人去了哪里，他不再占用公共资源，不再为难物业和居委会，不再让路过的人心生难过，这也算是一种解救。

第七章

格格不入的“高等生物”

倾诉者自述：

“我并不叛逆，我尊重智者，如果别人说得对，我会很认真地听取意见。问题是没人说得对，他们的世界观、价值观、人生观，都很别扭，我跟他们格格不入。”——14 岁少女

1

这天，黎桠照例回复求助邮件，安慰了一个喜欢用叹号，对儿媳妇万般不满意的婆婆；拒绝了想发财却不愿意努力，问黎桠要成功秘诀的年轻人。

年轻人的邮件回复完毕，黎桠想到了洛宁。居然有人把她当万能的神，让她指点成功之道，如果她有成功密码，肯定第一个先告诉洛宁。

自从她提到了钱的事，他们之间的关系就变得比较微妙。好长一段时间，谁都没再谈及这个话题，洛宁也好久没再向她开口借过钱，黎桠倒是有点不好意思了，有一次还主动问洛宁最近需要不需要钱。洛宁的回答令她很意外，他说，在找到正确的投资项目之前，他不打算再乱花黎桠一分钱了。这句话也令黎桠有点欣慰，毕竟他们的谈话令洛宁有了一些转变，一切似乎在向好的方向运转。

第三封邮件是一个 14 岁的女生写的，说人生有一些困惑，想跟黎桠聊聊，希望可以通个电话。

黎桠打过去，14 岁的女生接了电话，声音很稚嫩，语气却很傲慢，

她自认为才华横溢，而周围人都很蠢，她觉得上学没劲，想过独特的生活。

通话时，对黎桠更是直呼其名，就像招呼一个熟悉的同班同学。

“黎桠，你有没有同感，周围的人都是些笨蛋。一点都不夸张，包括我爸、我妈、我邻居，学校的老师、同学们……我跟他们完全没有共同语言。有时候我站在旁边看他们的一言一行，就觉得很悲哀，我怎么会跟这帮人生活在一个世界上呢？”

黎桠有点哑然失笑，因为对方只有14岁，所以即使说出这样的话，却也不让人觉得讨厌。

“你笑什么？我说的不对吗？”

“我跟你不一样，我周围都是精英，每个人都比我优秀，可能我才是别人眼里的笨蛋。”

“你在逗我吗？你身边不就是那几个说话像点读机一样的心理老师吗？”

“说说你吧，我也曾有过你这样叛逆的年纪。”

“我不同意你的用词，我并不叛逆，我尊重智者，如果别人说得对，我会很认真地听取意见。问题是没人说得对，他们的世界观、价值观、人生观，都很别扭，我跟他们格格不入。”

“能举个例子吗？”

“比如我妈，我很看不惯她，她笨死了，有时候我一眼就能看出来我爸爸在说谎，但是她就是看不出来，还拼命维护他！再说我爸吧，我觉得他特别差劲，自以为是，又很狭隘，他不怎么关心世界。

“我那些同学呢，他们真是太讨厌了，什么都不懂，已经14岁了，还那么幼稚，根本没法交流。他们只知道玩游戏、刷视频、攀比球鞋，有些女生就更烦了，天天讨论化妆和明星，要不就是讨论隔壁班哪个男生帅。”

“你希望他们讨论什么呢？”黎桠问。

“难道不应该思考人生吗？”

“先享受几年轻松的时光，人生留着慢慢思考不好吗？”

“我讨厌幼稚这件事，我想快点成熟起来。”

“你已经很早熟，甩同龄人十八条街不止了。”

“老师也不怎么样，我最讨厌的就是语文老师，她讲课就是照着课本念，脾气还不好，天天拉着一张臭脸，估计家庭不幸福。化学老师动不动就教训学生，理由是不好好地听课……拜托，如果他讲得有趣，别人会不爱听吗？他永远不去找问题的关键，只是拿着身份去镇压。

“还有我们的英语老师，说英语带着口音，连普通话都说不好，说明根本没有语言天分，毕竟有的老外都能说一口字正腔圆的普通话。这样的专业水准还来教我们，不是误人子弟吗？最后我们的口语发音，外国人听不懂，中国人也听不懂，只有她能听懂。黎桠，这还不算悲哀吗？我被一群劣等人类包围。”

女生满腹委屈，抱怨连天，语速极快，听得黎桠都有点眩晕：“你对周围人都不满意？”

“我没法满意，他们都太差劲了。”

“世界原本就是由很多普通人组成的，人人都是天才的世界才可怕。”

“我很幸运，找到同类了。”女生神秘兮兮地压低了声音，语气听起来很愉快。

“确实很幸运，在哪里找到的？”

“我加入了一个组织。”

“什么组织？”

“天才俱乐部。”

黎桠被吓到：“天才俱乐部？”

“你没听说过吧？他们是一群优秀的人，跟我一样，觉得周围没有优秀的同类，所以，大家聚集到一起了。”

“为什么叫天才俱乐部？”

“因为都是天才啊，大家都对世界很绝望。”

“既然找到了同类，大家彼此照亮，应该很积极、乐观。”

“天才是不被认可的，凡·高、海明威、科特·柯本、川端康成，哪个不是一等一的人类精英，他们的结局都很惨。”

“既然藐视世俗，又为什么非要认可？”

“因为傻瓜主宰了世界，这不公平呀。”

“参与你们这个组织的人都是青少年吗？”黎椏敏感地预知到，这是一个危险的组织。

“精英思维是不会按年龄、社会地位去划分人的，我们组织中既有40岁的总裁，也有20岁的攀岩高手，最小的一个比我还小呢，是个天才黑客，上过新闻的。”

黎椏意识到这个孩子的思想目前正处于危险的境地，所以她耐心地沟通，试图去说服对方回归正常的生活，但很遗憾，对方顽固不化，并且开始质疑黎椏了。

“你知道我为什么给你打电话吗？”

“为什么？”

“我觉得你也是同类，想把你发展到组织里来，我们组织门槛可是很高的，一般的人没有加入的资质，需要介绍才能入会。”

“你们组织平时都做些什么呢？”黎椏迫不及待希望可以了解更多内幕，深入组织内部，去了解和解救迷路的孩子，“能带我去参观一下吗？”

“不，我现在改变主意了。”女生忽然改变了语气，一下子变得冷漠和尖锐起来。

“为什么？”

“我觉得之前对你的判断有误。”

“我不太明白。”

“我之前看过你的节目，当时有个人很消极，别人都在灌鸡汤，只有你说让他摘掉墨镜看世界，他在世界眼里，只不过是个微小尘埃。我觉得你是个通达的人，才把你归为同类，但是很遗憾，通过刚才简单的

谈话，我觉得，你虽然坐在那个位置，却跟普通人没分别。”

黎椏说：“我本来就是一个普通人。”

“令人失望透顶，你跟我讨厌的那些人没差别。用年龄和经验来评判人，带着自己的偏见看世界，只了解大部分人的平庸生活，根本不知道精英思想是什么。”

被一个 14 岁少女批判到无话可说，黎椏倒是有点想笑了。

“我很后悔给你打这个电话，祝你好运吧。”

“等等。”黎椏说，“能不能听我说几句？”

“没有必要，跟蠢人浪费的时间太多了，生命宝贵，我要去做更有意义的事情了。”

“你满口的精英思维、智者风度，不是也看走眼了吗？不要总觉得自己有什么不同，当你再多活几年，你会为今天的幼稚后悔的……”

还没等黎椏说完，那边已经挂了电话，黎椏再打过去，电话居然成了空号。

打到电话局查询，发现女生用的是网络 IP 软件和黎椏通话，服务器在海外，根本找不到位置。

黎椏上网搜索了一下“天才俱乐部”，也没看到关于这个神秘组织的痕迹。

黎椏有点失落，觉得自己不该过早暴露“平庸”，应该耐心一点，去赢得女生的信任，没准可以拯救她离开那可怕的组织。

可惜，她确实太“普通”，面对女孩的质疑，她竟无言以对。

2

洛宁在林嘉嘉的楼下溜达半天了，两人已经好久没联系，他猜不透她到底是高兴还是生气、有空没空、在不在家。

索性在楼下随便转转，如果运气好遇到了，说明缘分没尽，如果遇不到，就打道回府。

洛宁一边给自己做着心理建设一边不断地抬头看林嘉嘉房间的窗户，试图判断她到底在不在家。

就在洛宁仰头对着窗户发呆的时候，他的肩膀被人拍了一下，一回头，美艳绝伦的林嘉嘉站在他面前，身穿黑色皱褶短裙，踩着一双仿佛可以扎根入土的细高跟鞋，涂着浓烈的口红，似乎刚刚约会回来，又好像是准备去赴约。

“咦，这么巧？”洛宁没想到真的遇到了林嘉嘉，现在着实有点尴尬，似乎是被抓住了把柄的小偷。

林嘉嘉打量着他说：“你怎么在这里？”

洛宁笑着说：“路过而已，别误会。”

林嘉嘉听到这个答案，头都没回地走开。

“林嘉嘉？”洛宁喊了一句，跟了上来。

“我可没误会，你也别误会。”

“咱俩这么比着说狠话有意思吗？”

“我很忙，没空跟你瞎贫。”

“好吧，我承认，我是特意来找你的。”洛宁知道，以林嘉嘉的嚣张和任性，如果不说实话，她连说话的机会都不会给他。

林嘉嘉看了一眼手机，皱着眉头说：“我真有事，你长话短说吧，找我干吗？”

“你还在生气？”

“生气？这你可是真的误会了，我都不记得跟你有什么过往恩怨了，八百年前的事了吧？”

林嘉嘉的语气云淡风轻，确实没有了当初的怨恨和娇嗔，这令洛宁有些意外，不过两三个月，她居然已经完全走出来了？这也未免太薄情寡义了。

“你要去哪里？”

“当然是约会！”林嘉嘉不屑一顾地说着，着急要走的样子。

“我知道你缺不了约会，我们能认真谈谈吗？”

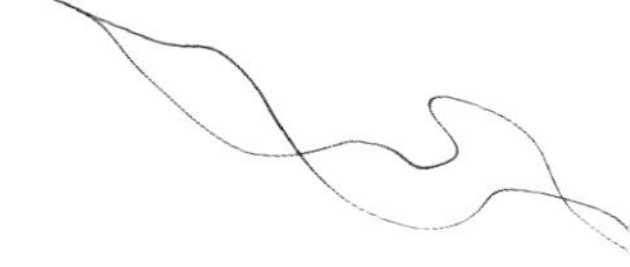

“没什么可谈的，有事打电话说吧。”

“林嘉嘉，你不至于这样吧？我好歹给你花了几十万，你现在连几分钟说话的时间都不给我？”洛宁脑子一热，上前抓住了林嘉嘉的手。

“是来找我算账的？真好笑，你购物你消费，这是满足你的物欲，物品本身会因为你消费了而对你感恩戴德？你打赏的钱，是你为自己的消遣埋单，是不是人人打赏点钱，都能买我的时间来闲聊？”林嘉嘉厌恶地看着洛宁，试图挣脱他的手。

“好，算你狠。”洛宁松开了手，心也沉到谷底，看来今天的判断失误了。

“那天说得很清楚了，游戏到此为止，如果你识趣，大家好聚好散，如果你继续纠缠，我可不跟你客气了。”

“你要怎么样？”

“再跑来纠缠，我会报警。”

“以什么名义？强奸还是绑架？”

“你这算是跟踪、骚扰，我会申请人身保护。”

洛宁握紧了拳头，气得他脑子都快要爆炸了。此时的他像一只斗败的公鸡，全身骄傲的羽毛都被对手扯下，纷纷残落在地，没了半丝力气：“是不是我跟她分手，你才满意？”

林嘉嘉看着洛宁，像看着一个从天而降的外星怪物，她瞪大眼睛，不可思议地说：“你居然还在纠结这个问题？”

“你之前不是一直耿耿于怀，才跟我分手的吗？”

“之前相信过你，现在不一样了，现在我只是单纯地讨厌你，分不分手，已经没太大关系了。”

“你说的？”

“我说的。”林嘉嘉说完，转身离开。

不一会儿，一辆熟悉的红色跑车开了出来，林嘉嘉摇下了车窗，对洛宁说：“我真的不希望再看到你，尤其是在我住的小区。希望你好自为之，别再出现了，免得引起误会。”

“能告诉我一切都是为什么吗？”洛宁有点不甘心地问道。

“什么为什么？”

“到底是什么让你一夜之间变成这样的？”

“看透本质，清醒了。”

“本质？”

“不可否认，当初我确实对你动过心，但是那只是短暂的迷失，现在我清醒了，清醒的结果就是厌烦你，这就是真相。”

还没等洛宁回过神来反击，林嘉嘉已经驱车消失在他的视野里。

面对林嘉嘉几次三番的羞辱，洛宁的心头涌起了一阵强烈的恨意。从前他游戏人生，来去自由，从没想到自己有一天竟然会被一个女人玩弄，说扔就扔，如此理直气壮。他没道理在受她多次羞辱之后善罢甘休，这不是他的风格，就这样算了？怎么可能，当然不。

对林嘉嘉来说，最大的报复是什么？洛宁在脑子里闪现了一个非常可怕的念头，他冷笑了一下，转身离去。

3

黎桠刚刚洗完澡，裹着浴巾吹头发的时候接到了白沧海的电话，热情洋溢的他兴奋地告诉黎桠，心理诊所的营业执照已经办好了，最近就要开始进行整体的装修设计，想邀请黎桠一起去实地看看，并商量装修的风格。

听到这个消息，黎桠并没太开心，反而有点心事重重。

白沧海感受到了黎桠的吞吐，当即问她怎么了，黎桠也不知道该怎么回答。

“没关系，你内心有什么顾虑都可以直接说出来，是费用问题？工作时间？还是任何其他方面的考虑，都可以告诉我。我虽然很希望你加盟，但一定不是强迫，我是真心希望能够跟你共事。”

“我也不知道该怎么说，最近好像身体和精神都出现了一些问题。”

“什么问题？”

“最近整个人特别容易感到疲惫，某一部分的信念好像被消磨掉了，我也许是走到了一个瓶颈期，勇敢和激情都减退了，甚至会间歇性厌世，常常自我怀疑……这样的我，如何有自信去承担更多的工作呢？”

“你当初就像是误入丛林的小兔，怀着满腔的好奇心去浏览一切。当新鲜感消失，当你发现需要努力奔跑去避开危险，适应丛林法则的时候，潜意识中的‘安全’需求可能在勾引你后退。”

“我觉得很矛盾，内心总有一种很蠢的勇气，想要去拯救人类，但又很害怕负责，责任令人窒息。”

“你让我想起萨特的话，他说自由意味着责任，责任则带来痛苦，存在和虚无，人永远都生活在欲望的实现和否定中。”

“萨特怎么什么都知道？”

“他追求自由，又批判自由，跟你一样矛盾。”

“人为什么这么纠结？”

“叔本华说，人生就是一团欲望，欲望得不到满足就会痛苦，得到满足就会无聊，人生像钟摆一样，在痛苦和无聊之间左右摇摆。”

“叔本华也太精辟了，那这纠结的人生到底该怎么办呢？有彻底轻松的自由吗？”

“康德说，自由不是你想做什么就做什么，而是你不想做什么就可以不做什么，自由是一种说‘不’的权力。”

“看来，以后根本不用去费心读书，有什么问题请教你，就会一次性得到所有哲人的语录。”

“你是在笑我掉书袋吗？”

“我是在给自己的懒惰找合理的借口。”

“哈哈哈哈……黎桠，你不知道有时候你多可爱。”

“可爱？给懒惰找理由，不可恨吗？”

“黎桠，其实你是在做一件善事。”

“善事？”

“你用善良和正义去体恤这个世界，用你的爱和激情去鼓励陌生人，这都算是情感布施，一定意义上来说，你也是菩萨。”

“这个帽子太大，我真不敢戴。”

“只是众生只看到结果，菩萨却知因缘真理，所以普度众生不是那么容易的，你要坚强。”

黎桠叹了一口气。

“我看你最近是压力太大了，需要放个长假好好休息一下。找时间去做个全面的身体检查也好，我可以陪你去。”

“不用了，附近就有医院，做个检查很简单。”

“这样，如果你身体检查完没什么问题，我可以帮你做催眠治疗。”

“你会催眠？”

“当然，催眠疗愈是心理治疗中的临床应用，可以减轻恐惧、抑郁、焦虑等一些负面的心理障碍，如果你信任我，我可以帮你治疗，缓解一下你最近的紧张。”

“简直太好了，我一直对催眠术很感兴趣，我的确想亲身体验一次。”

“时间你定，我随时奉陪。”

4

挂了电话好久，黎桠都激动得满脸笑容，一回头，发现洛宁铁青着一张脸站在门口，似乎站了好久。

意识到自己衣冠不整，黎桠有点尴尬，赶紧把手机扔到一边，打算去卧室换衣服。

“你刚才在跟谁打电话？”洛宁在身后问了一句。

“……”黎桠错愕地看着洛宁，很少见他一脸严肃，有点不知所措。

“回答我。”洛宁低声重复了一遍。

“……朋友，怎么了？”

“什么朋友？谁？”

“你这是怎么了？我打电话有什么问题吗？”

洛宁说：“我想知道是什么样的朋友深更半夜打来电话，你连衣服都没来得及穿就这么热火朝天地聊着？”

“无聊。”黎椏对洛宁这种无端的羞辱非常反感，低语一句，径自向房间走去。

洛宁没放弃，追上来继续问：“到底是谁，男的女的？”

“我不想回答你这么没意义的问题。”

“没意义？黎椏，你是我的女朋友，我有权利知道你在跟谁交往，了解你的生活细节、思想动态，我希望你不要做出伤害我们之间感情的事。”

“我倒是很吃惊。”

“吃惊什么？”

“你真的有这么关心我吗？”

“什么意思？“

“你听到了我讲电话的内容，关心的是我在跟什么人来往，而不是我最近身体和精神都不太好？”

“身体和精神都不太好？”

“我跟你提过不止一次，我告诉你身体不太舒服，你真的关注过这件事吗？”

“你怎么逃避话题？你有问题可以去看医生，为什么要抱着电话跟一个莫名其妙的家伙这么暧昧地倾吐？”

“洛宁，够了。”黎椏倒吸一口凉气，停止了对话，走到客厅，拿出手机，找到通话记录。

“我的同事，节目组专家成员白沧海，他打电话给我是问我加盟心理诊所的事，顺便帮我预约催眠治疗。”

洛宁听完这些话，也觉得自己有点无理取闹。

"你早点说不就完了吗，你越不说，我越觉得不安。"

黎椏多一句话都不想再说，到房间里换好了睡衣，打算直接睡觉。

洛宁知道黎椏情绪不好，走到房间，试图心平气和地说："你刚才说什么，要加盟心理诊所？这件事怎么从没听你说过？"

黎椏赌气，一句话都不说。

"你现在情感顾问的形象不错，如果线下再能坐诊，也是一件好事。"

看黎椏一言不发，洛宁走过去，安慰她说："这件事，我全力支持你。"

"我没考虑要去。"

"为什么？这不是名利双收的好事吗？"

"……"

"现在患有心理疾病的人特别多，心理专家很吃香，咨询费听说也很高，你现在有点名气，收入肯定是天价。"

"我没想过自己能有资格给人看病。"

"你错了，你在电视上帮人调解纠纷，还会面对大众质疑，诊所里一对一，没人会挑剔你的专业度。这么一说，这还真是个值得投资的好项目，不如我们自己投资，就开个黎椏工作室之类的，挂牌营业，跟那个白什么的打擂台，也是个好办法。"

黎椏生气地说："人家不计较我的专业资质，邀请我加盟心理诊所，我不但不感激，还要自立门户跟人抢生意？你脑子里到底在想什么？"

"他邀请你不就是看重了你的名气吗？你以为是什么？拿你当赚钱工具而已，你不要把这件事想得太复杂。如果你那么计较专业资格，要不我帮你办个资格证，大街上到处都有办假证的，几百块钱搞定。"

"太荒唐了你！"黎椏忍无可忍，嚷了出来。

"办假证肯定是开玩笑，但是我觉得你应该认真想想未来了，在电视台做节目，不是长久之计，还是早点想好后路，全身而退。"

"我现在不想考虑那么多。"

"这事交给我，我这几年一直在找合适的投资项目，怎么就没想到身边守着一个绝佳的资源呢？真该感谢那个白什么海的，要不是他深更半夜打电话，我还真没想到呢，是他启发了我。黎椏工作室——黎椏老师线下一对一服务，还可以开通在线咨询，你也不用整天回复邮件，现在都什么时代了，完全没有必要，直接开通直播，在线解答疑惑，按时间收费，妙，太妙了！”洛宁越说越高兴，简直激动到手舞足蹈。

说了半天，他才发现黎椏一言不发，面色阴沉，心事重重。

“怎么了？你说话。”

“洛宁，我最近感觉身体很不舒服，你一点都不在意吗？”

“你怎么了？”

“没什么。”黎椏感觉内心的失落已经无以复加。

洛宁还沉浸在喜悦中，自顾自地说：“明天我得好好研究一下这个在线咨询的操作……”

黎椏说：“如果你想做心理咨询工作室，我没意见，但我不会参与。”

“你还在生气呢？我现在打算认真地搞事业，而且我今晚本来就想跟你商量一件事，这算是天时地利人和，一切再合适不过了。”

“有什么事明天再说可以吗？我真的很累。”

“不，重要的事不能放在明天。”洛宁拉着黎椏的手，非常认真地看了她半天。

“到底什么事？”

“那天你提到结婚后，我想了很久，我们交往三年了，感情稳定，也许是该考虑结婚的事了。”

黎椏被洛宁给吓到，她下意识地说：“我那天只是随便说说。”

“我知道你现在对我还不是百分之百满意，确实，我们俩老吵架，我的事业也暂时没有起色，确实没资格提结婚的事。但是如果人人都到有资格的时候才结婚，这也是浪费时间，是不是？我们有感情，可以一起发展事业，早点结婚，完成人生大事，也不错。”

“结婚”的事确实把黎桠给震撼到了，她怎么也没想到自己的一句戏言，洛宁却当真了，此时此刻，她没有感觉到任何惊喜，内心复杂难言，像掀翻了调料盒，五味杂陈。

“你不会怪我这个求婚仪式太简单了吧？是不是应该有烛光晚餐、玫瑰、大钻戒什么的？这些都会有，我今天是想先跟你沟通一下，如果你没什么反对意见，我会准备一个像样的求婚仪式。”

“可是……”

“可是什么？”

“……我并没打算结婚。”

“什么？”

“至少近期是没这个打算……”黎桠躲躲闪闪，词不达意，“上次我真的不是蓄意……现在也不是谈这个问题的时候，这段时间我的状态很糟糕……”

“以前的事没必要再提，我现在认定你是我要陪伴一生的人，你暂时没有结婚意愿也没关系，状态我们一起慢慢调整，除非你真的看不上我，而且从来没考虑过要嫁给我。”

“不是这个意思。”黎桠摇摇头说，“不是你的问题，是我的问题。”

“你的问题？那你跟我说说，看有什么解决不了的难题。”洛宁关切地握住黎桠的手，试图去解决她的困惑。确实，忽然谈到结婚，没有心理准备也是正常的。黎桠的手冰凉，就像她此刻的脸色，苍白得没有一丝血色。好久没有如此近距离地观察过她，洛宁一刹那觉得这张脸有点陌生，他更熟悉的是林嘉嘉那张年轻、蓬勃、饱满、胶原蛋白要溢出的漂亮脸蛋，想到这里，他竟有点内疚。

但是想到林嘉嘉，他又有点咬牙切齿地仇恨，他必须要把握机会，狠狠地给这蛇蝎女人一个意外的教训。

“洛宁，虽然我们恋爱已经谈了三年，可我觉得我们对彼此都了解得太少了。表面上是恋爱的关系，可我实在没有感觉到任何默契。虽然同居也有两年了，但其实更像是男女混合宿舍的关系，大家有各自的生活。”

“这都是我的错，我这个人太粗心，有时候忽略了你的感受，以后我会改掉这些毛病，多关心你，呵护你，让你找到安全感。”

这句话发生在此刻，令黎椏鼻尖酸涩，“安全感”，她多么渴求又不敢讲出口的奢侈品，多少次她渴望洛宁给予的东西，为什么当他表态，她却依然没有得到一丝安慰呢？

“结婚不是一件简单的事，洛宁，我劝你慎重，不要着急确定，也许有人比我更合适你。”

“不。你就是最适合我的。”洛宁打断了黎椏的话，“我非常明确地告诉你这个答案，也请你相信我。”

“这……”黎椏依然犹豫不定，“我需要再想想。”

“你到底有什么顾虑，你都可以说啊，你不爱我？不想嫁给我？”

“如果有一天，我不再做这个情感顾问，我是说，回到原地，还是当初那个在写作方面没什么特殊才能的我，你还会觉得我是最适合你的人吗？”

洛宁一愣，然后哈哈大笑：“傻瓜，你在说什么呢？你是顾问也好，作家也好，你都是你，我爱你，跟你的这些虚浮的头衔有什么关系呢？”

“我是说，如果我失去一切，你还愿意跟我结婚吗？”

洛宁说：“当然了，这有什么值得怀疑的？”

黎椏低垂眼皮，陷入一阵长久的沉默。

洛宁试探地问：“你是随便假设吧？为什么要回到原地，现在不好吗？你有成功的事业，人人羡慕的光环，你不会真的要放弃吧？”

“我是说如果……现在我的脑子很乱。”

“你确实需要好好休息，亲爱的，这件事不着急回答，我会给你充分的时间去考虑，该考察考察，该教育教育。我们的日子还长着呢，期待与你共度今生，岁月静好，相伴到老。”洛宁亲吻了一下黎椏的额头，脸上的笑容宛如夏夜里的白玉兰花，高调挂起，再也关不住了。

5

“什么？你要结婚？”小雀吓得差点把咖啡馆的天花板震碎。

“还没决定，只是在考虑中。”黎椏搅拌着杯子里的咖啡，漫不经心地说。

小雀连连地摇头说：“千万别想不开，一头扎地狱里去，抢救都困难。”

“这段时间我的意志有点消沉，结婚也未必是坏事，很多人结婚后过上了安定的生活……”

“还有无数人在婚姻里饱受折磨呢，你应该比我清楚啊。”

“我现在就像站在一个十字路口，前后左右都是荆棘，怎么走都会受伤。”

小雀说：“那就乘坐热气球升空，远离迷宫，逍遥自在。”

黎椏笑了笑，却没笑出来。

“你男朋友是个什么人？可靠吗？你对他了解吗？”

“似乎很熟悉，又好像不太了解。”

“不了解结什么婚，你胆子好大！”

“我们在一起的时间不短了。”

“时间久就结婚？这是很危险的想法。”

“世界上大部分人都选择了结婚，说明婚姻还是有一定意义的吧。”

“大部分人都是秩序动物，他们循规蹈矩，不敢突破，所以平庸。”

“你的语气好像一个14岁少女。”

“说我幼稚吗，哈哈哈。”小雀捧着脸嘟嘟嘴作可爱状，把黎椏逗笑了。

“不，是有一个14岁的女孩给我打电话，满口精英主义，看不起身边任何人，加入了一个地下组织，我很担心她的安全。”

“14岁，也不小了，应该有判断能力，该碰壁的就让她去碰，疼了就长大了。”

“唉……你好像对婚姻一直充满敌意。”

“因为这世界上根本没有完美的婚姻。”

黎桠叹口气说：“其实，什么是完美的婚姻呢？我以为我父母那样的感情就很幸福，每天相伴相依，形影不离。眼神就能交流，因此不用说很多话，偶尔吵嘴，但永远不会担心关系断裂，就像是天然凝聚在一起，永远不会走散。”

“你好像很缺乏安全感。”

“我一直追求安定，但一直心无所属。”

“快要结婚的人，居然一直心无所属，亲爱的黎桠，你一定不要轻易做决定。”

“他最近好像变了很多，多了很多甜言蜜语，还送礼物、求婚，完全不像平常的他。”

黎桠说完，小雀一下子注意到黎桠手腕上戴着的那条金光闪闪却显然不合尺寸的手链。

“他不知道你的尺寸吗？”

黎桠伸出手腕，看着这条紧到毫无余地的手链，打趣说：“第一次送我贵重的礼物，可能也有督促我减肥的寓意吧。”

小雀摇摇头，无话可说。

“虽然他表达了很多，但我始终感受不到真实，总觉得另有目的。”

“什么目的？”

“说不清，但是从他身上我感觉不到踏实。从前我经常抱怨他表达太少，现在他表达过多，我又怀疑有目的，也许我们之间的问题不是他，而是我。”

“永远不要自我检讨，如果你有问题，一定是对方不够好——我妈教我的，永远不要自责，你变成什么鬼样，都是他的过错，因为你本来非常好。”

小雀妈妈的哲学确实令人忍俊不禁，黎桠的坏心情因为听到这几句话明朗起来。

“这不会是你的初恋吧？”小雀又问。

“当然不是。但以前的事我记不太清了，我不喜欢回忆过去。”

“你现在这种患得患失，我怀疑跟过去有关。”

黎桠的笑容在听完这句话之后，悄然隐匿了。

小雀说：“今天你的情绪太低落了，不如我给你讲点糟糕故事，让你开心开心？”

“好啊，有多糟糕？”

“我自从被那个商人甩掉之后，就开始了‘嘻游’模式，老天待我不薄，知道我要下界游玩，专门派来各路妖魔鬼怪跟我过招儿，都可以写一本《恋爱打怪记》了。哪天要是有才思枯竭的作家问你要素材，可以叫他们来找我，我堪称极品收购站，无偿贡献。”

黎桠笑了：“你成功地吊起了我的胃口，我迫不及待想知道你是如何斗怪物的了。”

“先热个场，讲个小怪物吧。”

“好。”

“我得给他们编上序号，要不然容易混淆，第一个，就叫A吧。”

“好。”

“A是个男模，当时我刚被甩，整个人沮丧万分，迫切需要一颗回春丸来救命，正好当时我接了个广告，就跟他搭上了，我就随意撩拨了他一下他就上钩了……不过，我很快就发现了问题。”

“什么问题？”

“他身体有问题。”

这个故事让黎桠想起了金鱼。

“还有一个男的，叫他B吧，他的外形是风度翩翩的成功人士，这类男的对我有天然吸引力。我们是在一个酒吧认识的，当天夜里我就被他带回家了，没想到他开始天天跟我约会，谈起恋爱来了。”

“每个故事都有个美好的开始。”

"'但是'马上就来了。交往了一段时间，我发现他有严重的精神问题，他有次因为某个服务生上错单大发雷霆——不是普通的斥责，是激动到青筋暴跳那种激愤。我以为那只是偶然现象，直到有一天，他因为超市找错钱而打了人，我才意识到，这人是一个暴力狂。"

"他没有伤害你吧？"

"还没来得及，因为他爆发得太早了。我又很机敏，暗中调查了他一下，我找到了他的病例。"

"病例？"

"他是一个间歇性精神分裂患者。"小雀说，"把所有的事物联想起来，就会发现这确实是一个恐怖故事。"

"你是怎么逃脱的？"

"很简单，我撒谎说我要去国外办事，然后就拉黑他的电话，搬家消失了。"

黎椏还是浑身起了冷汗，小雀说："如果不是我及时地逃跑，恐怕总有一天，凶多吉少，哈哈哈。"

爽朗的小雀在讲述如此可怕的故事的同时，还能够没心没肺地笑起来。

小雀的电话响起，她低头看了看号码，没接。她对黎椏说："今天说了很多跟别人没说过的事儿，我真开心，不知道你开不开心？"

"我被你的故事吓掉魂了。"

"下回给你讲几个甜宠的，包你酸掉牙。"

"再跟你见几次，我整个人都不见了。"

"听说浑身细胞七年全部更新一次，人总是在变化的，我的出现加速了你的更新，蜕变成更新的人，不好吗？"

小雀无比开心地开着车，放着豪放的摇滚乐，忽然又补上一个故事。

"其实这些年我也遇到过非常不错的男人，K就很完美，事业有成、年轻有为、家境殷实，学识、见识都很丰富，为人严谨，也没有那么多复杂的关系，我甚至动了结婚的念头，只可惜……”

“你又发现了什么怪物开关？”

小雀神秘地一笑，没说话。

“到底哪里出了问题？”

“这个世界上是真的没有完美这件事的，K已经接近了，但还是不行。”小雀笑得很神秘，欲言又止，更加引起了黎桠的好奇心。

“嗯？”

小雀俯身在她耳边小声说了句什么，看着黎桠惊愕的表情，小雀再一次大笑了起来。

6

将黎桠送到了楼下，小雀愉快地说：“下次我带你去一个环境超棒的意大利餐厅，服务员全是帅哥，光是养养眼都值得了，而且红酒烩牛肉和比萨也是一级棒。”

“以后吧，这周末我预约了身体检查，之后还会做一次催眠，希望可以缓解我糟糕的状态。”

“你呀，就是绷得太紧了，即使是弓箭，这么一直绷着，也会有断掉的时候，所以说，学会放松对你来说特别重要。”

“谢谢你，小雀。”黎桠由衷地说。

小雀眨眨眼，说：“下次见你，希望能看到一个活蹦乱跳的你。对了，结婚的事情一定要慎重，不要轻易做出决定。”小雀说完这些话，驱车飞走。

黎桠久久地目送小雀离开，心情舒畅了很多。然而这一切，却被正好推窗的洛宁看在眼里。

当他看到了熟悉的红色跑车，和从跑车里下来的黎桠的时候，他的整个心脏都跳到了嗓子眼。

这是什么情况？？

洛宁惶惑不安地看着回到家的黎椏。

她跟平时没任何差别，开门、换鞋子、换衣服、洗手，然后到书桌前打开电脑，准备继续工作。

“你今天去哪儿了？”洛宁试探地问。

“跟朋友聊了会儿。”黎椏哈欠连天，似乎非常疲惫。

“朋友？是哪个朋友？”

“你最近好像很关心我的朋友。”

洛宁笑得有点不自然，拿不准这到底是怎么回事。

“以前你就苏霏一个朋友，现在好像突然朋友遍天下了。”洛宁有点讽刺地说着，注意观察黎椏的表情。

黎椏确实没有任何不正常，她说：“也没有很多，这女孩是刚认识的，性格很好，我很喜欢跟她聊天。”

“哦，女的？”洛宁接着试探，“干什么的？”

“我不太清楚，样子很漂亮，像是模特之类的职业。”

洛宁一下子蒙了。

“模特……哦，”洛宁说，“……都聊些什么了？”

黎椏说：“也没什么，随便聊。”

“随便聊？”

“你怎么突然这么关心我了？”黎椏感觉有点奇怪，抬起眼看着洛宁。

洛宁赶快换上了一张平静的笑脸说：“你不是一直抱怨我不关心你的生活吗？”

“哦……”黎椏只是觉得奇怪，她已经习惯了洛宁的不关心，忽然之间对她嘘寒问暖，真的有点不适应。

“你身体怎么样了？”洛宁沿着关切的意图，顺便问了句。

“周末去医院检查，已经预约好了。”

“你一个人可以吗？要不要我陪你？”

“不用，我自己去就可以了。检查完身体我还要去做一下催眠治疗。”

“去那个白大海那儿？”

黎桠说：“对，白沧海学过催眠疗法，听说我状态不好，帮我治疗一下。”

洛宁说：“孤男寡女的，做深度催眠？万一你睡着了他把你那什么了，怎么办？”

黎桠说：“你能别这么无聊吗？”

洛宁撇撇嘴：“人心难测，谁知道那小子是不是打你的主意。”

黎桠瞪了洛宁一眼，不再理他，开始专心处理邮件。

洛宁也知道自己这是强词夺理，看黎桠确实没有什么特别的反应，稍微放心了一些，但那辆红色跑车百分之百是林嘉嘉的，她为什么会出现在黎桠身边？难道她说的新游戏不是找个新欢，而是……

越想越奇怪，洛宁决定把这件事调查清楚。

第八章

卑劣创造奇迹

倾诉者自述：

“拜托你面对自己，不要再虚伪了，你到底有什么阴谋，直接说出来吧，没必要背后搞这些事端，你想让我身败名裂？”——洛宁

1

林嘉嘉刚把车停好，洛宁就像个鬼魂一样出现，把她吓了一跳。

“新游戏玩得不错啊。”洛宁冷笑了一声。

“大白天忽然冒出来，你是鬼吗？”林嘉嘉生气地斥责一句，就要离开。

“我倒想问问你，究竟在装什么鬼。”洛宁话里有话，非常刻薄地说。

林嘉嘉说：“我装鬼？”

“你心里清楚。”

“无聊……我还有事，不跟你浪费时间了。”林嘉嘉不想跟洛宁废话，转身就要走。

洛宁自然不肯轻易放过她，一把抓住了林嘉嘉的胳膊。

“洛宁，你到底想干什么？”林嘉嘉急了，尖叫起来。

洛宁说：“我问你，你找黎椏干什么？”

林嘉嘉听了这句话，平静下来，沉默了三秒，扬扬眉毛说：“我听不懂你在说什么，什么叫我找黎椏干什么？”

“那天我清清楚楚地看到你在我们家楼下跟黎椏说话，你还不承认？”

林嘉嘉哈哈大笑起来：“没想到你那么卑鄙，天天举着望远镜偷窥？”

“我没空跟你斗嘴，你跟她说什么了？”

“你紧张什么？我跟她说什么，需要跟你汇报吗？”林嘉嘉作出一副无所谓的姿态，轻蔑地说。

洛宁说：“林嘉嘉，你莫名其妙地跟我分手，还羞辱我，这些都算了，我们好聚好散，我不跟你一般见识。但是现在是你主动挑衅，你究竟想干什么？”

林嘉嘉说：“你真是做贼心虚，我找黎椏是没错，她是公众人物，人人都能够找她倾诉，跟你没有任何关系。”

“你冷血又自私，会有烦恼需要倾诉？林嘉嘉，拜托你面对自己，不要再虚伪了，你到底有什么阴谋，直接说出来吧，没必要背后搞这些事端，你想让我身败名裂？”

林嘉嘉说：“你未免太自信了吧，身败名裂？你有什么身？有什么名？放心好了，我跟黎椏是业务往来，跟你没有丝毫关系，我也没兴趣破坏你的终身幸福，看你吓得脸都紫了，至于吗？”

“林嘉嘉，我们非得这样吗？”洛宁的口气软了下来，虽然对她充满仇恨，可看到她，内心却总有一丝温暖作祟，痛苦和迷恋交织，复杂的情感。

“非得把事情弄成这样的是你不是我。我说了，我们俩到此为止，谁都别再纠缠谁，这样对你我都好，你明白了吗？”

“是，我没你洒脱，感情于你来说只是垃圾箱里的剩饭、穿脏的臭袜子，你说扔就扔，我告诉你，我到现在，心还是疼的。”

林嘉嘉冷笑了一声说：“那是你的事，心疼去看医生，别来找我麻烦。”

“怎么做才能挽回你？”

林嘉嘉说：“你都打算结婚了，还挽回我？”

“谁说我打算结婚了？”

林嘉嘉说：“你难道没打算结婚吗？”

洛宁狐疑地问：“是黎椏说的？她从不跟人说私事，你神通挺大的啊。”

“你真的了解她吗？我很不理解黎椏为什么会喜欢你，你浑身上下写满了虚伪，而她竟然一点都没看出来。”

“你没提醒她，我其实是无耻之尤、两面三刀的骗子？”

“这种事，还是她自己发现比较好，对了，说到你有多无耻，那条破手链，你还真好意思再送给她，尺寸完全不合适。”

“本来是给你买的，你不要，难道我扔掉？”洛宁有点不好意思，却又理直气壮。

“不管怎么说，我们俩必须要有个约定，我不会打搅你，你也不要再打搅我，我不会在黎椏那里揭穿你，你也不要搅和我跟她的关系。”

“这到底是为什么？”

“什么为什么？”

“你到底想要什么？”

“我想成为黎椏的朋友。”

“这又是为什么？”

“最开始只是好奇，想看看她究竟是一个什么样的人，接触下来发现，我喜欢上她了，就这么简单。我要跟她做朋友，是我跟她的私事，与你无关。”

洛宁简直无法理解：“你跟她做朋友，然后把我抛弃了？这是什么逻辑？”

“我对你早就没兴趣了，黎椏是个意外惊喜，我没想到她这么好。她简单、善良、认真又正义，比起你这样的劣等生物，她简直就是人间宝藏，难怪她能红，真善美永远通行全世界。”

“行，你跟黎椏做朋友，我并不反对，她确实是个好人，但是我想知道，这跟我们之间的关系有什么冲突吗？为什么有她没我？当初你逼着我选择，也是有我没她。”

林嘉嘉说：“现在不一样了，我了解黎椏之后，越发觉得你无耻又低级，不过也该感谢你，如果不是你如此卑劣，我不会得到一个这么好的朋友。”

洛宁愣了半天，又忍不住笑起来，笑完之后，他说：“你能告诉我，世界上还有比这更好笑的事吗？”

“那恭喜你自己好了，是你创造了这个奇迹。”

“林嘉嘉，这游戏并不好玩。要说起无耻，你不比我差多少，你不光骗那些可怜的男人，你连我都骗，如果黎椏知道你是你，你觉得她还会跟你做朋友吗？”

“你什么意思？”

“公平点，让一切回到原点好不好？”

“不可能。”

“怎么不可能，我们俩可以联盟，你喜欢黎椏，跟她做朋友，我不妨碍你。我跟黎椏保持关系，你也不要再跟我分手，大家相安无事，各取所需，不是很好吗？”

“你错了，这游戏不好玩了，自从你出现，就是游戏结束的时刻。”林嘉嘉有点恼火，“你搅乱了一切。”

“成熟一点，大家都不是小孩子了，何必再捉这些没意义的迷藏，你认为黎椏永远不会发现你的秘密？”

林嘉嘉沉默了片刻，看着洛宁说：“你处心积虑，不就是为了自保，不让我跟她接触吗？没问题，从今天起，我不再跟她见面了，你也就不用提心吊胆自己暴露。你、我、她，各归原位，你是她的未婚夫，我是跟你们两个都不相干的陌生人，就这样。”

林嘉嘉说完便走，洛宁对着林嘉嘉的背影说：“你真的这么潇洒？”

林嘉嘉头也没回，只是对着他竖了中指，就决然离开。

2

医院检查完毕，黎桠身体的各项指标都正常，没有什么不妥，拿到检查结果，黎桠由衷地舒了口气，白沧海说："不紧张了吧？你是个超级健康的宝宝。"

黎桠笑起来："我都不知道自己这么健康。"

"你可能就是压力过大引起的一些牵连反应，身体本身是没问题的。"

"那催眠治疗还做吗？"

"当然要做了。排除身体障碍，集中缓解精神压力，催眠会让你得到深度的放松。"

"我忽然有点害怕。"

"怕什么？"

黎桠又忍不住笑起来。

"什么事情这么好笑？"

"我在想，催眠其实挺可怕的，当我进入昏迷状态，会不会在你面前讲出很多自己的隐私？"

"应该不会吧，催眠只是让你进入一种假性睡眠的状态，其实你还是有意识的，还有就是，人的潜意识里其实都有一个坚定不移地保护自己的意识。我不是想通过催眠来探听你的秘密，我只想试试能不能令你进入一种彻底放松的境界，缓解你的焦虑和紧张——如果你担心有什么问题，全程可以监控录制。"

"不是这意思，你太敏感了。"黎桠看到白沧海紧张解释的样子，有点不好意思，"我都不知道该怎么感谢你。"

白沧海说："如果我能够帮你解决精神压力，然后你愿意跟我共事，那可就是最好的感谢方式了。"

黎桠说："不管你能不能解决我的精神危机，我都决定——"

"嗯？"

“如果你真的不介意我的非专业背景，我很愿意跟你一起工作。”

白沧海吓一跳，不敢相信黎桠的话。

“怎么？你改变主意了？”黎桠看到白沧海的反应笑着说。

“当然不是，可是……你怎么忽然想通了？上次你还很抗拒……”

“我想通了，既然你一直鼓励我前进，我自己又为什么一直后退呢？”

“幸福来得太突然，我都不知道该怎么表达我的激动了……”

“以后，请多多指教。”

白沧海高兴得无法形容：“这真是太好了。”

按照黎桠的要求，白沧海决定在她最放松的环境里——她的家里，为她做催眠治疗。两个人一派轻松地来到了黎桠家里，将催眠地点定在了黎桠的书房。

也不知道是不是心理作用，拿到了体检报告之后，黎桠突然间觉得自己放松了下来，也许过去真的是她给自己太大的压力了，导致精神过于紧张，总是让自己绷得紧紧的，以至于身体状态不佳。拿到报告后，黎桠不再担心身体，心情也就跟着明朗了许多。

白沧海还没从喜悦中跳脱出来，他反复问了黎桠几次会不会反悔。

黎桠说：“明天就把合同给我吧，免得你这么担心。”

“早就拟好了，只要你点头，马上签约。”

“一年签一次吧，我不敢保证做多久。”

“没问题，电子版合同先发给你，哪里有问题直接修改，你都满意了再签约。”白沧海说，“另外，我希望你压力不要太大，我想帮你安排一个助理，我知道你每天回复邮件很累，这些工作以后都可以让助理帮你做。”

黎桠摇摇头说：“每个人来信都是期待得到我的回应，这件事我不能让人代劳，我珍惜每个人的信任。”

“你真的让我肃然起敬。”

“……你怎么了？”黎桠发现白沧海特别严肃地看着她，吓一跳。

“黎桠，你再也不要说自己不专业，你比我认识的百分之九十以上的专业人士都敬业，你知道尊重自己的职业是一件多么令人敬佩的事情吗？”

“你这样说，好像大部分人都不敬业似的。”

“不，我想表达的是，大部分人身处这个行业，只是机械行为，包括我自己，我很难让自己像你一样去投入全部热情，完全无私地付出，你这样的人太少见了。”

白沧海说得很真诚，黎桠倒是觉得有点尴尬，于是转移话题道：“开始催眠吧。”

白沧海说：“好，马上开始，不怕我偷窥到你的秘密吗？”

黎桠说：“你不是说过，人的潜意识里有一种自我保护的意识吗？”

“那我们就开始吧。”

关上了所有的门窗，关掉了一切可能引起声响的电子设备，保持室内绝对安静之后，催眠正式开始了。

黎桠平躺在一张躺椅上，这张躺椅是从阳台上搬过来的，说来也好笑，几年前有一次父母来家里做客，母亲看黎桠伏案写作很辛苦，建议她多放松，可以每天抽点时间在阳台上晒晒太阳看看书，第二天就送来一张躺椅。黎桠哭笑不得，她一直觉得躺椅是老年人专用，于是就扔在阳台上，没想到有一天会派上用场。

黎桠闭上眼睛，等待催眠的开始。

白沧海用很轻柔的声音问：“准备好了吗？”

黎桠“嗯嗯”地应着，忍不住睁开了点眼睛，看到白沧海严肃的表情，控制不住笑了起来。

白沧海说：“现在正式开始了，你摈除杂念，按我说的话去做。”

黎桠忍住笑，再次闭上眼睛，试图去感受催眠的神奇力量。

白沧海引导着黎桠做全身的放松，让她的意识照着自己的话去做，从头到脚，他依次让黎桠放松身体的每一个器官。此刻的黎桠，进入了一种很奇妙的状态中，感觉空气中弥漫着一种温柔和谐的气息，而她紧闭的眼睛也似乎可以感受到一种柔和的、奇异的温暖在荡漾，她非常享受这种难得的放松，似乎把她一直以来积蓄的疲惫全部都拉扯出来了。

这时候，白沧海的声音响起："现在，你来到了一片草地上，这片草地上铺满了彩色的小花，一直绵延到天边……"

黎椏听着白沧海的声音，似乎真的感觉自己躺在一片柔软的草地上，四周都是鸟叫虫鸣。闭着眼睛的世界本该是黑暗的，那这身临其境的真实感究竟是怎么来的呢？

还没等黎椏想清楚，她就感觉自己的身体随着白沧海的声音慢慢地软化、变轻，像是飘浮在一个看不见的空间中一样，当然，这时候黎椏的大脑是完全清醒的，她可以清晰地感觉到身体和思维的变化，这也是她感觉不可思议的地方。

白沧海继续发布着他柔和的指令，他说："现在，你来到了一个崭新的世界，你看到阳光，闻到花香，有一种从没有过的力量，支持着你向前走……接着，你的眼前会出现一道白光，看到了吗？"

黎椏跟着白沧海的索引去找寻那道白光，可无论她再怎么努力地找，还是一无所获。她感觉有点焦急，不知道为什么在关键时刻，白光却不见了呢？可能是前面的过场进行得太过顺利，以至于第一次感受到的挫败让黎椏不知所措。

白沧海似乎感觉到黎椏身体的变化，她因焦急而变得呼吸急促，跟刚才放松的状态全然不同。他意识到问题所在，放慢了说话的频率，再次引导着黎椏重新放松，草地行走，鸟语花香，让她在那个温柔的世界里多点时间舒缓自己。

黎椏随着指引又一次进入平静状态，但奇怪的是，每当白沧海试图让黎椏去找那道白光，黎椏都会变得紧张、焦虑、急促，完全没办法进入状态。并且更意外的是，每当黎椏找不到白光的时候，她就会完全地回到现实的世界中来，所有的放松等于白费。

几次三番下来，黎椏和白沧海都感受到了一种不可改变的怪异的力量在盘旋着，尤其是对于黎桠来说，这似乎是一个隐藏得非常深的秘密。这秘密事关重大，她隐隐约约可以感觉到秘密的力量，但是却没有丝毫的能力去接近它。好像是一个即将被埋葬掉的奇怪的宝藏，散发着无比魅惑的神秘气息，勾引着黎桠去探索，却没有给出哪怕一条看似光明的道路……

究竟是怎么回事？

怎么回事？

3

洛宁的突然到来让这次催眠行动彻底失败。

当时黎桠正沉浸在痛苦的找寻过程中，白沧海则不遗余力地为黎桠进行着排解和引导，洛宁突然的闯入让一切进入了一种错乱的状态，黎桠因为突然被停止引导而一下子被揪回到现实里来，她气喘吁吁，猛然醒来，出了一身的冷汗。

洛宁铁青着一张脸，十分不友好地说：“你们在干什么？”

白沧海站起来，很礼貌地说：“我是白沧海，黎桠的同事。”

“哦，你就是白沧海。”洛宁阴阳怪气地看着白沧海，眼神极其不友好。

黎桠还没有完全缓过来，她双目呆滞地回忆着刚才发生的一切，呼吸还有些困难。

“黎桠身体状况最近有些不太好，我给她做一次深度催眠，帮助她缓解疲倦的精神。”白沧海解释道。

“你有催眠师的资格证吗？”洛宁问。

“这个……倒没有，不过我跟一个精通催眠术的老师学过。”

“那你真是挺勇敢的。”洛宁话里带话，“听说催眠能让人致幻，黎桠本来身体就不好，万一被你这种业余选手催出点什么问题，你负得起这责任吗？”

看得出来洛宁已经极其不友善，白沧海准备告辞。

黎桠这时候略微平静了一些，低声说："白沧海，你等一下。"

白沧海停住了脚步，看着黎桠。黎桠缓缓起身走了过来，眼神有些恍惚地看着他说："我想跟你谈谈，你晚点走，好吗？"

白沧海迅速地看了看男主人的表情，意料之中，那张英俊的脸布满了难看的阴云，气压低到快要爆炸。白沧海是一个很有分寸的人，虽然他非常想跟黎桠多待一会儿，一起找出问题的关键，但是他知道自己实在是太不受欢迎了，于是他客气地说："今天你太累了，改天我们再谈，好吗？"

黎桠完全没有在意洛宁的表情，也没在意白沧海的尴尬，甚至没注意整个房间已经悄然被硝烟包围，她似乎依旧沉浸在催眠的状态中，她迫切地希望回到催眠中，带着恳求的语气对白沧海说："我只需要一点点时间，请你不要走……"

洛宁看不下去了，上前一把拉住黎桠的手，说："你没事吧？看你脸色很难看，要不要去医院？"

黎桠推开洛宁，再次对白沧海发出了邀请："给我十分钟，我需要你。"

白沧海被黎桠的语气吓到了，若不是重要的问题，黎桠不会有这么迫切的恳求，于是他也不管洛宁的感受了，点点头，跟着黎桠走到了她的房间，黎桠随手就锁上了门。

洛宁被眼前这一幕气得浑身发抖，首先是看到如此亲密的一幕让他很恼火，虽然他知道这是催眠治疗，但两个人未免关系太密切。其次是看到白沧海竟然如此年轻、帅气和爽朗，洛宁扫过几眼《危情现场》，但从未认真关注过任何人。他印象中的心理学博士应该是一脸死气沉沉的表情、满脑子不同于常人思维的书呆子，但是眼前的白沧海如此出乎他的预料，完全推翻了他心目中之前对这个人设置的种种想象，令他突生妒火。

黎桠今天的表现也完全出人意料，她好像完全当他没存在似的，并且展现出对白沧海的依赖和信任，甚至还把他带进房间！接着洛宁又联想起几日前黎桠裹着浴巾跟白沧海通电话时的暧昧语气，虽然号称在谈工作，可是那种言谈之间恰到好处的温柔是他从来没有感受过的。

对了，最重要的，这小子还要开一间心理诊所，并极力说服黎桠加盟，也就是说，他们将来很有可能会朝夕相处……想到这里，洛宁几乎无法控制自己的怒火，刚刚失去林嘉嘉的他，现在把所有的赌注都放在黎桠身上了，他不允许黎桠这边再出任何麻烦和意外，看来这白沧海真是自己的一大劲敌，他得好好地把注意力集中一下准备战斗了。

门一关上，险情暂时解除，白沧海连连道歉："今天真不好意思，给你添麻烦了，刚才我看到你男朋友生气了。"

黎桠若有所思地说："生气？我没注意，为什么？"

白沧海说："因为紧张你，这很正常。"

黎桠说："我刚才在催眠的时候，有一个非常奇怪的发现。"

"是什么？"

"我说不上来，当你给我催眠的时候，我好像进入了一个完全不一样的世界。"

白沧海说："这很正常，人的意识会被带领到一些完全不同的世界……"

黎桠皱着眉回忆道："可是，当我再想往更深处走的时候，出现了问题。"

"你找不到白光所在，是吗？"

"对，就像攀岩者，爬到一半不见了山顶，马上就要到达目的地却没了路。我觉得，秘密就在这里。"

"什么秘密？"

"有一个关乎我内心的秘密，我不知道是什么，但我有很强烈的感觉，只要找到白光，我就能够揭开这个埋藏在记忆深处的秘密。"

“看来你是在跟自己作斗争，你希望自己抵达那个幻境，但意识停留在了安全区域，你因此感到急迫和痛苦。”

“是的，我拼命想找到白光，想揭开这个神秘的启示，可我怎么努力也做不到。”黎桠露出痛苦的表情，甚至身体都有点颤抖，“我非常想马上揭开这个秘密。可是……我又有点害怕，你说在我的内心深处，究竟藏着一个什么样的秘密呢？为什么当我清醒的时候，我没有感应到任何关于这个秘密的预兆？我的童年没什么阴影，少年期也比较平顺，现在除了压力大了一点也没受过什么特殊的伤害，这样的我究竟会有什么秘密呢？”

“人的记忆会有一种奇怪的排斥性，比如说，有一些不好的记忆，大脑会自动过滤掉，当然，有的则正相反。记忆是一个神奇的东西，你也别太紧张了，如果你真的有一些所谓的已经被大脑自动过滤掉的不良记忆，它一定会再浮现出来的……也许这只是一次不成功的催眠而已，我觉得自己当初提出这个建议真的是太草率了。”

“不能怪你，是我自己的问题。”

白沧海说：“别担心，今天是一次失败的催眠，也怪我的能力有限，没能帮你解决问题，如果你感兴趣，我改天可以请我的老师亲自帮你做一次治疗，他是业界非常有名的催眠疗法大师，也许他可以真正帮助你。”

“不。我想让你再帮我做一次催眠。”黎桠说。

白沧海吃惊地说：“为什么？你还相信我？”

黎桠说：“是的，我相信你，因为是你唤起了我探索的渴望，我觉得只有你才能帮助我找到这个秘密所在。”

白沧海说：“你这么信任我，压力好大。”

黎桠说：“这样，我们另约时间，再做一次催眠。下次找一个不会被打搅的地方进行。”

“那就在心理诊所吧。”

“好，就这么决定了。”

4

直到将白沧海送到楼下，黎桠都一直保持着微笑的状态，看着对方背影一点一点消失，黎桠感觉自己沉睡的潜意识被唤醒了，似乎好久都处于死寂状态的情感腺悄悄地萌动。

转过身，黎桠才发现洛宁站在自己身后，对方的突然出现，让黎桠吓出一身冷汗，溜出来的心动也戛然而止，取而代之的是一种尴尬的愧疚。

“这么恋恋不舍？”洛宁冷笑地看着黎桠，问道。

黎桠慌乱地收回眼神，转移话题说：“我们晚上吃点什么？”

“我以为你要跟他去吃饭呢，原来你还记得有我这样一个人存在啊？”

“我不喜欢你用这种语气说话。”黎桠皱着眉转身往回走。

洛宁紧跟了上去，说：“我语气不好？我想知道你现在究竟心里是怎么想的。”

“我心里什么都没想，你什么意思？”

洛宁说：“这姓白的套路挺深啊，以做心理治疗为借口，孤男寡女同处一室，做着神奇的催眠魔术。这真是名正言顺的浪漫啊。”

“洛宁，你有本事把每件事都描述得这么恶心，我挺佩服你的。”黎桠低声说。

“我描述得恶心？是你内心有鬼吧，上回你们通电话我已经感觉到不对劲，现在更确定了，你知道你看他的眼神是什么样吗？我跟你恋爱三年了，从没见你用那种眼神看过我。”

黎桠虚弱地说：“我今天很不舒服，头很疼，能让我安静一会儿吗？改天再说行吗？”

“黎桠，我觉得不能理解，为什么一跟你谈问题，你就会头疼，就需要安静，身体就不舒服，你从来不愿意面对问题是吗？”

黎桠按了电梯，洛宁还跟在后面追问，黎桠感到了一种从来没有过的厌烦。最近接二连三的“意外”，让他们的关系有了巨大的转变。她抱怨过被忽略，却无法接受这种蛮横的关切，当然，她确实不太敢面对问题，洛宁把她逼到墙角，让她无处遁形。

回到家里，洛宁继续喋喋不休地说：“你有什么心里话不愿意跟我说，却对一个陌生男人敞开心扉、打开家门，你觉得合适吗？刚才我当着外人忍着没发火是尊重你，你呢？你尊重我了吗？你把他领到房间，还锁门？把我当空气？你也太过分了吧？”

“你非要谈的话，可以。我承认我们之间是出现了一些问题。”

“什么问题？我对你不够关心吗？”

“从前我一直以为是因为你不够关心我，我在情感上得不到回应，我们的关系就像是挂名恋人。最近我才发现，不管你怎么对待我，我们之间的感情通道都是堵塞的。”

“什么意思？”

“你进入不了我的内心，我努力了。”黎椏低头，低语。

“什么意思？”

黎椏不再说话，空气中凝固了一股可怕的沉默，就像弥漫着一种毒气，这毒气可以封锁住一切，逐渐凝集成琥珀。

洛宁试探地问：“你是说，你不爱我了？”

“……”

“你爱上别人了，是吗？”

“……”

“你说话啊，把话说清楚，我们之间不需要遮遮掩掩，如果你心有所属，我不会纠缠你的。”洛宁虽然这样说着，却也并没有太足的底气，直觉告诉他目前的状况有点危险。

黎椏沉默了好久，最后她用像是自言自语一样、低得仿佛只有自己可以听得见的声音说道：“这几年我一直在寻找被爱的证据，我投入这段感情，是专心致志、毫无疑问的。但是不知道为什么，我却一直觉得很孤独，我想要被关爱、被注意、被在乎，可是即使你的人在我身边，我却感受不到你。

“我努力去平息自己的情绪，告诫自己不要给你压力，可我真的太孤独了，就像身处一个封闭的星球，满世界都是人，而我只有自己。我不断地问你爱不爱我，你却从不表达，甚至从没注意过我，你从我的身边走过，你在我的旁边睡觉，你在我的生活里存在，却只像个影子。我抓不住你，也感觉不到你，我很恐慌，总是希望可以找到一个按钮，让我停止不安，让我跟你打开顺畅的通道，感受到爱的存在。

“直到前几天，你开始关心我的朋友，开始注意我的情绪，开始说一些甜蜜的情话，开始送我礼物，甚至……求婚。我知道你在努力，可是我依然感觉不到你，你说的情话没有打动我，你的礼物并不合适，你跟我求婚，我没有丝毫的喜悦……我知道我们是真的出了问题，而且比我想象中严重太多。”

洛宁听完黎桠这一席话，激动到青筋暴跳：“说来说去，你就是不爱我了。你现在不一样了，是大名鼎鼎的明星、专家、顾问、心理老师，你拥有一大批粉丝，还有痴情的博士天天围着你转。说什么你感受不到我，我不存在了，我给不了你满足感了？到头来其实是你爱上了别人，嫌弃我了，不就是这意思吗？”

“洛宁，我跟你说了这么多内心的无助，你只听到了这些吗？”黎桠绝望地看着洛宁，内心最后的一丝光亮也悄然熄灭了。

洛宁说：“谢谢你的提醒，我想，是我们俩需要冷静的时候了。”

“……”黎桠没有继续再说话，洛宁也冷静了下来，两个人对坐沉默了片刻，洛宁突然起身，拿起了衣服，招呼也没打一个，关门离去。

5

洛宁这一走，黎桠彻底地安静下来。

墙上的钟表在嘀嘀嗒嗒地行走，似乎在提示着时间无情地流逝。黎桠泪流满面，虚弱不堪，她想起了父母，想起了曾经跟父母一起生活的家，大学毕业至今，她独居好几年，似乎习惯了独立的生活，而此时此刻，她就像是一个被遗弃在路边的孩子，无助和惊慌让她迫切想回到父母的身边。

也许是因为失败的催眠唤醒了她沉睡多年的感情细胞群，不但心动悄悄萌发，连对亲情的渴望也迸发出来。其实黎椏跟父母同在一个城市生活，但她却很少回家，偶尔回去也只是吃顿饭就匆匆离开。父母对她没什么要求，也从不给压力，他们有自己的生活作息，父亲养花种草，母亲读书喝茶，一日三餐，平静无澜。他们从小就给黎椏提供了一个富裕、健康、宽容的生长环境，教给她的是思考的能力和独立的意志，是善良和分寸感。

可她内心总有一种暗藏的不安感，从小就有，她必须努力克制，才能让自己像父母那样平静。她成长过程中反复做着一个噩梦，梦里的压迫感和恐惧让她惊悸，到底是为什么，她内心的不安究竟源于什么，原生家庭如此美满的她，到底有什么隐藏的秘密，那道抵达不了的白光背后，究竟藏有什么罪恶？

为了逃离可怕的现实，黎椏决定回父母家里暂住一段时间。有了这个决定之后，黎椏立刻动身。

临走前黎椏给爸妈打了个电话，告诉他们她要回去住一段时间，父母很惊讶也很高兴，母亲立刻帮她换了新的床单被罩，还问她吃不吃消夜，好久没有得到关爱的黎椏鼻尖酸涩，忍不住眼湿，挂了电话后独自哭了好久。黎椏意识到，孩子都是自私的，只有在最脆弱和无助的时候，才会想到自己的父母，因为那里永远是安全的港湾。

像个受伤的小孩子一样，黎椏想要迅速逃回父母的身边，倾诉自己所有受委屈的细节，归心似箭，归心真的似箭。黎椏转眼已经收拾好了行李，带着笔记本电脑，向她的安全城堡飞奔而去。

一进门，熟悉的味道迎面扑来，母亲笑容可掬地开门，桌上是洗好的各种水果，以及她爱吃的零食。

父亲正在看报纸，看到黎椏回来，报纸放下来了，老花镜也摘了下来："椏椏回来了。"

"爸！妈！"黎椏无法自控地给了母亲一个巨大的拥抱。

"你说回来住几天，我刚才把你的被子和床单都换了新的。你爸看你拖鞋旧了，还去楼下的便利店帮你买了双新的呢，你看看合不合适。"

低头一看，真的有一双粉色带着蝴蝶结的拖鞋，乖乖地躺在那里。

"爸，您还把我当9岁的小孩子。"黎椏试了一下，尺寸略微有点小。

"你看，我说买小了吧，你不听。我记得椏椏穿37码的鞋子，拖鞋买大不买小。"

"太大了不跟脚，合适就行。"父亲眼皮没抬，继续看报纸，脸上却带着笑意。

"没关系，正合适。"黎椏兴高采烈地坐在父母身边，吃着洗干净的水果，嗑着瓜子，看着八点档的电视剧，一下子找到了久违的角色感——一个受宠爱的女儿。不是患得患失的女朋友，不是正襟危坐帮人解决难题的导师，不是任何人的依靠，此刻，她是在爱里被保护的小女儿。

这天晚上，黎椏穿着笨笨的拖鞋，跟父母挤在熟悉的沙发上看着电视，一家人其乐融融，无比温馨。父母还因为剧情的发展吵了一架，母亲坚持坏人不该被宽恕，必须得到惩罚，父亲认为坏人只是面具，其实是导演的设计，为的是掩盖一些不堪的过去，怪母亲看不懂，母亲为此气了老半天。黎椏在一旁安慰调解，父母索性停止了争执，而黎椏随后提出了一个疑问。

"爸妈，你们帮我回忆回忆，小时候我是不是发生过什么不好的事情？"

"不好的事情？什么意思？"母亲似乎对这个话题很敏感，她小心地看着黎椏。

“比如被拐卖、被伤害、被欺负过？诸如此类的经历，有吗？”

“我们的女儿从小就懂事，从没让人操过心，一路成长都很顺利，现在还成了万众瞩目的情感专家，哪里有什么不好的事呢？”父亲说。

“椏椏，为什么这么问？”母亲问道。

“是这样的，这段时间我身体状况不太好，经常重复地做着同一个噩梦。于是我决定做一个深度催眠治疗，过程中意外发现我内心深处有一个巨大的秘密，被我不小心遗忘了，这秘密非常重要，重要到……可能对我后来的成长有着强烈的影响。可是我绞尽脑汁地回忆，却什么都想不起来。”

母亲跟父亲对望了一眼，就这简单的一眼，被黎椏看到了。黎椏觉得非常奇怪，她几乎可以断定她的猜测没有错，确实有一个被遗忘的秘密存在，不是她胡思乱想，也不是无端猜疑，可父母的眼神和表情让黎椏明白，这是一段他们不愿意提起的回忆，黎椏越发好奇，自己究竟忘记了什么？

自从提起这件事，父母的表情就变得很奇怪，一种说不出来的严肃和沉重。这种变化让黎椏更加确信秘密的存在了，当然，她不想破坏此刻的幸福，并不急于知道答案。

黎椏又跟父母聊起了即将要去心理诊所工作的事，父母对此都很支持。

这天晚上，黎椏睡得特别香，洗完热水澡，带着浑身的香气钻进散发着暖意的被窝，就像婴儿被温暖的子宫包围，所有的烦恼都不见了。她做了一个非常香甜的梦，梦里她置身一个热带的海岛，飞鸟在碧蓝的晴空盘旋，耳边是阵阵温柔的海浪声，空中飘浮着各色花瓣，远处似乎还有小孩子们嬉戏的笑闹声飘忽传来。

她自己也变成了童年时的模样，对着碧海晴空吹着一只大气球，气球是七彩的颜色，越吹越大，整个世界都似乎被这个彩色气球给笼罩住……直到第二天艳阳冲破窗帘的缝隙，照射到黎椏的脸上，她才从安详的梦中醒来，伸了个懒腰，浑身充满无限的满足感，她再也不想回到那个冰冷、逼仄、孤独的家了。

小时候盼望长大，逃离父母的监管，拥有自己的自由空间，经历沧桑才发现，原来父母的怀抱是最温暖的避风港，是最不该舍弃、最不能远离的洞天福地。

第九章

喝下一碗名为嫉妒的药

倾诉者自述：

“跟命运斗，心要狠、意志要坚定、目标要明确。不能低头服输，要斗到底，熬死所有的恶人，我就是最终的胜利者。”——岑女士

1

第一次到心理诊所，黎桠就被自己的办公室吸引了。房间装饰得像一个小型的咖啡馆，又类似一个可以发呆、可以阅读的图书馆。整个房间的色调是暖色系，私密又安静，黎桠一眼就爱上了这个空间。

复古色系的沙发围了一圈，质朴的灯光柔和隐秘，整个屋子被照得非常舒服。屋子没有窗户，环绕房间摆放了一圈书架，上面摆满了各种类型的书籍，有小说、传记、杂志、心理学经典名著，甚至还有一个小型的黑胶唱片机。“怎么样？还满意吗？”白沧海看到黎桠的表情，已经确定了她的满意，对于这个设计，他自己也非常满意。

“我太喜欢这个空间了，我要每天都待在这里。”

白沧海高兴地说：“那我的良苦用心就物超所值了。”

“奇怪，这个空间让我感觉好熟悉，仿佛梦里出现过的感觉？”黎桠边走边看，忍不住触摸房间里的一切，小小的吧台、精致的咖啡壶、木质的办公桌，连墙上挂的欧姬芙的画都如此合乎心意。

“原本想和你讨论装修风格，但是你那时状态很不好，我就擅自按照我理想中的风格去装修了，没有提前问你的喜好，也算是一种冒险，还好现在看来成功了。”白沧海对自己的劳动成果感到十分满意。

黎桠也是非常满意，还非常惊喜，能够在这样一个空间里工作，真是太幸福了。

白沧海当初为了吸引黎桠的到来，特地承诺了弹性工作时间。但是黎桠却开启了全天上班模式，每天醒来就直奔办公室，一待就是一整天。她如饥似渴地读书，尤其是白沧海为她准备的各种心理学典籍，从岸见一郎的《被讨厌的勇气》，到古斯塔夫·勒庞的《乌合之众》；从卡伦·霍妮的《我们内心的冲突》，到马歇尔·卢森堡的《非暴力沟通》；从弗洛伊德的《少女杜拉》，到荣格的《未发现的自我》。

她完全地沉浸到了学识的海洋里，融汇着各种流派的各种观点，再与过去切身接触到的案例结合。在思考和探索的过程中，白沧海是她最好的搭档，他们的谈话高效又互补，当黎桠发出疑问，白沧海一定会给出解答，而黎桠又能够给白沧海提供一些新鲜的观点和角度，两个人每天一起喝咖啡、聊天、学习、讨论业务、晒太阳，晚上一起去参加节目录制，录制完毕有时候还会一起吃个消夜，再散步回家。黎桠紧绷太久的精神状态似乎在调整了生活方式之后逐渐放松下来，原来增加工作并不是一件痛苦的事，反而轻松自在。

有天直播节目结束，苏霏来到心理诊所参观，她一下子爱上了黎桠的办公室，噼里啪啦聊了半天八卦之后，她找了一张电影原声大碟，抱了本汪曾祺的《活着多好呀》窝在沙发里读，竟然很快就睡着了，看起来这个空间的确可以让人彻底放松。

就这样，半个多月过去了，自从那天离家出走，黎桠就一直住在父母家，和洛宁断了联系。共同生活了两年多的人，一下子分开，却没有丝毫的牵挂，而且分开对于黎桠来说不是痛苦，反而是放松，黎桠已经越来越明确，她跟洛宁的感情走到尽头了。如今她很享受新的生活状态，并且已经开始接触咨询者了。

2

这天下午，心理诊所来了一个姓岑的中年女人，她整个人看上去憔悴不堪，黎桠目测她大概60岁的样子，而当黎桠看到客户登记资料时才知道，对方竟然只有48岁。

黎桠关上门，试图用很轻松的语气跟岑女士打招呼："您好，我是黎桠。"

岑女士看到门被关上，房间里只剩下她跟黎桠两个人，突然站了起来，双目发出了奇异的光，黎桠一下子变得十分紧张。

"你是黎桠老师？《危情现场》的黎桠？"岑女士似乎带着质疑，从头到脚打量着黎桠。

"对，是我。"黎桠下意识地往沙发深处坐了一下，看了一眼桌上的按钮，打算随时按铃。

打量完黎桠，岑女士的情绪稍微缓和了一点，她的眼睛看着地板，说："黎桠老师，我总看你的节目，你跟屏幕里不太一样，真人好年轻，跟我想象中有落差。"

这是黎桠坐诊以来，听到最多的一句话了，黎桠对此只能报以微笑。

岑女士似乎也并没有在意黎桠的表情，她表达完自己的观点，抬起头，四处巡视了一番，用低沉的声音说："黎桠老师，我有个请求不知道该不该说……"

黎桠说："没关系，您有什么要求都可以告诉我。"

"你能把这个音乐关了吗？"岑女士皱了皱眉，似乎很嫌弃。

现在屋子里播放的是一首非常舒缓的轻音乐，是黎桠为了让谈话的氛围轻松舒适特意设置的，而且音量极低，根本不会影响谈话。但是既然岑女士提出了这样的要求，黎桠也只好把音乐关掉，顿时，整个房间的空气变得冰冷僵硬起来。

"不好意思，黎桠老师，我这些年清静惯了，受不了这些乱七八糟的噪声。”

“音乐可以让人放松，好的旋律也是一种精神按摩，不是乱七八糟的噪声。”黎桠忍不住纠正。

岑女士苦笑了一下，说：“可能每个人的感受不一样，迁就我一下吧。”

“当然，这是属于您的时间。”

岑女士点了点头，低头沉默了片刻，似乎在酝酿一篇隆重的开场白。

黎桠静静地等待岑女士开始，不知道为什么，从岑女士一进门，她就感受到了一种诡异的紧张。

“我看上去挺老的吧？”岑女士试图对黎桠展露笑容，可她笑得非常干瘪，是一种强迫性的肌肉牵动，没有丝毫愉快的意味。黎桠相信，她至少已经有好几年没有真正地笑过了。

“这几年老得特别快，感觉时间很无情，好像一夜之间，就把年轻的状态都收回去了。我尝试了一些保养方法，好像也没什么用。”

“情绪也会影响身体状态，您这些年是不是遇到了烦恼？”

“这些年？确实，我必须要时刻保持警惕，因为不管走到哪里，都会有人害我。”

黎桠说：“害您？怎么说？”

“那些人看我的衣服好看，就跟风去买；看我拿了奖金，就背后嘀咕我；我从她们身边经过，她们会偷偷地议论我。我家常年门窗紧闭，否则那些人就会偷窥我，往我家门口倒垃圾，故意往我身上吐痰，有时候还会从楼上丢啤酒瓶，想砸死我。”

“……这些，都是为什么？”

“嫉妒啊，嫉妒我。”

“……”

“人心都是歹毒的。”

“您跟家人关系也这么紧张吗？”

岑女士没有回答黎榧的话，她看了一眼黎榧手中的杯子，忽然说：“黎榧老师，你有一根头发飘到杯子里了。”

黎榧低头，发现果然有一根头发在她杯口的边缘漂浮着，如果不是岑女士提醒，她此时根本不会注意到如此细节。

“头发上面的细菌很多，如果掉到水里，这水就别喝了，要不然会生病的。”岑女士目光锐利地盯着黎榧手里的杯子。

黎榧有点尴尬，满满一大杯水她只喝了一口，但是岑女士的目光过于尖锐，有种不容抗拒的霸道。她只得去卫生间将水倒掉，然后洗了一下杯子，放在了旁边。

“你只用清水洗了一下吗？你没有消毒液吗？应该消一下毒，那样会放心一点。”岑女士仍旧盯着杯子，见黎榧露出了不快的表情，岑女士退而求其次地说，“如果实在没有消毒水的话，用开水烫一下也可以的，有很多脏东西肉眼看不到，但是不代表它们不存在。细菌无时无刻不存于我们的周围，对我们的健康影响很大，所以一定要注意……”

看来，想要继续话题，杯子是一个关键……黎榧不想再听岑女士对杯子的卫生状况发表言论，于是她把杯子拿到卫生间，用开水烫了一下。

岑女士这才放下心来，松了口气。

原本黎榧想给岑女士倒杯水，现在看来完全没必要，她不是那种在陌生环境里接受别人好意的人。

“刚才说到哪里了？”岑女士问道。

“说到人心歹毒，亲人也不例外。”

“嗯，没错，”岑女士自言自语地说，“我有一儿一女，儿女不是福气，而是祸害。”

黎榧皱紧了眉头，从内心开始排斥这些负面的言论。

从岑女士进门到现在，她提到所有人，都带着憎恶和仇恨，这倒不是不能接受，可是很少有人连自己的儿女都用如此恶毒的言辞来形容，实在令人胆寒。

调整了一下心态，想到自己是职业咨询师，应该摈弃偏见，保持理智和客观，黎柾尽量地克制了自己的情绪，耐心地听岑女士讲述。

“这俩孩子的问题，跟他们的父亲有直接的关系，如果不是那个混蛋男人，孩子又怎么会这么差劲？”

果然没有错，黎柾心里暗想：丈夫也出场了，不出意外，也是个不被欢迎的角色。

“年轻的时候我长得不错，眼界也高，当时还有不少人追求我。”

岑女士回忆起年轻时代，脸上带着一种隐隐的得意。

“可惜我太蠢了，不，因为太顺，追我的人多，甜言蜜语天天伺候着，我就麻痹大意了。我跟老祝认识的时候，他是这帮追求者里条件最差的。精英一般都斗不过无赖，这是个真理。我当初真不知道怎么就猪油蒙了心，放着那么多好人不嫁，偏偏嫁给这个油嘴滑舌的穷光蛋。

“当初我父母不同意这门婚事，我当时就应该听父母的话，世界上要是有后悔药卖，就算倾家荡产我也要买来吃，这样我就用不着每天活在气愤里！这一切都是老祝造成的！”

岑女士越说越激动，先前她维持的平静假象顷刻之间瓦解，她的整个身体甚至都在微微地发抖，她的状态再一次吓到了黎柾，但是黎柾又不敢轻易打断她，当一个人进入激昂亢奋状态的时候，最好让她慢慢冷静下来，凭空制止很容易引发更大的情绪黑洞。

“可我当时又能怎么办？谁让我已经有孕在身，根本没得选择。我走投无路，只能结婚。一旦父母知道我未婚先孕，腿都能给我打断，工作可能也会丢了，最可怕的是名誉，名声没有了，我一辈子都抬不起头来。”

“你当年嫁给他，也不仅仅因为这个原因吧？”

“难道还会有什么其他原因？一个没本事、没脸皮的贱男人，我怎么可能看得上？”岑女士尖刻地说。

黎柾试图驱赶蒙蔽岑女士心灵的仇恨，她慢慢地引导：“我知道您的婚姻不太幸福，但当初能为嫁给他反抗父母，一定是有更深层的原因的。"

"什么原因？"

"当年您一定也是爱着他的。"

岑女士突然哈哈大笑起来："爱？你们年轻人可真够酸的，动不动就爱，我听着这个字，浑身的鸡皮疙瘩都起来了。"

黎桠点了点头，表示理解岑女士这代人对于情感表达的拘谨的。

"黎桠老师，你能给我解释一下吗？你们年轻人整天挂在嘴边的爱，到底是什么？"

黎桠说："一种愿意为对方付出一切的情感吧，我也解释不清。爱是庞大和无私的，不是三言两语可以总结出来的，也不是让人这么排斥的东西。"

"我对他没有爱，只有恨，我恨他！女儿出生后，没有人帮我带孩子，也没有钱请保姆，我只能辞了工作在家里照顾孩子。老祝找了份临时工作，收入很低，全家只能勉强维持生计。我慢慢戒掉了很多过去的爱好，以前我喜欢读书，喜欢看文学杂志，还曾经奢望过写的文章能够发表。但是自从结婚后，我再也没有闲心去看任何东西了，我得生活。

"女儿 2 岁，我又怀孕了，这次是个儿子。在儿子出生前那段时间，老祝像是变了个人一样，突然积极向上起来。我本来以为儿子的出生会让他有所改变，但是狗改不了吃屎，很快我就发现了老祝的问题。我带孩子不方便，表姐从外地来帮我，住在我家里，一来照顾我起居，二来帮我带带孩子。

"表姐的到来帮了我不少忙，那段时间老祝也表现得不错，在家里抢着干活，下了班第一时间回来做饭，我真的没想到他竟然对我表姐起了歹心。有一天我半夜醒来喂奶，忽然听到表姐的房间传出了奇怪的声音，我还以为她是在做噩梦，于是我就披上衣服到了她房间……黎桠老师，你知道我看到了什么？"

黎桠不敢想象，却已经预知到了可怕。

岑女士的头仰向后方，深深地吸了口气。回忆这些不堪的往事真的是非常残酷，黎桠以为岑女士流泪了，但是慢慢地，她仰起的头又收了回来，并缓缓地摇了摇，试图让自己平静下来。很快，她做到了。

“除了管不住裤裆，老祝还迷上了打扑克和喝酒。本来家里收入就不多，他发展的这些“爱好”更是把家底都掏空了。孩子哇哇哭着要吃肉，老人生病了需要钱，生活处处都要开支，但钱都被他花光了。

“我俩从骂战升级到动手，一开始他还有所顾忌，后来吵得多了，人也疲了。有一次我俩打架，我流了很多血，他不带我去医院也不给我包扎，一个人走了。我躺在地上看着血流了一地，旁边的孩子们哭得不成人样。那一刻我真的很绝望，想着干脆死了算了。可是两个孩子呢？我死了，他们怎么办呢？

“我不能把孩子留给这样的父亲，所以我选择了活下去。没关系，不就是流血吗？我可以自己包扎伤口，想我死是很难的。我的心里有恨，据说有恨的人，会有一种很强大的力量，他是击不倒我的！我就是靠着这股仇恨，一直撑到现在……”

岑女士说到这里，脸上突然浮现出了一个诡异的笑，她说：“一直撑到现在……我成功了。”

3

黎桠在岑女士的故事里沦陷，她的情感大半已经完全倾向岑女士这边，她的坚强深深地感染了黎桠，其他人在这样的遭遇面前，别说扛下一切前行，就算是平静面对都太难了。听到“成功”二字，黎桠终于松了口气，不管多么辛苦，总算是见到了一线曙光。

“老祝得到了报应，我的孩子们却没有逃脱厄运。”岑女士清了清嗓子，换了个姿势，故事似乎有了新的转折。

“在我俩打得不可开交的那几年里，我女儿的精神受到了很大的伤害，她很小就早熟，戒备心强，对外界很有敌意。我那段时间精神状态一直很不好，在她成长的关键阶段，也没顾得上管教她，有时候还会拿她撒气，导致她老跟我顶嘴。在一次争吵后，她选择了离家出走，我找遍所有能找的地方也找不到，去学校才知道，她给了老师一张医院的诊断证明，已经几个星期没去上学了。我疯了一样找她，结果，几天后，派出所通知我去领人。”

“派出所？”

“对，她离家出走之后，认识了一群小流氓，有一次跟着他们一起去偷东西打群架，被警察当场抓住。”

黎椏感到无比痛心，因为家长的疏忽，未成年女生竟然走向了可怕的犯罪道路。

“因为是初犯，而且也不是主谋，警察只是嘱咐我加强对她的教育就让我带她回家了。但是从派出所出来之后她整个人都变了，每天饭也不吃、话也不说，学校听说她盗窃被抓后也劝退了她，不用上学后她每天将自己关在房间里不出来，我都不知道她在里面干些什么。

“我开始发愁她的未来，我想让她继续念书，至少也要学一门手艺，否则将来怎么在社会上立足呢？可是她死活不去。我怕她天天在家憋出毛病来，也怕她跟小流氓们再联系，所以把她送到我妈那里去了，她在那边一待就是两年。

“这两年来发生了很多事，有个小流氓找到我家里来，非要见我女儿，他还说要是不让见面，就放火烧房子，谁也没想到，我儿子这时候突然从屋里冲了出来，拿着菜刀就向小流氓身上劈去，我吓得差点昏过去，赶快把人送到医院。

“小流氓缝了二十多针，幸亏那时候我儿子小，只砍到了小流氓的背上，要是砍到重要部位，我都不敢想象会怎么样。我怕那个小流氓报警，就东借西借凑了几千块钱，给小流氓付了医药费，还赔了他一笔钱，估计那个小流氓也有些案底，不敢真的闹到警察那儿去，我们家算是躲过去了这场灾难。谁知道，这是另一场灾难的开始……

“从那天开始，我儿子也走上了歪路。打架、斗殴、偷东西，闯祸成了家常便饭，我整天跟在他后面去给人家赔礼道歉，送人去医院检查，不断地借钱找关系，为他摆平麻烦……黎榧老师，我觉得这两个孩子真是冤孽，上辈子欠他们的，他们这辈子来向我讨债了，包括老祝这个混蛋，一家人都是我的克星，我毁在他们三个手里了……”

岑女士放声大哭，这哭声让黎榧也无法自控，跟着流下了眼泪。

时间嘀嘀嗒嗒地过去了，岑女士的咨询已经超时，她原本只预约了两个小时，但黎榧无法就此结束跟岑女士的对话，白沧海发消息提醒黎榧时间已到，黎榧主动要求帮岑女士免费续时，她是真的为岑女士的经历难过，希望可以帮到她。

岑女士慢慢停止了哭泣，眼神空洞地看着房间的某一处，她让自己逐渐恢复了平静，开始继续后面的讲述。

“幸好老祝得到了报应，几年前一次喝醉酒回家的路上他突发脑出血，因为救治不及时，所以恢复得非常不好。后期他的反应能力开始迟钝，语言和行动能力都在蜕化，他彻底变成了一个废人。报应吧？那双桃花眼再也勾搭不了别人了！”岑女士的脸上露出了一丝复杂的得意，咬牙切齿地回忆着。

“您做了什么？”

岑女士笑起来：“我什么都没做，每天正常过我自己的生活。”换言之，她完全没有照顾老祝，可想而知老祝如今的生存状况。

黎榧听不下去了，她打断了岑女士：“我在您经历过这么多之后，硬要说让您学会放下和原谅，可能有点无力。但是祝先生真的已经得到了惩罚，糟糕的身体状况已经让他很痛苦了，您在他生病的时候这样做有点太残忍了。”

“恶的人永远是恶的，不管他是处于什么样的情况下，只要有作恶机会，他就一定不会放过。他行动不方便了，但是他的心仍旧那么坏。你知道吗？他偷偷往我的饭碗里吐口水，给我杯子里放泻药！这还是我发现了的，谁知道他还做了什么……”

听着已经完全被仇恨吞噬的岑女士一字一句、声嘶力竭的“诅咒”，黎桠只觉得眼前昏暗、呼吸不畅。她蓦地起身走到吧台的位置，想喝杯水，却觉得嗓子里冒着虚火，她有点渴望此刻有一扇窗户，推开就可以把满屋子的戾气释放掉，这个房间里此时此刻布满了憎恶，几乎把所有的安谧和美好都赶走了。

发现黎桠脸色铁青，身体僵硬，双手发抖，岑女士不解地问：“黎桠老师，你怎么了？”

“我没什么……”黎桠艰难地说，她觉得自己的整个身体像被灌注了水泥一样沉重，连说话的声音都极其微弱，似乎再没力气支撑体面。

岑女士看到黎桠的样子显得有点厌烦，她似乎回复了平静，站起来说：“时间不早了，我该回家了。”

黎桠一句话都说不出来。

岑女士面色冷淡的脸上带着一种恶毒的得意感：“人，只要有坚强的信念，就没有做不到的事。跟命运斗，心要狠、意志要坚定、目标要明确。你刚才说的对，不满意自己的生活，也不能怨天尤人，更不能低头服输，要斗到底，熬死所有的恶人，我就是最终的胜利者。”

黎桠被岑女士说到哑口无言。

4

岑女士临走的时候问：“今天确定只收两小时的咨询费是吧，后面是免费续时的？这可是你们主动要免费的，多了我可支付不起。”

刚要出门，她又返回来，用关切的语气说：“对了，黎桠老师，作为一个过来人，我得提醒你一句，所有入口的东西，不管是食物还是碗筷，哪怕只是一个吸管，只要离开过你的视线，都不要轻易信任。”

黎桠一抬头，正好看到岑女士一半身子在外，阴影密布在她脸上。昏暗的光线下，这张棱角分明的脸显得那么可怖，让黎桠胃里一阵一阵地翻起不愉快的浪，她无法起身，无法动弹，整个人像是被重物击打后那样无力。

岑女士似乎编织了一张巨大而骇人的网，上面沾满了血腥的痕迹。她再也无法忍受这一切了。然而，岑女士还是没有放过她。

“黎樾老师，跟你聊天很愉快，还给我免了那么多钱。其实我还有很多的秘密没告诉你，今天时间太仓促了，又是初次见面，等我们熟了，我会把更多的事情都告诉你。要知道，这些事情憋在我心里几十年，都发霉了，如果不找个地方宣泄出来，它们会像病毒一样侵蚀我的心脏，那滋味可不好受……”

黎樾看着站在门口喋喋不休的岑女士，她就像是用嘴唇发射着浸过毒的刀片，一片片地向自己飞过来。黎樾躲闪不及，也无力抵抗，只能任凭刀片落在自己的身上，凌迟一般。岑女士的每一句话都钻到了黎樾的毛孔中，最终入侵体内。

岑女士如愿发泄出来了，但与此同时却也把罪恶的种子播种在了黎樾的身上。这不公平，恶的能量太大，几乎把黎樾打倒，不，她不能被打倒，她要反抗……黎樾遏制住身体的强大反应，挣扎着站了起来，伸手按了铃。助理听到铃声立刻跑了过来，看到当下的场景，立刻被吓住了，一时间进退两难，不知所措。

“黎樾老师，您怎么了？”

岑女士看到助理到来，立刻停止了诉说，整个状态也恢复了刚来时候的平静无澜，看上去无懈可击。她用傲慢的眼神看了助理一眼，说：“黎樾老师说了，除了初始的两个小时，后面的时间都是免费的，是吧，黎樾老师？”

“哦，好的。”助理看向黎樾，看到她点了点头才确定。

“今天就先到这里，下次帮我换个专家吧，黎樾老师有点不专业，而且她的身体状况好像也不是很好。你看，我只是随便跟她聊聊，都还没提出具体的帮助请求，她都已经支撑不住了，这怎么行呢？我见过不少心理医生，像她这样的心理素质，根本不合格，还收费那么贵……”

“抱歉，没能让您满意……”助理连忙跟岑女士道歉，岑女士厌烦地看了助理一眼，又回头看了黎桠一眼，似乎还有什么话想说，但终究没说出口，快步离开了。

岑女士走后，白沧海走了进来，一眼就看到黎桠脸色苍白地坐在沙发上。

“黎桠，你怎么了？脸色怎么这么差？”看到黎桠反常的状态，白沧海紧张地问。

黎桠一句话都说不出来，只觉得胸口憋着一团火，烧得她内心无比难过。白沧海的问候似乎跟她不在一个世界里，虽然岑女士已经离开，但她却始终没从岑女士的邪恶里跋涉出来。

白沧海的脸虽然就在她面前晃，可她就是觉得触摸不到。她无法确定自己现在是否在一个正常的世界里，她很想抓住点什么，取得一点依靠和温暖，但是真的是浑身乏力，也不知道哪里来的一股冲动，她突然放声大哭起来。

白沧海被黎桠吓坏了，他急忙说：“你到底怎么了？快告诉我啊！”

虽然黎桠双手捂着脸，但是白沧海依旧可以感受到她此刻流淌过脸颊的泪水，白沧海此刻有些不知所措，在他看来黎桠一直是一个理智、冷静、沉稳的人，她总有本事不动声色，又全情投入。但她现在的这种表现完全就是一个濒临崩溃的女孩，让他心里升起一阵保护欲。一开始，白沧海对她只是尊重加欣赏；此刻，他突然觉得自己是个男人，而自己面对的是一个受伤的女人。他很想把她抱在怀里，但是他的理智又一直站在旁边提醒自己：不要唐突，不要冒犯……他无措又失态，为自己的无能为力感到难过。

黎桠哭了一会儿，情绪已经稍微平静了，看到不知所措的白沧海，有点不好意思。她擦了擦眼泪说：“对不起，我太失态了。”

“你到底怎么了，黎桠，能告诉我吗？是不是刚才那个人伤害你了？”白沧海问。

黎桠摇摇头说：“没有，是我自己的问题。刚才有一阵，我抵达了情绪的临界点，好像无法自控……真不好意思，我是不是哭得很难看？”

“当然不，”白沧海几乎脱口而出，“我觉得你是个很感性的人，比我想象中更感性。”

5

黎桠站了起来，走到卫生间，洗了洗脸，在镜子里看到自己面色不佳的脸，她觉得刚才自己的状态实在是太可怕了，尤其是面对白沧海。上次催眠时，自己已经失控过一次，这次又是如此，她觉得格外不好意思，深呼吸了几口气，才试图以好的精神面貌从卫生间走出来。

洗手间外的白沧海，表情凝重地站在黎桠面前，非常严肃地看着她。

“对不起，黎桠。”

“对不起？”

“我不该安排这个人给你，本来为她安排的是吴博士，但是她指名要找你做咨询，还说只是谈谈心，我也就疏忽了。我说过要保护你的，这种危险的客户真不该随意地推给你，她需要的是更专业的心理辅导，你现在的状况都是我的疏忽造成的，我觉得很内疚……”

“不。不是这么回事……”黎桠看到白沧海如此自责，更加尴尬，这当然不是他的错，“今天只是一个意外，其实她没做什么，只是带来了一种很邪恶的能量——一种十分具有毁灭性的怨恨，而恰好我被这种能量给击中了。她有一句话说得很对，我情绪如此不稳定，太不专业了。”

“黎桠，不要自责。你知道吗？某一类病人有一种变态的心理，他们会故意破坏周围的平衡，挑衅权威、抨击秩序、扰乱人心，以寻求病态的刺激，你是不小心中了圈套。这种障碍人格，只有那种非常资深的心理治疗师能够驾驭。总之，以后我会更严格地对你所接待的患者做出筛选，再也不会让这种人接近你。”

黎桠难过地说：“我觉得自己很失败……”

“这不是你的问题，是我的问题，我有责任保护你。”

白沧海冲口而出的话，令黎桠心里涌起一阵暖意，眼泪又掉了下来。

白沧海继续说：“当时是我极力邀请你加盟，我要对你负责任，如果你因此受伤害，我宁愿你退出。”

黎桠领了白沧海的好意，又不知道该说什么。白沧海再三保证，不会再把有严重心理疾病的人安排给她，尤其是年纪大的咨询者。

黎桠发现了一个奇怪的现象，来咨询的中年人比年轻人更可怕，他们看起来平静无澜、稳定持重，但实际上是将内心的阴暗隐藏得更深了。他们承载了岁月的积淀，爱和恨更加地深刻，他们看待问题的角度、对生活的理解有时候是令黎桠无法接受和招架的。

以前黎桠所接触到的中老年人只有自己慈爱的父母，他们睿智、平和、健康、宽厚，黎桠总以为所有的中老年人都是这样的。而现在她所要面对的，是形形色色的人，且大多带着缺陷而来，就像携带着暗器的刺客，她需要掌握更高强的武功才能应敌。这对于未满30岁、内心柔软，还没有太多人生阅历的黎桠来说，确实有点吃力。

白沧海把黎桠送到她父母家的楼下，再一次跟黎桠道歉：“今天的事，都是我的错，你回家一定要好好休息，我的电话24小时为你开机，有任何问题随时给我打电话。”

黎桠点点头说：“放心好了，我在爸妈家里住的这段时间，过得别提多自在了。我有什么烦恼，一看到他们全都烟消云散了，你不用这么担心我。”

“有件事，我一直想问你，但是不知道怎么开口。”白沧海吞吞吐吐地说。

黎桠问：“什么事？”

“你怎么会突然搬回父母家住？是跟男朋友吵架了吗？”

黎椏说："回父母家是临时决定。上次催眠之后，不知道怎么了，我特别想念他们，想跟他们一起生活一段时间。以前我对他们的关注太少了，这次回家才发现，他们其实很孤独，我想多陪陪他们。"

"情感也需要呵护，父母年纪大了是要多陪陪，你很有孝心。"

"以前总盼着独立，标榜个性，现在才觉得在父母身边好幸福，永远可以当小孩子。"

"是啊，我自从回国后，就被我爸妈当婴儿一样照顾，饭来张口、衣来伸手，当初在国外锻炼出的那些生活技能全部退化了。"

"那也是幸福的退化，你今天享受的一切，是多少人梦寐以求的福气。"

"是啊，很幸运我们都还被宠爱着。"白沧海满脸笑意地看着黎椏，又试探性地问了一句，"真的不是因为我的原因而跟男朋友吵架了？"

黎椏说："当然不是。不要胡思乱想。"

"如果是这样我真是身负重罪，在你面前抬不起头了。"

"苏霏最近又帮你介绍女朋友了吗？"黎椏试图换一个轻松的话题，问道。

"她还真的为我介绍了几个，不过依然还是走意外路线，我真的很佩服她的精力，昨天直播完，她忽然打电话给我，说有一个不错的当事人，要介绍我们两个认识。"

"当事人？"

"是啊。那个女孩拨打了节目的热线电话，说自己得了重度孤独症，想找个人帮她解决孤独。苏霏觉得找我最合适，于是立刻介绍给我，说我不但能脱单，还能帮她做心理治疗。我平时天天跟障碍人格打交道，本来就怀疑这世界上是否还存在正常人，苏霏还给我安排这些女孩来考验我。"

黎椏"咯咯咯"地笑起来。

"看到你笑，我就放心了，我真怕把你刺激出什么问题来。"

"能有什么问题？"

“上次催眠时，我意外发现你内心潜藏了一个秘密，它很脆弱，只是被你习惯性地用平静掩盖了，一旦有合适的土壤，这种脆弱就会像复仇一样加倍涌出——今天下午真是把我给吓坏了。”

“我内心深处隐藏的秘密到底是什么呢？”

“我能帮你发现问题的存在，却没有进一步的处理方法。”

“感谢那次催眠，否则我连这个秘密的存在都不知道。我的童年到底经历过什么？为什么我爸妈如此讳莫如深呢？”

“你跟你父母谈过这个话题了？”

“我只是简单地提了一下，发现他们的表情有点奇怪，我便没有追问，想等以后有合适的机会再说。其实比起向父母询问，我更希望自己找到答案。”

“我全力支持你。”

“等忙完这段时间，我想再做一次催眠，这次一定要找个绝对不会被干扰的环境。”

“好，这一次我一定会准备充分，竭尽全力营造一个更加安全的空间，助你去寻找白光里的秘密。”

黎桠特别开心地笑了。

白沧海说：“时间不早了，你该上楼了，否则你爸妈该担心了，住在父母家，跟在自己家里毕竟不一样。”

黎桠说：“那就这样，今天的不愉快到此结束，一起忘记它吧。”

白沧海说：“好，一起忘记。”

6

两个人虽然道了别，也没什么再说的话了，但是谁都没有转身离开的意思。月光照在两个人身上，温柔地等待着他们。

就这样沉默了一阵，两人都有点尴尬，黎桠率先开口说道：“你回去吧，我马上上楼。”

“我看着你上楼，这样心里才能放心一些。”

“我想看你离开再上去。”

“不，还是你安全到家，我再走。”

两人互相推诿了一会儿，白沧海突然笑起来。

“笑什么？”

“我突然想起偶像剧里好像很多这样的桥段，男女主角依依不舍，总是无法告别。”

黎桠“啊”了一声，决定结束这种不太合适的暧昧气氛，她立刻转身向楼内走去。

“黎桠。”白沧海喊了一声。

黎桠没敢回头，心却狂跳起来。

“晚安。”白沧海的声音在夜色中升起，黎桠高兴地笑着，她暗想：等到家之后再跟他说晚安。于是，她脚步轻快地上楼，进家门，冲进房间，推开窗户，想看看他是否还在。

一眼望去，楼下空无一人。想到他已经走了，黎桠心里竟有点失落，就在她伸手要关上窗户的时候，白沧海突然出现在她的视线中，还向她挥手打招呼说：“嗨！我看到你了！”

黎桠顿时感觉脸红心跳，她向他挥了挥手说：“你怎么还没走？”

“说好了要看你安全到家的。”

“再见！”

说完再见，黎桠迅速地关上了窗户，好久好久，她都没有离开窗边。欣喜若狂的感觉她多久没有体验了？这感觉实在来得太真实了，真实到无法隐藏。如果说之前她隐隐对白沧海有过几次动心的闪念，此刻的感受应该已经坐实。

上一次体验这种让人眩晕的激动是什么时候？她不记得了，血液加速、心跳紊乱、面红耳赤……多么奇妙的身体反应，似乎只在懵懂的学生时代发生过。成年之后，她以为自己已经丧失了年少的冲动，却没有想到，这种感觉毫无预告地卷土重来。

她想起白沧海的话，她善于隐藏情绪，一旦有合适的土壤，被隐藏的情绪就会加倍涌来，如复仇一般。洛宁没给过她的感受，竟然在白沧海这里找到了。

可是……黎桠摇了摇头，理智又来了。他们是两个星球的人，白沧海健康乐观，她却敏感阴沉。他适合更简单、更单纯的人，而她，她能带给他什么呢？想到这里，她竟然为自己的无能难过了起来。

“桠桠，你怎么了？”正在黎桠左思右想的关头，黎桠的母亲不知道什么时候走了过来，她看到黎桠神色异样，觉得有点奇怪。

黎桠连忙离开窗边，说：“没什么。”

母亲很好奇地向窗外看了一眼，问：“楼下那个男孩是谁？”

什么？！白沧海还在楼下？

黎桠的心又一下子提到了嗓子眼，她冲到窗口向楼下望去。

月光下，白沧海依旧站在那里，仰头看着她，脸上挂着招牌式的笑容。原来他根本没走，一直站在原地。黎桠内心所有的禁锢，在这一刻全部瓦解。

“这男孩是谁？”母亲再一次发出疑问。

黎桠觉得无地自容，她的慌乱和失态全都被母亲看到了。

“妈，他就是白沧海。”

“啊，我说怎么眼熟，节目里跟你坐在一起的那个男孩吧。”

黎桠点点头，感觉双颊发烫。

“他怎么在楼下站着，你请他到家里来坐坐啊？”

黎桠说：“妈……”

母亲说完，对着楼下的白沧海说：“上来喝杯茶啊，小白？”

“妈，你……”

还没等黎桠反对，楼下的白沧海热烈地响应道：“阿姨，我这就上去。”

母亲笑着看了看黎桠，转身去客厅泡茶了。

几分钟后，门铃响，白沧海竟然真的上来了。

白沧海莫名其妙地来到家里做客，跟黎椏的父母热火朝天地聊了起来。

黎椏则像个心怀鬼胎的小孩一样躲在一边一言不发，只静静地听着他们的谈话。黎椏不知道原来白沧海是个如此健谈的人，尤其想不到他能跟长辈有如此多的共同话题。从心理诊所谈到美国治安；从节目直播谈到敦煌的文物古迹；从城市规划到动物保护；从数字货币谈到墨菲定律。

白沧海甚至还帮黎椏的父亲清理了手机内存，黎父抱怨手机的拍照功能坏了，白沧海检查发现，原来是照片太多，手机的存储空间不够了。他清理完内存后，又帮黎父注册了网盘，还耐心地教会他如何使用……白沧海与她父母其乐融融的场面令黎椏动容，她坐在旁边时而笑时而沉默，这种既温暖又热闹的氛围令黎椏十分享受。

时间过得飞快，转眼已经是深夜。要不是白沧海看了眼墙上的挂钟，众人都没有察觉已经是深夜十一点多了。白沧海连连道歉，觉得自己不够礼貌，打扰了老人的休息，黎椏父母却丝毫不介意，在白沧海离开之前还邀请他周末来家里吃饭，白沧海愉快地答应了。

黎椏将白沧海送到楼下，对他说："这次你是真的走了吧？"

"是的，再晚点回家，恐怕我妈要'绑架'你去我家做客了。"

漆黑夜色里，黎椏看着白沧海神采奕奕的笑容，感动非常。那一瞬间，她甚至觉得有点委屈，与洛宁在一起那么久，她从来没有体会过今晚这样平静祥和的生活。她发现今夜过后，自己对白沧海已经有了更多的情感依赖，不仅是信任，还有渴望。

她拿出了手机，里面空荡荡的，没有任何消息。明明前一秒还在幸福中的黎椏，顿时难过了起来。她潜意识里似乎盼望着什么，而心已经不可避免地完全"背叛"了。

残存的理智一直在提醒她：即使再渴望重新开始，也要先把过去彻底解决。控制自己，现在不是放任多情的时候。

这天夜里，黎桠失眠了，在床上翻来覆去地回忆着白天发生的一切。“复仇女神”岑女士的诅咒；夜色中白沧海的停留；父母彼此之间交换的怪异眼神……所有的片段都如幻影般重叠交错，最终钻入黎桠的梦中。

直到快天亮，黎桠才昏昏沉沉入睡，短暂的梦境中却布满凶险：她梦到自己赤脚奔跑在被冰雪覆盖的荒郊野外，四周是空无一人的萧瑟景象，身后跟着不知目的的追杀者。她翻山越岭努力逃亡，弄得自己浑身上下满是伤痕。

远处的天边有一条彩色的河，黎桠向着那绚烂的方向奔去。忽然，她感到脚下变得轻盈，身体不由自主地飞了起来。就在她已经十分接近彩色河流时，天空却骤然变黑，似一张巨口吞噬了整个世界。

黎桠落入无边黑暗后，感受到自己正在迅速地坠落，接着，她看到了一幅异常熟悉而骇人的场景——逼仄的黑暗中，有无数人影在移动，各种各样的腿交错出现，世界逐渐恢复了喧闹，叫卖声、脚步声、车辆行人密密麻麻的噪声流淌着。而她置身在一个封闭的空间，这到底是哪里，为什么她会在这里，还没等她找到答案，一道白光乍现，她猛然醒来。

浑身是汗。

第十章

坚守善良的代价

倾诉者自述：

“从小父母教育我要正直、善良，我全都照做了。后来却发现根本没有人这么做，我一个人在这里坚守善良显得很可笑。”——苹果脸女孩

1

洛宁躺在床上许久，却怎么也睡不着。

伴随着香烟吞吐而出的缭绕烟气，洛宁用蓝牙音响播放了一首轻柔舒缓的音乐，想借此为自己助眠。但遗憾的是，睡神似乎今夜并不眷顾他，无论他如何呼唤，都不肯来。要知道，洛宁从前是个几乎沾着枕头就能入睡的人，甚至连梦都很少做，即使发生天大的事都不会影响他睡觉。

自从黎桠离开，失眠成了洛宁的家常便饭，不知道是不是他命犯太岁，抑或是流年不利，他身边接连不断地发生坏事。洛宁一向自诩命好，一路到今日，从来都是顺风顺水，堪称是将命运掌握在自己手中的幸运儿，可如今他似乎已经将好运用尽。

先是林嘉嘉忽然和他翻脸；接着黎桠拒绝了他的求婚，非但如此，还直接宣告恋情结束。曾经选择权在他手里，如今他却被两方抛弃。

洛宁越想越生气，但也意识到了问题的严重性，这次自己和黎桠之间的矛盾不再是一次简单的“吵架”。

以前两人也吵过架、冷过战，但那时的黎榧无非就是别扭几天便恢复如初，正是过往的经历令洛宁轻慢了。这次黎榧不仅将他们二人之间的问题彻底摊开到明面上来，而且态度非常消极，似乎已经不愿妥协。

那天，洛宁赌气离开，本以为像往常一样让黎榧冷静一下就好，他甚至第二天回家时还带着一股怒火，没想到黎榧竟然离开了。

电脑不见了，手机不见了，连她最喜欢的发箍都不见了。

黎榧离家出走了。

一开始，洛宁一心想着跟黎榧赌气，对于她的离开决定采取冷处理。他觉得自己没什么大的过错，是黎榧自己出了问题，等她想通了就会回来。没想到如今已经过去大半个月了，黎榧竟然真的一点消息都没有，这是真的不打算回来了？就算是真的分手，也得面对面结束吧？

房子是黎榧的，如果分手了，洛宁就得搬走，这是一个棘手的问题，很现实，也很残酷。

在市中心的繁华街道，一套有落地窗的大三居，洛宁衣食无忧、心安理得地住了两年多，现在要卷起铺盖走人，他怎么会愿意。偌大的城市，自己要像个仓鼠一样被中介带着到处看房，开始每月定时交房租、水电、网费、物业费的生活，没准独立租房还有困难，需要跟人合租……

想到这里，洛宁就无法潇洒，他没有工作、没有存款、没有住处，甚至没什么靠谱的朋友，能够活得这么轻松，完全靠黎榧的荫庇。

洛宁从没正经投资过什么项目，黎榧也从没给他压力，反而时不时资助他的“事业”，这几年日子过得太舒适，他只顾着吃喝玩乐、游戏人间，平常随手打赏一下小主播，还铤而走险谈了个小恋爱，再也找不到比这更美好的人生了。

难道说美好的事物都有期限，他的好运用光了？

分手意味着结束这一切唾手可得的美好，除了搬离市中心，还要考虑以后的谋生手段，他现在三十多岁，履历栏却一片空白，要冲进职场去跟年轻人抢饭碗吗？

不行，不能分手。虽然他并不爱黎椏，但黎椏确实是他的最佳选择。

她家境优越，自身条件也不错，虽然性格有点敏感，但无伤大雅，再加上她一夜成名，财富成倍地翻滚，前途不可估量。黎椏就是他手头上最好的投资项目，让他在滚滚红利面前撤资？不可能。

洛宁不禁后悔自己那天的任性，白沧海算得了什么，只要他占据男朋友这个位置，别人就上不了位，他现在主动撤出，简直就是把黎椏这块“大肥肉”拱手让人。

但是即使想得这么明白了，面对黎椏的决绝和冷漠，洛宁还是拉不下脸面去主动求和。于是他打定主意在家里等她回来，只要她回来了，就说明两人之间还有希望。他到时候一定想方设法将黎椏哄好，让之前的一切争吵都过去。虽然洛宁没在黎椏身上花过太多心思，但哄女人他还算是行家，他有信心让她回心转意，关系继续。

2

这天凌晨，洛宁的手机突然响了起来，他“腾”地一下坐了起来，嘴边浮现出得意的微笑，黎椏终于熬不住了吧？他拼命提醒自己要稳住，千万别服软，姿态得在。他整理好状态，拿起手机，用不紧不慢的声音接通了电话。

“喂。”

“哥，我可找到你了！”

手机另一边传来了一个异常熟悉的女孩声，洛宁吓了一跳，看了一下号码，却发现很陌生。怎么回事？来电的竟然是妹妹洛小鸥？

洛宁看了看手机上显示的时间，现在已经是夜里 2 点多，小鸥怎么会忽然给他打电话，难道家里出了什么意外？

“小鸥？怎么这么晚给我打电话？”

“我白天找你一天了，你手机一直打不通，我都急死了！”

“手机没信号？”洛宁有点奇怪，但也有点小窃喜，黎桠也许联系过他，这个念头仅仅一闪，就被他否定了。

“要是再联系不到你，我都打算直接坐火车去找你了！”

“你找我到底什么事？不好好在老家念书，跑来找我干什么？再说了，你知道地址？”

“我跟黎桠要的！”

“黎桠？你跟她联系过？”

“对啊，我今天白天找不到你的时候，突然想起来你以前用黎桠的电话给我发过消息，幸好那个信息我一直留着，于是我就拨通了那个电话，黎桠是你女朋友吧？声音挺好听的，她把地址和电话都给我了。”

“哦……她没说别的什么吗？”

“没有啊，怎么了？”

“到底发生了什么事？你能不能赶快告诉我！”洛宁烦躁地问。

“你那么凶干吗？我最近遇到点麻烦，得避避风声，打算明天坐火车去找你，你得安排我吃住啊。”

“你借高利贷了？”

“你才借高利贷了呢，什么乱七八糟的，不是你想的那种，到了我再跟你解释。你赶紧帮我订票，我行李都收拾好了，就等出发了，订好发给我啊，别让爸妈知道，到时候你在火车站接我。明天见，我亲爱的哥哥！”

洛宁还想问个究竟，洛小鸥已经把电话挂了，他实在对这个妹妹没有办法，她从小就是风风火火、没头没脑的个性，夸张是她的风格，估计就是想偷偷跑出来玩几天。

洛宁只有这一个妹妹，今年刚满19岁，平日里两人虽然不经常见面，也很少联系，但是他对妹妹的感情还是很深的。想想自己最近心烦意乱，洛小鸥的到来未必是件坏事。

想想黎桠真是够狠的，小鸥找她，不是正好给了她一个绝好的台阶吗？她竟然没有主动和自己联系。

洛宁点开黎樞的微信朋友圈，想看看她最近的状态，却发现自从那天离开家，她一直再没更新过。

3

经历了岑女士一事，黎樞大概休息了三五天，就主动要求白沧海给她安排新的咨询客户了。

白沧海对此还是有点担心，但黎樞表示自己已经调整好了状态，可以马上开工。白沧海再三确认，黎樞也再三保证，出于对黎樞的尊重和信任，他只好给黎樞安排了工作。

白沧海在预约的客户中筛选了一个年轻的女孩，她想咨询“感情问题”，资料中的她看起来完全无害，应该可以放心交给黎樞。

就这样，一个苹果脸的女孩走进了黎樞的房间。

苹果脸女孩看起来很明媚，但眉目间又有愁云，确实一看就是一株无害的植物，没有任何攻击性。谈话还没开始，黎樞就对眼前的女孩产生了一种自然的好感，并预感这应该是一次比较愉快的交谈。

“黎樞老师，很高兴能见到你。你真年轻。”女孩由衷地说。

黎樞笑了笑，问：“你遇到什么问题了吗？”

女孩听了黎樞的话，一下子就沮丧了起来，鼓鼓的脸上堆满不开心。

黎樞说：“要喝点什么吗？”

“有冰水吗？”女孩问。

黎樞点了点头，房间里小型的冰箱中各种饮料应有尽有，她取了一瓶冰矿泉水递给女孩。

女孩接了水，非常礼貌地说：“谢谢你，黎樞老师。”

就在这时，黎樞的手机响了，来电显示是洛宁的号码，黎樞下意识地把电话挂了。第一，现在是工作时间，她不接私人电话。第二，现在两人关系紧张，她也不想接洛宁的电话。

但是即便如此，黎桠的心还是被这通电话搅乱了，犹豫再三，她选择将手机直接关机。

苹果脸女孩在旁边看到了这一切，很善解人意地说："黎桠老师，你有事的话可以先接电话，不方便我在外面等一下。"

黎桠说："不，是对方打错了。"边说边把手机放到了一旁。

女孩这才点了点头说："我不希望因为我而耽误了你自己的事情。"

"你是个善良的姑娘。"

女孩笑了笑说："我也这么觉得，不过……黎桠老师，你觉得善良有好处吗？"

黎桠说："当然，与人为善、利他利己，当然快乐。"

女孩说："我不这么觉得。"

"嗯？"

"我今天想跟你讨论的，就是这个问题。可以开始了吗？"

"当然。"

"我自觉自己是个好人，但我一点都不为此开心。有时候，因为乐于助人，反而给我自己造成很多的困扰，别人都事不关己高高挂起，只有我不断给自己惹麻烦。"

"你在帮助别人的过程中遇到过什么麻烦吗？"

女孩说："太多了。我随便举个例子吧，每次走在街上，看到可怜的乞讨者，我都会忍不住给他们捐钱。其实我没有多少闲钱，我刚参加工作不久，没什么积蓄，有时候到了月底，存款可能只剩几十、一百的样子。我很想帮助全天下需要帮助的人，但是能力有限，我只能给他们一块、两块，这点钱解决不了他们的困难，但就这么置之不理我又过意不去。"

"我也会给，这是善举，你不该为此烦恼。"

"可是……那些人看上去都挺年轻的，他们为什么不能靠自己的双手去劳动，去获得报酬呢？住我家隔壁的大爷，都六十多了，还在小区门口帮人理发呢。我觉得这些人基本上都是骗子，听说这帮人都很有钱的，白天化上妆乞讨，晚上脸一洗在家里数钱，收入跟白领差不多。”

黎樞笑了笑：“可能会有这种情况。”

女孩说：“所以这就很矛盾，我直觉他们是骗子，但每次遇到又过不了自己同情心那一关，给了觉得是受骗，不给却又自责，你看，这不是烦恼吗？”

“如果决定给，就不用怀疑，也不必求回报，良心安宁就好。”

“我经常观察路上的行人，很多人真的很厉害，无论那些乞丐怎么哭天喊地，他们都能做到完全无视。我很羡慕他们，甚至想要请教这些人是怎么修炼成的。”

黎樞说：“比起那些冷漠的人，我更喜欢有同情心的你。”

“我也喜欢有同情心的人，但这种人真的好少。”圆脸女孩叹口气，“去年我相亲遇到了一个男人，各方面条件都很好，我对他特别满意。有一次他开车接我去餐厅吃饭，在路口等红绿灯的时候，一个老奶奶在车窗外乞讨，他看了一眼，特别嫌弃地把车窗给关上了。那个老奶奶年纪很大了，走路都走不稳，他怎么那么残忍？”

“也许以前受过骗，戒备心强。”

“即使如此就能泯灭基本的人性吗？任何一个人看到那么年迈的老人，都不应该露出那种冷漠的表情，我当时心里特别难受。”

“你跟他谈过这件事吗？”

“没有。我跟我的几个朋友说过这件事，她们都觉得是我太敏感，找对象看的应该是收入和家庭条件，给不给老奶奶钱这种事，她们觉得无所谓。”

“每个人的择偶标准都不一样。”

“黎樞老师，你最看重的择偶条件是哪一方面呢？”女孩突然很好奇地问，“你应该结婚了吧？”

黎樞不好意思地说：“我还没结婚。”

“你没结婚？”女孩瞪大眼睛，不敢相信地看着黎樞，“你帮那么多人调解家庭纠纷，我以为你肯定是婚姻美满的人生赢家呢。”

黎桠脸有点红。

“这么看来，你就更了不起了……你是靠什么来帮助别人处理问题的呢？尤其是那些闹离婚的……”

“局外人可能更容易站在客观的立场上分析问题，也许当未来我进入自己的婚姻后，也会遇到解不开的困惑，也需要向外界求助。”

“你说的对，人的身份一旦改变了，思考问题的角度也就跟着变了。我每天都看你们的节目，有时候会怀疑那些狗血的故事都是有剧本的。”

“大部分都是真实求助者，我们是在认真地帮人解决难题。”

“我绝对相信你，黎桠老师，我觉得你特别善良，也很感性。你能为当事人流泪，跟着当事人愤怒，只有你是真的投入感情的。这一点其他的专家就做不到，他们只是将这些当成工作对待，态度都是冷冰冰的，有一种高人一等的冷漠。所以当我知道你在这间心理诊所，就立刻来预约了，我想跟你见一面，黎桠老师，我特别喜欢你，我相信你肯定能帮我解决心里的烦恼。”

黎桠被苹果脸女孩的坦率感动，从第一眼看到对方，黎桠就觉得这是一个很可爱的人。但是生活不会对“可爱”格外开恩，她一样会遇到不顺心的事，复杂的人有转换思考方式的能力，简单的人则需要外力帮助，黎桠非常愿意倾听她的烦恼，希望可以用自己浅薄的人生经验给她一些建议和启发，黎桠希望善良的人都能得到快乐。

“黎桠老师，我说说我的故事吧。我从小就很调皮，虽然成绩还可以，但很多家长还是怕我把他们的孩子带坏了，因此禁止他们和我来往。其实他们根本不了解自己的孩子，太低估小孩的心智了。

“那时候我有个关系很好的同学，叫她小翠吧。她热衷于扮演好学生，所有人都以为她很乖巧，只有我知道她的真面目。她总是把我当傻瓜，表面跟我是朋友，背地里却总是利用我，做了错事都让我背锅，我当她是朋友，一些小事我也就不跟她计较了，但是之后发生了一件很气人的事。”

“发生了什么？”

“她和男同学在学校后面的公园约会被发现，却说是帮我转交情书，把这件事赖到我头上。”虽然已经是年月已久的往事，女孩依旧耿耿于怀，“她妈妈不分青红皂白，跑到我家里去告状；我妈也不分辨是非，劈头盖脸就责骂我。”

“你没有解释吗？”

“解释了啊，但大人都相信她，只因为她是乖宝宝、好学生。而我呢，成天就会疯玩，所以坏事都是我做的。”

“成年人也有糊涂的时候。”

“这些年我也交往了不少朋友，奇了怪了，他们无一不是利用我。相比之下，小翠只是小儿科，张敏才是最过分的。”

“张敏是你另一个朋友吗？”

“对，张敏长得很漂亮，但她喜欢偷东西。”

“偷东西？”黎桠一下子联想到了之前发邮件给她的玛尔妮。

“她也不是缺钱，更多的是为了满足自己的癖好吧。有次在超市，她偷了一盒曲别针，被当场抓住。你知道她当时是怎么做的吗？她居然把我扔在那里，自己逃跑了。我被超市当成同伙扣住，说张敏不回来就不放我走，我就这样被扣了五六个小时，为了早点回家，我帮她付了钱，超市的工作人员看我很可怜，也就没报警。

“后来我见到她，问她为什么置我的安危于不顾，她竟然理直气壮地说我们是好朋友，我替她受点委屈是应该的，还嫌我跑得慢。”

“因为你的善良，你经常成为被朋友们利用的工具。”黎桠总结。

女孩说：“这些年，我身边的朋友没有一个是真心对我好的。陷害我的、在背后讲我是非的、拿我当傻瓜的、借钱不还的……简直不计其数。如果只是一两个，可能是我遇人不淑，但这么多人都这样对我，不禁让我怀疑，是不是我自己有问题？是我太天真、太蠢？还是我长了一张被人利用的脸？”

“可能是你对外界没有防备心，低估了人心的险恶。”

“是的，我对他人的预设都是好的，直到被刺伤。”

“后来呢？这些年情况好点了吗？”

女孩摇摇头说：“受伤多了，对人也有了提防，不能像以前那样敞开心扉交朋友了。这些年，我的朋友越来越少，很多时候宁愿一个人孤独，也不想被别人当傻瓜。”

“你有没有尝试换换圈子，或者在交往的时候划定一些界限？”

“太复杂了，好累。为什么生活不能简单点呢？”女孩沮丧地说，“从小父母教育我要正直、善良，我全都照做了。后来却发现根本没有人这么做，我一个人在这里坚守善良显得很可笑。”

黎桠十分同情苹果脸女孩的遭遇。

4

“一年前的一个傍晚，我走在回家的路上，看到了一个抱着吉他坐在路边的人，当时他的样子真的很可怜。我经过他身边，发现他很年轻，脸色苍白，好像很多天都没有睡觉，又好像是生病了。我问他怎么了，他跟我说，他到这座城市里来谋生，但一直赚不到钱，也没地方住，每天就在天桥下睡觉，已经几天没吃饭了。我给了他一百块钱，他很高兴，说可以住五天地下室了，我听完他说的话，心里难过极了，就想收留他。”

“让他住在你家里？”

“不，我是个房屋中介，手里有好几套房子的钥匙，当时有个房子租不出去，业主在国外，我就想让他暂时住在那里。反正出租前，房间都是空着的，不如暂时收留他，如果租出去了再想办法。”

黎桠吓了一跳：“你对他完全不了解，这太危险了。”

“我当时想法很简单，就是可怜他，现在想想自己既鲁莽又大胆，太蠢了。”

“没发生什么意外吧？”

“刚开始是没什么，那个业主很有钱，房子装修得很漂亮，属于中高档公寓。这个人没想到房子这么好，一进去眼睛就亮了，不断地打量着房间里的一切。你知道他问我什么吗？”

黎椏说：“问房子的价格？”

女孩笑了，说：“不，他问我是不是富婆。”

黎椏跟着女孩一起笑了起来。

女孩说：“黎椏老师，你看我这个样子，你会觉得我是个富婆吗？太好笑了。”

“你没告诉他真相吗？”

“没有，我算是违规操作，只告诉他这是我亲戚的房子，借他暂住几天，等他找到工作就搬走。”

“嗯，你确实太善良了，虽然这个行为不合适，但能够理解。”

“更好笑的事情还在后面呢。”

“哦？后来发生了什么？”

“当天晚上，我看他安顿好了，就准备离开，临走前还给他叫了外卖，冰箱里也塞满了食物，门口的便利店都快被我搬运空了。他确实挺感动，一直跟我说谢谢，我看他知恩图报，也挺开心。我接着说这城市机会很多，尽快找个工作安定下来吧。结果你知道他怎么回答的吗？”

黎椏摇摇头，女孩哈哈大笑起来。

“他说，他只会唱歌，但是唱了几年也没什么机会，嗓子也坏了，赚不到钱。如果我想帮他，不如帮到底。”

“怎么算是帮到底呢？”

“他让我包养他，哈哈哈……还说，让我出资送他进娱乐圈。”

果然是黎椏意想不到的回答，此刻她除了笑，还是笑，竟然什么都说不出来。

苹果脸女孩笑完，无奈地说：“生活的窘迫真的可能让一个人变得饥不择食，就像陷在沼泽里的人，拼命想抓住救命稻草，也不关心这稻草是不是能承受得住。”

“还好，没对你造成什么伤害，已经很幸运。”

女孩说：“这故事只是刚开始。”

“还有后来？”

“当然，如果只是这样结束，我就没必要讲出来了。”

“我完全猜不到故事的发展了。”

“谁也想不到。”女孩表情变得凝重起来，继续讲述这一段离奇的经历，“刚开始的几天，我抽空就会去看他，帮他买买生活用品，还帮他制作了求职简历，但他对找工作似乎没什么兴趣，每天抱着吉他，除了唱歌还是唱歌。

“后来我工作太忙，也顾不上管他了。大概过了一个多星期，有个客户要看那套房子，而那个歌手没有手机，我没法提前通知，就打算直接带客户过去，谎称我有个同事在收拾房子。那天歌手才知道我的工作是房屋中介，才知道这房子真的只是暂住地，才确认我不是富婆，对他来说算是梦想破灭了吧。”

“他做了什么？”

“客户对房子很满意，很快就签约了，并约定一个星期后入住。我第二天去收房子，本来想帮他找一个廉租房，哪怕先帮他交一个月房租，让他有时间过渡，但当我打开房门……黎樾老师，你猜发生了什么事？”

“什么？”

“房子遭窃了。”

“啊？”

“房子里所有值钱的东西都不见了，电视、空调、沙发，甚至连热水器的导流管，都被拆走了。”

“天啊，是他干的？”

“我当时立刻报了警，警察调了监控发现，我带客户看完房子之后，他连夜将房子里的东西全部变卖。我之前也说过，这房子的装潢都是高档货，全被他低价卖掉了，怪不得能那么快出手。我到的时候，屋子里一片狼藉，吃完的饭盒、其他生活垃圾就堂而皇之地摆在那里，仿佛故意彰显他的存在。”

“警察抓住他了吗？”

“找不到。他是流动人口，没有姓名、没有身份证号码、没有固定住址，虽然从失窃数额上来说，已经算是严重的刑事案件，但仅凭借监控上模糊的人像，根本无法短时间内将其捉获归案。”女孩难过地说，“他就这么走了，明知道后果，却还是做了这样的坏事。”

“他真的给你带来了大麻烦。”

“是的，我被迫承担了一切责任，丢了工作不说，还背上了债——业主在我答应承担房屋内损失后，才同意不起诉我。为了还钱，我东拼西凑，还借了网贷，足足用了一年的时间，最近才把这笔钱还清。如此糟糕的污点，没有任何中介公司会再录用我，我断送了我的职业生涯。这件事令我很伤心，即使已经过去很长时间了，我也还是想不通。我不禁觉得，人性特别丑陋。”

苹果脸女孩说完这些话，沉默了好久，黎桠一时间不知道该劝说些什么。

空气在沉默中凝固，一直到女孩抬起头，才发现时间已经悄然过去了十多分钟。

“黎桠老师，我到底做错了什么？我现在不敢信任任何人，不敢交朋友，害怕被陷害，害怕被设计，我都快有心理疾病了。”

黎桠说：“你的善良没有任何问题，无论什么时候，都不要怀疑这一点。”

“可我为什么总是因此受伤害呢？善良到底有什么好处？”

“这要看你怎么理解善良。你要知道我们身处的世界本来就是复杂和简单交织的，并不是人人都善良、到处都是好事的理想国。如果你因为别人作恶而对自己的善良产生怀疑，善良就真的无处藏身了。”

苹果脸女孩说："我可能太过于理想化了，可是，为什么人和人之间不能友好地相处呢？为什么大部分人心是坏的呢？他们那么复杂，活得不累吗？"

"当然会累，但他们有自己的生存法则。每个人的成长环境不同，接受的教育不同，人生的目的地也不同，大家都只是自私地向着利己的方向行进。像你一样的好人当然存在，眼前暂时的困境不代表未来也会如此，眼光放长，多行善，不问回报，至少内心是坦然和干净的。"

"可我做了很多好事，得到的却是排挤和伤害。"

"也许受伤是为了考验你践行善良的决心吧，如果动摇了，这善良就不稳固了，不求回报的善良，坚持到底的善良，才是会带来福报的善良吧。"

"你的意思是，继续做我自己，不要惧怕伤害？"

"作恶的人，晚上注定不得安眠，而你坦坦荡荡、无所畏惧，勇敢本身就是一种福气。"

"也是，我做了好事又不会亏心。那些坏蛋肯定会有惩罚吧？"

"当然会有，我相信宇宙中存在某种秩序，甚至有某个神秘力量在观察和记录着一切，所有的善意一定会被奖赏，所有的罪恶也一定会被惩治。不管世界变得多糟糕，我们都要让自己做美好的人，不要变成我们讨厌的样子。"

苹果脸女孩说："为什么我想不到这一点呢，我做好人不是为了别人，只是为自己。我其实该庆幸我没有像他们一样，那么复杂，那么多心计。我应该更加喜欢我自己的，黎桠老师，你真的第一眼看到我，就喜欢我吗？"

黎桠认真地说："是的，你的身上散发着一种简单的气质，是很让人喜欢的姑娘。我相信你身边一定有真心喜欢你的人，至少我作为陌生人，跟你接触之后，对你的印象非常好。"

"可能我刚才夸张了些，其实我身边也不是所有人都对我不好。我是个很敏感的人，会特别注意别人对我的态度，并且总是希望十全十美，不喜欢有瑕疵。其实我遇到过很多对我不错的人，尤其是长辈们，都很照顾我，可能是我的要求太高了……

“其实看你们的节目，就会发现什么样的怪事都有，我的遭遇并不算什么。你刚才的话提醒了我，我记得原来看过一句话，‘受辱不怨，受宠若惊；施恩不求报，与人不追悔’，这句话说得太好，是我过去太狭隘了。黎桠老师，谢谢你，跟你聊完，我舒服多了。”

黎桠说：“‘施恩不求报，与人不追悔’，真是句不错的话。让我们共勉。”

苹果脸女孩说：“黎桠老师，你刚才还没回答我的问题呢？”

“什么问题？”

苹果脸女孩调皮地笑笑说：“你觉得交往男朋友，最重要的是什么？”

黎桠说：“选男朋友，其实我也没什么成功经验，我觉得最重要的是同频吧……三观吻合、智识同步，情趣相投，目标一致。”

“钱和地位不重要吗？”

黎桠想了想说：“当然也很重要，但对我来说不是必要项。”

“如果选个很穷的人，结婚后要跟着他受苦，所有的浪漫都被生活琐事磨光了怎么办呢？”

“最重要的是你爱他，如果恰好他很穷，你们俩就一起改善生活啊。一起创造家园的感觉也是一种浪漫。”

苹果脸女孩听了黎桠的话，显得很高兴，她说：“黎桠老师，我觉得你说的很对，我知道该如何选择了。”

黎桠有点迷惑地问：“你是遇到了选择题吗？”

“是的，黎桠老师，我现在有两个不错的选择，一个很穷，但他善良；另一个家境很好，但谈吐很俗气。这段时间我一直犹豫不决，你的话给了我力量，是啊，我可以跟他一起创造财富，我会努力赚钱的！”

黎桠意识到，自己的一句话，很可能影响别人一生，顿时有些后悔，但也不知道该如何判断引导方向的正确与否，只能默默祝愿苹果脸姑娘今天的选择不会让未来的她后悔。

5

苹果脸女孩离开后，黎楹久久没有勇气拿出手机，一时之间只坐在沙发上发呆，沉思。

白沧海走了进来，看到黎楹阴郁的表情吓了一跳，非常紧张地问："这是怎么了？不会又跟上次……"

"不不不，不是的。"黎楹赶紧解释，"刚才的咨询很顺利，只是……"

白沧海说："发生了什么事？"

"我只是有点累，想休息一下。"

"吓我一跳，我现在太紧张你了，这样下去可怎么办。"

黎楹听到这句话，脸一下子就红了，尴尬地起身去拿手机。幸好白沧海是以开玩笑的口吻说的，否则黎楹真不知道该怎么面对。

白沧海说："你现在都快变成我心中的大熊猫了，我得加倍努力地保护你。"

黎楹将手机重新开机，发现竟然有十几通未接来电，且全都是洛宁打来的。在关机的这两个小时里，洛宁一直在给她打电话？

"洛宁给我打电话了。"

"哦……终于来电话了，一定是想通了，跟你求复合。他确实很厉害，能坚持这么久断联，心理素质很强。"

黎楹冷笑了一下，没说话。

"冷战那么久，终究要有个人破冰，给他个台阶下吧。"

白沧海如此自然和豁达的态度令黎楹迷惑，他似乎是很真诚地希望自己复合，也就是说，他对她其实根本没有多余的想法。一种无法言喻的失落感迅速降落在她心里，看来她对白沧海的特殊感觉，确实是自己一厢情愿。

这天的节目录制很特别，一个身形瘦弱的女孩子，来到现场并不是想解决什么感情问题，而是来卖邮票的。当时黎楹看到节目单有点惊讶，苏霏解释说，这女孩跟邮票之间有一段很有趣的故事，她的爷爷曾经是一名救死扶伤的医生，在一次行医中救了一个老外，老外为了报答救命之恩，送了一本非常珍贵的邮票册给他，这本邮票册是她家的传家宝，一直传到她手里，现在她要把邮票册卖掉。

“为什么要卖掉呢？”黎椏不解，“这么珍贵的东西，应该好好地保存。”

“是啊，我们都劝她别卖，她坚持要卖掉。”

“她有说为什么这么做吗？”

苏霏说：“她说是想出国留学，但是家里没钱，不过我觉得都是借口，谁知道她是怎么想的。据说她那本邮票册市价超过五十万元，可能还不止，我估计她就是想赚一笔。”

黎椏叹了口气。

罗非女士刻薄地说：“是啊，只要能发财，家传邮票算什么？老人的棺材都敢卖！现在这些年轻人，什么都做得出来，哪管什么珍贵不珍贵。”

郑洲也对这件事很不满意，他觉得女孩辜负了爷爷的情感，钻钱眼儿里了。

当女孩抱着邮票册来到演播室的时候，几位嘉宾因为心里对她都有偏见，气氛显得有点僵硬。

白沧海丰动跟女孩说了几句话，并表示想看看那本邮票册。这一看不要紧，白沧海简直爱不释手，并表示这本邮票册确实是非常珍贵的收藏品，几枚传说般罕见的著名邮票赫然在内，神气十足。

直播开始，在主持人的引导下，女孩缓缓将这本邮票的故事讲了出来，讲述的时候，女孩很动情，甚至几次因为情绪失控差点掉下眼泪来。

她说：“我真的很想把爷爷的遗物保存好，可是我从小到大的梦想就是去国外进修建筑。我相信爷爷会理解我的决定，也希望得到这本邮票册的人能够珍惜它。”

这场节目有点沉重，虽然直播前嘉宾中对女孩的行为持反对意见的偏多，但听罢她的动情叙述，竟也觉得可以理解。

节目录制期间，黎桠的精神不太集中，还有几次走神，想着洛宁连续打电话的目的，又想到白沧海对这件事无所谓的态度，有些难以启齿的伤感。

直播结束，黎桠和白沧海一起走出演播大楼，白沧海显然对那本邮票册念念不忘，他甚至有冲动将它买下来，但是女孩的要价却超过了他的心里价位，这才迟迟没有出手。黎桠则心乱如麻，漫不经心地走着。

这时候，洛宁竟然出现了。

洛宁出现在电视台门外，完全在黎桠意料之外。

“黎桠！”看到黎桠出来，洛宁喊了一声。

白沧海看到了洛宁，很愉快地打招呼说：“好久不见。”

洛宁对白沧海不予理睬，他只是目光锐利地看着黎桠，脸色有些沉重。

黎桠停住了脚步，白沧海就此告辞，剩下了黎桠和洛宁两个人，在夜色中沉默对峙。

“我下午给你打了那么多通电话，你为什么不接？”洛宁开门见山地问。

“下午我在心理诊所做咨询，没有办法接电话。”

“你已经去那小子的心理诊所上班了？”

黎桠说：“是的。”

洛宁点了点头说：“怪不得。原来你早就做了决定。”

“什么决定？”

洛宁说：“你们俩挺般配的，男才女貌、志同道合，白天一起上班，晚上一起做节目，空余时间还可以一起切磋、催眠，真是神仙眷侣，羡煞旁人。”

黎桠不理睬洛宁夹枪带棒的话，直接问道：“你找我有什么事？”

“看来我出局了。对你来说，我显得多余了是吧？”洛宁的声音控制不住地高了起来，满腔愤怒。

这时候，罗非和郑洲一齐从演播大楼走出来，正好看到这一幕。黎桠一时间觉得非常难堪。

“如果你找我是为了吵架，恕我概不奉陪；如果找我有事，请你快点说。”黎桠语气非常冷淡，想火速离开这里。

“这些日子你去哪里了？”

“在我父母家。”

“一直在你父母家？”

“对。”

“你以前不是不愿意回去吗？”

“我现在改变主意了，想跟他们生活一段时间，也想冷静冷静。”

“你分明是在躲我。”

“随便你怎么理解吧。”

“你这是什么态度？我们闹了矛盾，你就一走了之，把我一个人扔下？我明白了，在你心中，我是最不值得重视的，你从来没有尊重过我。你从来都是想怎么样就怎么样，那个姓白的小子邀请你去心理诊所，你说去就去，从来不问我的意见，而我说给你开心理工作室，你却理都不理。你想回父母家就回父母家，一走就是大半个月，连个电话都不打给我，到最后甚至连接都不接了。你当我是什么？黎桠，我们俩还没有分手，我至少到现在这一刻还是你的男朋友，你为什么这么对我？”

“洛宁，我们俩之间的确出现了很大的问题，我觉得我们都需要好好地冷静一下，这段时间我们暂时不要联系了。你有什么正事找我，可以给我打电话，但如果你只是谈感情问题的话，抱歉，我现在给不了你任何的答复。我想，也许时间会让你我都变得冷静和理智一点。”

“我有什么不冷静、不理智的？现在出问题的是你，我一直没变过，只是你现在看我不顺眼了，不是吗？”洛宁几乎要蹦起来。

“这不是顺眼不顺眼的问题，我们俩之间，出现了更严重的问题……我也不知道该怎么跟你说，如果你觉得我已经变了，不愿意面对这样的我了，你也可以选择现在就分手，我没什么意见。”

“分手？”洛宁抓住了黎枷的胳膊，“这就是你处理问题的方法？”

“我不想勉强你，感情走到这一步，大家都太难受了，分手是一个不错的选择。”

“终于说出心里话了，你这些日子这么对我，无非就是想让我主动提出分手。我明白了，你觉得我没有钱、没有正经工作、没有白沧海年轻有为，你觉得我碍眼了，想一脚把我踹开，是不是？黎枷，你真是太狠了！”

“我们俩这么吵来吵去，反复说这些，究竟有什么意思呢？你很喜欢过这样的生活吗？”

“黎枷，你怎么变得这么陌生了？从前的你不是这样的，从前的你很安分，对我没有那么多要求和指责，对感情的需求也很低，你甚至从来没有真的跟我生气过。如果你不承认是因为你自己变了，那么你得给我一个理由。”

黎枷沉默了一会儿，看着暴跳如雷的洛宁，平静地说：“洛宁，你说的是对的，我可能真的变了。这些日子以来，我经历了很多精神上的冲击，但是你很少关心我；我跟你提过很多次我的身体不太舒服，你从来都是敷衍我。”

“是的，那天吵架之后我走了，正是回到父母身边后我才发觉，我已经太久没有感受到那样的温暖了。洛宁，我在你这里，几乎从来没有得到过温暖和安全感。我不是个木头人，也不是什么专家，我只是一个很普通的女人，我需要被关心，需要被照顾，需要一个人的存在让我时刻感觉到有依靠。

“我曾经看似无所求，并不是因为真的无所求，我只是希望能够尽量地不给你压力，让你轻松地、快乐地生活。可是这样的时间长了，我们俩的心隔得越来越远，我有很多感情需要释放，却找不到出口。我在你那里，找不到默契的感觉，这也就是为什么当我们谈到一些敏感话题的时候，会经常发生矛盾冲突……

“直到你提出了结婚的建议，我开始认真反思我们之间的关系。我觉得我和你之间，爱的成分几乎不存在，我们俩更像是汪洋中的两条船，偶然遇到了，便一起行驶一段，我们无法交会，你不是我要终身依靠的人，你明白我的意思吗？”

听了黎桠的一篇叙述，洛宁整个人都呆掉了。曾经，他以为黎桠并不是个感情丰富的人，她的理智和冷静让他觉得对于黎桠，他不需要付出什么，他只要在她身边，她就满足了。

对于黎桠最后说的关于两人关系的探讨，洛宁也实在无话可说。他对黎桠有爱吗？当然没有。从他们最初在一起，洛宁便怀着敷衍的态度，只是后来发现黎桠有利可图，他才希望长久地在她身边。他对她只有一种惰性的依赖，他的爱一直空着，给了这个给那个，虽然他也被人伤害得伤痕累累，但是黎桠永远是他的安全港，而现在，他才知道，原来他盘算的一切，都错了。

两个人都陷入了难堪的沉默，夜风吹过来，两个人的身体同时感觉到了凉意，却谁都没有主动问候对方一句。他们就只是这么面对面站着、沉默着、思考着。三年的关系，一下子变得非常脆弱，脆弱到难以维持当前沉重的局面。

6

不知道过了多久，洛宁看了看黎桠的表情，他内心忽然真诚地涌起了一阵后悔和歉意。

“对不起。我不知道我给你造成的伤害这么大……非常对不起。是我的错，我太粗心，我一直这么粗心大意，让你受了很多委屈……我……”洛宁有些词不达意。

黎桠听到这些话，积蓄了好久的情感突然爆发，她顿时放声大哭起来。

洛宁看到失控的黎樞，更加觉得心里难过，他上前一步，想拥抱住哭泣的黎樞，可是，黎樞却躲开了。

洛宁低着头说："对不起。我今天找你，其实是想感谢你，你给了我妹妹地址，她今天下午已经到了，本来想打电话跟你说一声的，你一直没接电话。她之后的几天可能暂时要住在我们家里……"

黎樞擦了擦眼泪说："没关系，你安排吧。她想住多久就住多久，我没问题。"

洛宁说："你不打算回来了？"

"我们暂时不要见面了，留给彼此更多的时间去思考和做决定吧。"

洛宁说："我已经知道问题所在了，我改还不行吗？以后我多关心你、努力上进、多跟你交流、给你安全感……"

黎樞摇了摇头说："问题也不全在于你，也有我本身的问题。我真的需要好好地调整一下，我现在脑子里太乱了。"

"你是不是真的打算跟我分手？"洛宁小声地说。

黎樞没回答，抬起头来看了看洛宁，觉得心里非常难过，毕竟两人之间还有好几年的感情存在，分手不是那么容易决断的事。

"算了，你别说了，我等你。"洛宁很害怕黎樞说出分手的话，"我在家里等你，我希望你能够给我们彼此一个机会，我知道错了，我会改的，这几年我确实没有做到让你满意，但是我不想就这样放弃这段感情，我不想让你带着这样伤心的情绪离开我。"

"其实……也许有比我更适合你的人……"

黎樞还没说完，洛宁就摆了摆手，说："我不想听你说这样的话。我们谁都不是生下来就为谁准备好的，既然走到了一起，就说明有缘分。我不会因为自己的疏忽就这么放弃，我只想求一个机会，证明我可以做得很好。黎樞，我们重新开始？好吗？"

黎樞没说话。

洛宁说："不用现在就回答我，你说的对，也许我们是该冷静一下。

我这段时间已经在积极地找工作了，我不想再被你看扁，也许我这几年确实不够努力，这些我都意识到了，我会改变给你看。”

说完这些话，洛宁不再给黎桠任何说话的机会，转身就走了。走出了十几米，他回过头来，对黎桠说：“我等你，我会一直等你。”

看着洛宁越来越远的身影，黎桠又渐渐地忍不住流下眼泪来，这个夜显得那么的悲伤，也许是因为风太凉，也许是因为心太乱。总之，此刻黎桠的心中像是翻起了一阵无规则的浪，至于浪平之后会是什么样的景况，她不知道。

这天夜里，黎桠再次堕入噩梦之中。梦里还是那个此前多次出现过的奇异场景，狭小黑暗的空间，人来人往、逼仄压抑，她似乎被悬挂在某处，并试图睁开眼睛去探索。她想要弄清楚为什么是这个梦被循环播放，然而每当此时，她的喉咙就总像是被卡住一般呼吸困难。

黎桠在一身冷汗里惊醒，浑身冰冷，喘息不已。

第十一章

照耀所有人的太阳

倾诉者自述：

“我一直觉得自己行的，我不想承认我输了。”
——黎娅

1

白沧海敲了敲黎椏办公室的门，一脸阳光明媚地走了进来。

“怎么样？”

“什么怎么样？”黎椏没精打采地问。

“和好了吧？”

黎椏看了看白沧海，说：“没有。”

“没有？为什么？”

“你很希望我们俩和好吗？”

“当然了，你们闹翻后，你心情一直不好，我很担心你，要是复合了，我就不用这么担心了。”白沧海笑了。

黎椏没说话，手里拿了一支笔，在空白的本子上划来划去。

白沧海说：“黎椏，虽然我觉得你们之间存在差距，但他对你还算不错，至少是很在乎你的，他对我那么有敌意，可见他对你很是在意。可能男人有时候比较爱面子，所以一直不好意思主动联系你，既然他这次能放下自尊主动来找你，你就不计前嫌，给他一次改过自新的机会吧。"

黎桠皱了皱眉说："你做调解专家做上瘾了吧。"

"我希望你开心。"

"我不想再聊这个话题了。"

白沧海发现黎桠情绪低落，只好转移话题说："上午我跟苏霏通了电话，要到了那个卖邮票册的女孩的电话，你知道她怎么说的吗？"

黎桠摇摇头，心里其实对这个话题并不关心。

白沧海说："昨天节目一播出，她就收到了无数个电话，她一开始只是来碰碰运气，没想到会有那么多人联系她，现在有买家已经开价到80万了，看来这本邮票册注定跟我无缘。"

黎桠仍旧没说话。

白沧海说了半天，看黎桠仍旧没反应，站起来准备离开："你心情不好，我不打搅你了。"

"等一下。"黎桠说。

白沧海停住了脚步，重新坐了回来，看着黎桠。

黎桠说："有件事特别奇怪。"

"什么事？"

"我这段时间经常在做同样的一个梦。"

"哦？什么梦？说来听听。"

黎桠说："很难准确描述那个梦境，我就像置身一个黑暗地狱，有时候感觉自己在一个容器里，有的时候是被挂在高处，有时候又好像躺在一个空旷的田野上。我的上空好像是另一个世界，那里人来人往、熙熙攘攘，我的眼前有很多双腿来回穿梭，再之后我就会突然出一身冷汗，被这个场景给吓醒。"

"你是从什么时候开始做这个梦的？"

"以前也梦到过，但最近比较频繁。梦里的场景虽然每次都不一样，但梦的内容类似，氛围都是诡异、恐怖的，而且我不知道为什么总是会重复做这个噩梦。"

“无数的科学家都在对梦境进行研究，浅层的研究表明噩梦是潜意识的情绪反应，尤其是现实压力和困扰的真实流露。弗洛伊德认为梦是伪装和隐瞒，但是荣格认为梦是无意识心灵活动的直接表达，迄今为止，科学家们对此也没有确切答案。”

“我直觉这个噩梦跟我内心深处的秘密有关系。”

“看来要再进行一次深度催眠，来帮你揭开这些谜团了。”

刚说到这里，办公桌上的固定电话响了起来，是助理通知黎桠，预约的咨询者已经到了。

白沧海闻言打算离开，最后对黎桠说：“我已经迫不及待想帮你解决所有的难题了。”

2

洛小鸥抱着手机在客厅走来走去讲个不停，这个状态差不多持续了一个小时，她才终于挂了电话，走到正在看电视的洛宁身边，说：“哥，你这几天怎么了？一直闷闷不乐的，可一点都不像你啊！”

洛宁打了个哈欠说：“老了，没那么多精力跟你一样折腾了。”

洛小鸥说：“别啊，才几岁就老了，男人三十一朵花，抢手着呢，怎么会老呢？对了，你怎么整天一个人待着？你不是说你有好几个女朋友吗？别把青春关在家里。”

“什么女朋友，一个都没有，我现在修身养性，孤家寡人一个。”

“真的假的？一个都没有？我不信，我哥这么英俊潇洒、风流倜傥，肯定一大堆女生追求。那个黎桠呢？你们俩没关系她会让你住她的房子？我才不相信呢！”

“洛小鸥，你这都来了好几天了，到现在也不告诉我你究竟发生了什么，为什么学也不上了跑出来玩？到底发生了什么事？”

“没什么事，就是出来散散心。干什么，我才来两天你就嫌烦了？要不我把床还给你，我睡书房？”

“我不是这个意思，我就是想知道究竟发生了什么。”

洛小鸥盘腿坐下，很神秘地说：“你真想知道？”

“赶紧说。”

“告诉你也没关系，我在做一个实验。”

“什么实验？”

“我同时交往了三个男朋友，他们都挺优秀的，结果现在我不知道该怎么选择了。所以我决定暂时分开一下，看看我心里比较想念谁。”洛小鸥边说边哈哈大笑，“你知道实验结果是什么吗？”

“什么？”

“实验结果是——我谁都不想念，哈哈哈！”

洛宁翻了个白眼说：“你能不能正经一点？我才不相信你说的话。”

“你那么认真干吗？难道你真的失恋了？”

洛宁拿起茶几上的烟盒，打开才发现里面一根烟都没有，他把烟盒揉瘪了，扔到地上。

“不会吧，真的失恋了？快告诉我，我帮你出主意啊，我可是恋爱专家。”

听了洛小鸥的话，洛宁差点没笑出来：“你算什么恋爱专家，就是一个胎毛还没褪干净的小屁孩。”

“你别小看人，我情商天生就比别人高。对感情这件事啊，我早就看透了，我打算开个情感视频号，专门教女人怎么搞定男人，教男人怎么甩掉女人。”洛小鸥扬扬得意地说。

洛宁说：“你可真是天生的疯子，自己什么都不懂，就敢给别人支招。还开情感视频？你小心被人打扁。”

“闭上你的乌鸦嘴吧，我看你现在是失恋综合征，对生活失去了信心，说话有气无力，还处处带刺。你就别不好意思了，失恋不是件丢脸的事，来，跟‘恋爱专家’说说，我帮你解决问题。”

洛宁哈哈大笑，然后说：“行，那我跟你倾诉一下，看看你能帮我解决什么问题。”

“男人就是对万事万物都持怀疑态度，但他们自己又想不出解决问题的办法。女人就不一样，女人天生善于倾诉，这就是为什么女人的平均寿命比男人高。”

“说真的啊，我现在这个女朋友，就是和你通电话的黎椏，她是真正的情感顾问。”

“跟我抢饭碗？”

“她是正牌的心理专家，在电视台做节目，网上也有直播，现在挺有名的。”

洛小鸥瞪大眼睛，根本不相信洛宁的话：“别吹牛了，有名的心理专家会跟你在一起？”

“我骗你干什么？你上网搜搜就知道，这座城市里没人不知道她。”

“真没看出来，连这种名人你也能搞定。哥，你太厉害了！”洛小鸥一边刷手机一边惊叹，果然找到了关于黎椏的信息。

“我跟她在一起的时候她还没出名呢，去年突然就火了。”

“她是怎么突然火起来的？快告诉我，我也想变成她那样。”

“也没什么，就是她帮她朋友的忙，去一档直播节目救场，结果没想到，那期节目播出后爆火，于是她就被电视台邀请成为常驻嘉宾了。现在她知名度很高，还加入了一间心理诊所，很多人慕名找她做咨询。”

“太传奇了，有趣有趣！可是……你们俩怎么会分手呢？”

洛宁叹了口气说：“很复杂。”

“有什么复杂的？跟情感专家谈恋爱，多风光呀，你该觉得骄傲才对。”

“她现在要跟我分手。”

“什么理由？”

“内里原因很复杂，不过……我怀疑她移情别恋了。”

“哎呀，这么看你有点惨，是被踢出局的那个。她的新欢是谁？肯定比你年轻比你帅吧。”

“我在认真跟你说话，你能不能不开玩笑？”

“好好好，我好好听着。她变成了家喻户晓的名人后把你抛弃了，爱上了别人，对吗？”

洛宁没说话，又叹了口气。

洛小鸥说：“这就完了？”

“移情别恋也只是我的猜测，也不是完全确定。总之她这段时间，整个人都变了，以前她不是这样的。”

“她突然爆火，当然跟以前不一样了，要我说，就算她看上别人也非常正常。不过……哥，我不明白，你既没事业，又没才华，黎桠怎么看上你的？”

“照你的话说，她应该看上什么样的人？”

洛小鸥双手环抱在胸前，无限憧憬地说：“应该配那种高大英俊、高深莫测，八块腹肌的猛男！最好有绅士的风度、贵族的浪漫、哲人的风趣、骑士的风姿……这样的男人，才会入情感专家的法眼！”

“我看你是偶像剧看多了，说的都不是人话了。”

洛小鸥满不在乎地说：“你别小看偶像剧，像你这种沧桑的中年人，平时看不上这个、看不上那个，真到了自己的感情问题上，什么都解决不了，还不是一样在家里愁眉苦脸的？”

“那你这个‘专家’帮帮我，看我怎么才能挽回她？”

“那你跟我说说，你们俩都到哪一步了？我帮你分析分析。”

洛宁说：“哪一步？在一起三年多了。”

“她对你怎么样？”

“以前还不错，最近不怎么样了。”

“这三年中，你们谈过结婚吗？”

洛宁说：“谈过一回，谈崩了。”

“谁提出来的？”

“她提出来的，不过当时我没当回事，我就没想过结婚的问题。那次之后，我们俩的关系就开始慢慢地走下坡路了。”

洛小鸥说：“这不就对了？”

“什么对了？”

洛小鸥神秘地说：“男人跟女人不一样，女人一旦投入恋情，就会联想到婚姻；而男人除非万不得已，是不会往结婚这条路上考虑的。她跟你谈到结婚，而你却没当回事，她很可能自尊心受到了伤害，这让她开始认真考虑你们俩的关系了。”

“你说的没错！”洛宁不由得认真了起来，从前只把她当小孩看待，没想到她如今真的像个感情专家一样帮他分析问题，“这件事就是个分水岭，之前我们俩虽然也有过矛盾，但是并没有很大的影响。那次之后，她就好像变了个人似的，我后来冷静下来一想，觉得结婚也不错，就找了机会跟她求婚。”

“结果她拒绝你了吧。”

“你怎么知道？”

“哥，这么明显的事情，你都参不透？”洛小鸥声音一下子提高了起来。

洛宁丈二和尚摸不着头脑地看着洛小鸥。

“你说不结就不结，你说结婚就结婚？你考虑过人家的感受吗？”

“可是……我当时没考虑，不代表过后就不考虑了啊！”

洛小鸥说：“总之，你根本就不懂女人。我明白了，什么专家不专家的，其实每个女人的想法都一样。”

“那你跟我说说女人的心理，我现在正烦着呢。”

洛小鸥一本正经地说：“这话题太大了，三言两语说不明白。总之，女人都是感情动物，一刻都不能没有爱情，即使结婚后，也不能忍受忽略和淡漠。很显然，你在这段关系里所犯的错，就是你让她经常有被忽视的感觉。女人总是不断地求证男人爱不爱自己，一旦觉得对方不可靠，很可能就会想另寻托付了。”

洛宁说：“女人真麻烦，什么情啊爱啊的，累不累？”

洛小鸥哈哈大笑："嫌女人烦，那你找个男人恋爱去好了，看看男人烦不烦。"

洛宁心事重重地从抽屉里拿出一包新的烟，打开包装，抽了起来。

洛小鸥说："哥，你别把自己搞得这么狼狈，反正女人本质上都差不多，下一个会更好。"

下一个？洛宁深知，他已经不再是可以肆意潇洒的年纪了。同样的事情换到几年前，他拍拍屁股就走人了，才不会厚着脸皮去求和。可是这一回，先是林嘉嘉无情离开，又遭遇黎桠的若即若离，洛宁感到了一种从来没有过的烦躁和恐惧，好像是一辆开到一定年限的车，不再有驰骋的勇气。

此刻，他舒适地住在不属于他的房子里，悠闲地看着电视节目，不自觉回想起当年，当初的毛头小子，第一次踏进这个都市的繁华，他的梦想、他的壮志、他的激昂，都不复存在了。

命运对他足够宽厚，让他邂逅了黎桠的同时，还收获了无数的浪漫瞬间，林嘉嘉只是转瞬即逝的烟火，他再不甘心，也没有太当回事。但是黎桠却不同，她像个宽厚的母亲，无私地为他奉献着一切，不求回报地纵容着他，如今看来，母亲也有疲倦的时候。洛宁没有哪一刻像此刻这样怀念过黎桠，她在身边的时候，如一杯白水，淡而无味，一旦她离开了，他变得口干舌燥，她的重要性才凸显出来，以前他怎么就没有发现呢？

现在发现也不晚！洛宁再一次坚定了自己一定要挽回黎桠的决心。

3

黎桠闭上了眼睛，等待催眠的开始。

白沧海把窗户、门都锁好，电话线拔掉，营造了一个绝对不会被打搅的环境。

因为有了上次的经验，黎桠试图让自己放松，但也因为有上次的失败，她发现想要放松下来更加困难。黎椏的大脑意识不受控制一般，各种错乱的讯息交错，连平静都做不到。

当她跟着白沧海的指令逐渐进入梦境边缘，前段时间遇到的各种咨询者出现在了她的脑海中。

她看到一个中年男人低着头说："我有一个秘密，我把我所有的钱装在一个盒子里，偷偷藏在了我们家后院的大树下，可是当我有一天挖开来看的时候，却发现一张钱都没有了，只有一个空空的盒子，我的钱去了哪里？去了哪里？"

一转眼，一个中年妇女叉着腰说："他不是喜欢年轻女的吗？我天天逼他跟我过夫妻生活，叫他这个老不正经的耍流氓！"

再一转眼，一个小女孩无助地看着黎椏，说："姐姐，你能帮我吗？我很害怕，有一个怪叔叔，经常偷偷地给我吃糖，吃了糖，他就要带我走……我跟爸妈说过，但是他们都不相信，只说是我在做梦，可是这是真事。那个怪叔叔没有眼珠，长着60颗毒牙，他会吸我的血……姐姐，我很害怕，你救救我……"

纵横交错的画面让黎椏彻底崩溃，她一下子坐了起来，发现自己浑身是汗。

白沧海递来纸巾，关切地说："你今天的状态太差了，要不还是再过一段时间，等你状态调整过来之后我们再继续吧。"

黎椏说："我觉得非常难受，不知道怎么回事，我一闭上眼睛，各种各样的求助者就会跑出来讲话，说的全都是些稀奇古怪的事，我没有办法把他们赶走，只要我一闭眼睛，他们就会出现……"

白沧海叹了口气说："你这是精神过度紧张导致的幻觉……"

黎椏说："我觉得自从发现了自己内心深处深埋着一个秘密，并且决定弄清楚它之后，我的身体里似乎就有个魔鬼时不时出来干扰。越接近真相，干扰就会越强烈，我必须要克服这个心魔，白沧海，请你帮我。"

"我当然希望能帮你……可是黎椏，说真的，如果你真的感觉到了自己的精神状态出现了问题，你应该去看权威的心理医生，他们会给你切实的指导的。”

“我不想接受那些专业指导，我有预感，只要我找到我心里的秘密，我就会解开一切的谜题。而且我觉得这个秘密已经离我越来越近了，不要让我放弃自我解救的机会，你不要放弃我……”

“那好，我们再来试一次。”白沧海表情凝重地重新回到了座位上。

黎桠深呼吸了几次，重新躺下，强迫自己进入一种无我的状态。她越来越迫切地想揭开存在于自身的谜团，它在偶然的机会中向她展露了一角，却从此以后神秘地消失了。但接受了暗示的神经却再也无法平静下来，黎桠感觉此刻她在跟自己进行一场残酷的较量，也许今天还是无法得到她想要的结果，但是她必须要试一试。

黎桠努力摈除着杂念，她感觉自己像是走进了一片森林，四周一片漆黑，这次等待着她的不再是那些喋喋不休的嘴巴，而是一些很久不曾见过面的人。小学的同桌、中学的班主任、大学的学长，她还看到了一个男人模糊的身影，很像白沧海，但又与他截然不同……黎桠警告自己不要留恋幻象，这些都不是她想要的，她要的是事实。

她努力让自己跟着白沧海的声音迈步向前走，但她的脚步沉重极了，似乎有一双魔爪使劲抓着她的腿。黎桠用尽全力，精神上的负重压得她几乎快要崩溃，但她没有放弃，她告诉自己这一次绝不能失败。面对这个自残般的游戏，她不知道自己是否还有再来一次的勇气……黎桠感觉到一种强大的信念，正在跟她身体里的软弱作斗争，她艰难地走着，走着——

突然，她看到了传说中的白光！

黎桠既激动又难过，激动的是她已经离真相越来越近，难过的是她突然没有了继续再走的勇气。她感受到此刻她现实中的身体在无声地哭泣，希望白沧海千万不要因此停下来，再有几步，她就可以成功了。

黎桠在心里念着，眼前的世界已经变成一片白色，是的，什么都没有了，狰狞的嘴、扭曲的面孔、宛如诅咒的叨念、阻碍的电波，全都不见了踪影……一切都安静了下来，她感到一阵骇人的静，除了眼球在做一些机械的运动外，她几乎感觉不到自己的身体。

白沧海的引导仍然在继续，他的声音是黎桠此刻跟现实世界唯一的纽带，黎桠紧紧地跟随着声音，生怕丢失了自己。她渐渐地向白光走去，战战兢兢、提心吊胆，就在这时候，奇怪的事情发生了——

梦，是的，梦的画面出现了！黎桠想叫，却怕惊醒这个好不容易抵达的梦境，她只允许自己在心底奢侈地呼唤。

她看到了人来人往，感觉自己变得非常渺小，小到她看不清楚自己究竟身处一个什么样的环境，更不清楚为什么自己会是平躺着的状态。那些往来的人都是灰色的，在自己的视角中他们是那么的高大，周遭是乱七八糟的声响，似乎有叫、有吆喝、有争执……如此吻合的梦境，黎桠想流泪了，原来白光里包含着的就是这个最近一直重复做着的梦。为什么这个梦的感觉那么奇异，让自己不是想尖叫，就是想流泪，这个梦究竟代表着什么？潜意识里最隐秘的真相到底是什么？

她无法解读出关于这个梦的任何意义，只能猜想这是传说中的前世？难道她前世根本不是一个人，只不过有一双类似人的眼睛？否则怎么会看到这俗世的一切而偏偏看不见自身？黎桠万分焦虑，急于想解开这个生命之谜……

就在这时候，白沧海的手机突然响起来，黎桠被铃声猛然惊醒。

4

“对不起啊，黎桠，我连电话线都记得拔掉，偏偏忘记了把手机关静音。”白沧海自责地说，看到已经醒过来的黎桠，白沧海只好无奈地接起了电话。

黎桠被这一折腾弄得精神涣散，好久都没有缓过来。

白沧海低声答复了对方几句，为了不影响黎桠，将窗帘拉开，走到阳台上去继续讲电话。

黎榧被突如其来的光线刺激到，感觉身体有强烈的不适感，她支撑着手臂站起来，又感觉头重脚轻，几乎要摔倒，从来没有如此虚弱过的她，此刻特别想放声大哭。

黎榧慢慢地将自己挪动到卫生间，这狭小的环境给了她一种逼仄的安慰，她的泪水终于不受控制地流了下来。拧开水龙头，她一边将流水扑打到自己脸上一边哭，不知道为什么会有那么多的委屈此刻在身体里爆发。她撑不住了，但自己究竟是怎么走到这一步的，谁能给她一个答案？

不知道什么时候，白沧海出现在卫生间的门口，他小心翼翼地说："对不起，都是我的错。"

黎榧听了白沧海的话，更复杂的情绪涌了上来，她干脆放任自己大声地哭了起来。如果这一刻白沧海可以给她一个宽厚的怀抱，她一定会毫不犹豫地扑过去，把自己即将要解体的理智抛到脑后，放纵自己就这么哭上一场。只是现实永远不会是温暖的戏剧，她所希望的一切都没有发生，她感受到的，只有一个越来越陌生的面孔和一句一句的对不起。

黎榧彻底绝望了，她心如死灰，甚至感觉自己非常可笑。

在白沧海的歉意里，她默默地走了出来，仿佛刚才那一阵激动的哭泣并不是自己在真实世界里的作为，只是刚才那残缺的记忆里的一个片段。她感觉四肢无力，很想马上躺在床上睡上一觉，她一句话都没有再说，只收拾好了自己的东西，面无表情地夺门而去。

"榧榧，你这是怎么了？"母亲一眼就看出了黎榧神色有异，关切地问。

"没事，妈，我就是有点累。"说完这句话，黎榧觉得鼻头酸酸的，只想赶快躺在床上，什么都不再想，好好地睡一觉。

可是母亲不放心，拉住黎榧的手，说："是不是工作太累了？你一天到晚电视台、心理诊所两头跑，确实有点太辛苦了。如果不是特别要紧的话，我看你要不最近别去诊所了。”

黎桠的眼泪控制不住地哗哗掉下来。

“桠桠，你别吓我，到底怎么了？”

“妈……”黎桠喊出这个字，眼泪更加汹涌地流了下来，她像小孩子在外面受了委屈一样，一头扎进母亲的怀里，难过地说，“我觉得我快承受不住了……”

母亲被黎桠突如其来的拥抱吓了一跳，她拍了拍哭得很伤心的黎桠说：“桠桠，你有什么心里话，一定要跟妈说，是不是因为洛宁？”

黎桠摇摇头，说不出话来。

“那是不是因为工作的压力太大了？”

黎桠没回答，但是她相信这是她这次情绪崩溃的其中一个原因。她止住了眼泪，哽咽地说：“我高估自己了，我以为我很强大、很理智、很冷静，我以为我可以很客观的，可是……我现在觉得自己很没用，我有点支撑不住了。”

“桠桠，妈能理解你。虽然你现在的工作在外人看来很风光，但是要承载那么多人的情绪，是一件非常难的事情。你现在每天大多接触的都是人心和社会的阴暗面，难免会觉得承受不住。我和你爸一直都觉得，你无论做什么，前提是自己高兴，你这么辛苦，我和你爸心里都替你难过。”

黎桠放声大哭，她说：“我一直觉得自己行的，我不想承认我输了。”

“傻孩子，这不代表你输了。你看，你成功地帮助了那么多人，很多人提起你来，都是充满感激的，你怎么会是输了呢？没有人给你制定一个标尺，非要你去超越什么，你别自己为难自己。”

“可是，很多人做情感节目一做就是好多年，他们怎么能保持那么冷静、那么理智的？”

“你跟他们不一样，你从小就是个特别感性的孩子，看到小伙伴们拿开水烫蚂蚁，你都会在旁边哭起来，你做任何事情都很投入，所以你付出的总是比别人多。很多专家只将那些情绪当作工作，拿倾诉的人当作病人，不投入感情，就可以保持理智。而你不是这样的人，一个人的承受力是很有限的，所以你会觉得自己承受不住。”

黎桠点了点头，她永远可以在母亲身上感受到温暖的保护，虽然精神上荡起的波澜没有被完全抚平，但是母亲的话给了黎桠无限的安慰。最了解自己的永远是母亲，她一针见血地指出了自己的症结所在。

自己当然跟其他人不一样，她总是很难真正地把自己摆在一个事不关己的位置上。别人的苦只要让她知道了，她就会尝试着走进当事人的世界里，想要体会他们的疾苦。她不想说一些事不关己的话，只想设身处地地去帮助别人走出困境。可是，她毕竟不是神，不是天使，更不是审判官，她只是一个普通的人，她必定要从虚幻的神坛中走下来，这是她注定的命运。

“桠桠，别难过了。你好好地休息一下，一会儿饭做好了我来叫你。”母亲看黎桠的情绪稍微平稳了一点，安慰道。

黎桠说：“妈，我还有个问题想问您。”

“什么问题？”母亲笑了笑，看着黎桠。

黎桠犹豫了一下，说：“我小时候真的没有过什么特殊的经历吗？”

母亲目光闪烁，跟上次黎桠提到相同话题时的表情很一致。

黎桠说：“妈，我觉得我有一段很重要的记忆丢失了，我想找回它，我觉得如果找到了的话，我将会得到彻底的解脱和放松。好像这个秘密在我身体里藏着，可我却完全记不起来，这种感觉太奇怪了。”

“你是不是想太多了？可能你最近工作太累，才会胡思乱想。”母亲眼神闪躲，言语间想要将这个话题搪塞过去。

母亲的反应，黎桠全部看在眼里，她本想逼着母亲说出点什么，又觉得自己这么做实在有点残忍，于是她说：“妈，您知道吗？记忆健全，在一个人的成长过程中起着很重要的作用。人的记忆出现断层，是件很可怕的事情。如果断掉的那段记忆隐隐约约还会出现，对人的影响将很严重。”

母亲把话题一转，说：“这些日子也没敢问你，你跟洛宁现在是什么情况？”

黎椏说：“不知道，再说吧。”

“耗着不是办法，如果你们俩出现了什么问题，还是应该积极点面对，这样对你对他都好。”母亲说，“我看白沧海这个孩子不错，对你很关心，又很斯文。”

“妈，他比我小好几岁呢。再说，我们俩是同事，他只拿我当朋友的。”

“我不相信，我看你们俩在一起有说有笑，挺般配的。”

说起白沧海，黎椏又感觉到一阵深深的沮丧。白沧海这段时间的所作所为，给了她不小的打击，如今的她实在没办法清晰地衡量出两人之间的距离。他们似乎是比朋友关系暧昧一些，但又跟情侣关系相去甚远。

这时，父亲的喊声从客厅传来，大概意思是社区的人上门分发公益传单，让母亲去应付一下。母亲似乎终于找到了借口逃开，对黎椏说：“椏椏，我去看看，你先休息会儿吧，一会儿叫你吃饭。”

看着母亲匆忙走开的背影，黎椏心里既迷惑又无奈，母亲两次奇怪的态度加深了她对真相的好奇。如果说童年时期缺失记忆这件事只是她的幻觉，那么母亲的行为说明了什么呢？

黎椏躺在床上，迷迷糊糊地睡着了，睡得很轻，有几次她醒过来又睡去，似乎听到父母在低语着什么，但又像是幻觉，脑子里乱糟糟的，直到她渐渐进入了深度的睡眠中。

5

林嘉嘉从购物广场拎着一大堆“战利品”往外走的时候，看到洛宁跟一个年轻的女孩子攀手搭肩的背影。她好奇地跟了一段，看到洛宁和那个女孩在露天广场的卡座里坐了下来，两人一边说话一边笑，似乎很亲密的样子。

林嘉嘉对洛宁的行为感到不可思议，本来打算无视他们的存在，但是好奇心作祟，林嘉嘉还是假装偶遇一般地从洛宁身边走了过去。

果然，洛宁喊出了她的名字：“林嘉嘉？”

林嘉嘉停住脚步，转过身来，假装很意外地说：“洛宁？这么巧！”

“是啊，好久不见，我以为你把我给忘了呢。”洛宁说话仍旧带着酸溜溜的醋意。

“怎么会？你现在过得不错吧？”林嘉嘉话里有话地看了看旁边的女孩，一个身材有点微胖的素颜女学生，她对洛宁多样化的口味表示不解。

洛宁说：“凑合，死不了。”

“最近口味变了？”林嘉嘉笑了笑，揶揄道。

洛小鸥听了林嘉嘉的话，毫不示弱地说：“看来女人到了一定年纪，就会变得刻薄。”

林嘉嘉没有把洛小鸥的话放在心上，她对洛宁说：“不错，你总喜欢伶牙俐齿型的。”

“也不是，有时候他也喜欢艳俗型的。”洛小鸥毫不客气地回嘴道。

洛宁眼看两人说话间充满了火药味，也不想真的起冲突，于是说道：“林嘉嘉，这段时间过得还好吗？”

林嘉嘉冷冷地说：“谢谢关心，管好你自己吧。”说完扬长而去，脚下细细的高跟显示着不可一世的傲慢。

看到林嘉嘉离开的身影，洛宁像只斗败的公鸡一样萎靡不振。

洛小鸥见状问道：“哥，这女的是谁？那么嚣张！”

“不重要。”洛宁敷衍地说。

“不重要，你见了她跟见了王母娘娘一样？”洛小鸥一脸的不高兴，为洛宁刚才的表现感到不满。

“算了，她就是那样的性格。”

“她凭什么跟你那么说话啊？你欠她钱吗？”

“行了小鸥，别再说她了。”洛宁十分烦躁，端起冰饮料喝了一大口，心情非常不爽。

洛小鸥琢磨了一会儿，说：“哥，你是不是追过她？”

洛宁无奈地说：“都过去了。”

“啊？你真追过她啊？我真搞不懂你了，你怎么会喜欢那么没素质的女人？你看她，虽然身材不错，穿的也都是名牌，但一点教养都没有，她的灵魂是苍白的！”

“小姑奶奶，你口下留德吧！这些事都过去了，我不打算再烦恼了。”

“真扫兴，本来高高兴兴地出来逛街！”洛小鸥生气地噘起了嘴。

洛宁被这次和林嘉嘉的“偶遇”搞得心烦意乱，也没心情再继续陪洛小鸥逛下去了。

“哥，我想见见那个情感专家。”回家路上，洛小鸥突然提议，“你带我见见她吧。”

洛宁说：“你见她干吗？”

“我想扮成精神病人去见见她。”洛小鸥一脸的坏笑。

“你别发神经了。”

“我看你这些日子那么消沉，我想帮你嘛！既然你对她那么一往情深，又何必待在原地等呢？追女人是要讲手段的，你得想办法去争取她。这世界上的女人，大多都是林嘉嘉那种货色，要真有不错的，你可不能放手。”

“这件事你就别再管了，越帮越忙，我们俩的问题绝不是你想的那么简单。”

“那到底有多复杂，你倒是说说看。”

洛宁说：“就像你说的，我没事业、没钱、没理想，年纪也大了。她不一样，她很有能力，现在也很成功，我们俩的地位悬殊太大，不再是以前的我们了。”

“说真的，你这些年也不上班，是怎么生活的？”

洛宁虽然觉得对妹妹说这些很伤自尊，但是也难得有坦白的机会，他笑了笑说："基本都是花她的钱。"

"真的假的？你……你吃软饭呀？"洛小鸥瞪大眼睛，"不可能吧？现在的女人还有这么傻的？"

"我挺对不起她的。"洛宁叹了口气，"越想越觉得，这几年我做了好多对不起她的事。"

洛小鸥连连摇头说："现在的女人都现实得要命，别说你花她的钱，就算你赚钱不够多，也不会有人愿意跟你浪费时间的。哥，你……你好丢人啊！"

"大小姐，你还没有步入社会，赚钱不是你想象中那么简单的。每个行业、每个领域都有非常强的竞争压力，不是你有雄心壮志，就可以成为富翁的！我一开始到这个城市的时候，也是有理想、有追求的，但是现实太残酷了，我起早贪黑一个月，赚的钱还不够交房租的。"

"这些苦我从来没有跟任何人提过，我也知道说出来很没面子，可是我能怪谁？是生活让我变成这样的。我一开始也不想花她的钱，但是她赚钱比我多，又不计较，慢慢地我也就习惯了这种生活。"洛宁分外坦白地对洛小鸥说着这些话，不知道为什么，他觉得自己此刻无比真诚。

"你这么说，我更得见见她了，到底是什么样的人，能容忍男朋友一直游手好闲，吃自己的、住自己的，即使是跟你闹分手，也不是把你一脚踢出来，而是自己默默地搬出去……这是天使了吧？！还是被你下降头了呀？我真的没办法相信这是真的。"

洛宁被洛小鸥说得更加内疚，黎椏对自己好他比谁都清楚，正因为如此，他才自以为黎椏离不开自己。

"不行，我必须得见见她。"洛小鸥的眼睛充满了光亮。

6

为一个失去老伴过度悲伤的老人做完咨询后，黎椏一个人靠在沙发上听音乐，白沧海走了进来。

“刚才那个老太太，走出去的时候好像哭了。”

黎桠说：“是啊，相依为命的老伴突然去世了，孩子又不是很孝顺，人到老年，真的是很悲伤的一件事情。”

“怎么样？这几天情绪好点没有？”白沧海关切地问。

黎桠说：“睡眠很不好，觉得身体情况也不是很理想。”

白沧海刚要说什么，电话又狂响起来，白沧海看了看号码，很尴尬地说：“不好意思，接个电话。”

黎桠点了点头，白沧海又跑去阳台接电话了，黎桠看着白沧海的背影发呆。这时候屋里正好飘扬着一首很温柔的英文情歌：*can't help falling in love*，“智者不入爱河”，黎桠觉得有点好笑，又觉得有点讽刺。

电话大概讲了十多分钟，白沧海焦头烂额地走了进来。

黎桠开玩笑说：“最近谈恋爱了？”

白沧海说：“比谈恋爱更可怕。”

“怎么了？”

“你还记得上回节目里那个女孩吗？卖邮票册的那个。”

“记得，怎么了？”

“我当时对她的邮票册很感兴趣，现场也一直在劝她三思而后行。结果她拿我当知心大哥了，一直给我打电话，什么事都给我打电话，那天你催眠被打扰，电话就是她打的。我觉得她的精神状况不太正常，她似乎非常喜欢打电话，不分昼夜，也不问场合，讲起来没完没了，有时候甚至凌晨一两点也会打。一开始我还觉得这是因为她没什么朋友，拿我当朋友了，现在看来不是这么回事，她可能真的需要专业的帮助。”

黎桠笑了一下，说：“怎么个不正常？”

“当初她要卖邮票册，节目一播出去，每天都有数不清的人来跟她询问价钱。她会将自己跟每一位询问者的对话复述给我，有时候晚上说起她自己的心事时，经常会哭，我都不知道该怎么办才好。”

黎桠没说话。

白沧海焦虑地说："我现在对随时随地要接她电话有很大的负担，她真的比女朋友还可怕。"

两个人沉默了一会儿，白沧海看黎桠的反应很冷淡，觉得再说下去也没什么意思，于是说："你这几天还做那个噩梦吗？"

"没有。"

"有好转了吗？"

"那天催眠，在白光之后，我看到的是梦里的那个景象。"

白沧海吃惊地说："真的吗？太不可思议了，看来你的梦和你一直想解开的秘密，是有一定关联的！"

"但还是没有答案，凭我自己的力量，想要解开这个秘密，实在是太难了。"

"别着急，改天我再帮你催眠一次，这次我保证一定不让你再被打扰。"

黎桠摇摇头说："不必了。我想，催眠能给我的暗示已经完全都给我了，至于这暗示的真正意义，恐怕我只能慢慢地去发掘了。我觉得即使再次进行催眠，能看到的仍旧只是这些讯息，不会再有更多了。"

"你觉得这个场景代表的是什么呢？"

"完全无法理解。更奇异的是，我在当时的场景里，感受不到身体中除了眼睛之外的部分，这让我没有办法解释。"

"也就是说，这个场景很可能不是现实？"白沧海对黎桠的梦产生了浓厚的兴趣，"只是虚构出来的一个平台而已，而这个平台，很可能是你现实状态的投射？"

"我没听懂。"

"在你的梦中，你置身在一个熙熙攘攘的环境中，你看到的全部都是人来人往的场景，但是你看不到自己。它代表着的很可能是你长期生活在别人的倾诉里，潜意识里你发现你找不到自己了，这也就是你的焦虑所在。"

"是这样吗？"黎桠有点怀疑。

白沧海说："有时候梦可以反映出当事人的实际状况，是一种潜意识的反应。你因为焦虑而做了这样的梦，又因为梦到这样的情景而焦虑，两者相辅相成。"

黎椏没有反驳，但是心里觉得事情可能并不像白沧海说的那么简单。她脑子里不断地闪现起父母的眼神、父母的表情。她忽然感觉这条路越走越黑，已经快要走进一个死胡同里去了，黎椏绝望地叹了口气。

前台的女孩打进电话："白博士，有一个女孩在这里等你好久了。"

白沧海拍了拍脑门说："坏了坏了，那个邮票女竟然找到这里来了。刚才她给我打电话，说她有事跟我说，我说正在上班，不太方便，谁知道她竟然能直接找过来。"

"也许真的有急事找你，你赶快去看看吧。"黎椏说。

白沧海愁眉苦脸地走了出去。

第十二章

撕扯破碎的灵魂

倾诉者自述：

“我不再年轻，既没有体力，也没有经验，我甚至怀疑自己是否还有能力杀进职场去跟那些年轻女孩子竞争……”——张冬

1

进来的女人哭得泣不成声，黎椏给她递去一盒纸巾，女人从中抽出一张，哭声稍微减弱了一点，擦了擦脸，然后又似乎想起了什么，再一次放声大哭起来。

黎椏看了看手里的客户资料卡：张冬，28岁，家庭主妇，丈夫失踪。

“我丈夫……他失踪了……”张冬边哭边说，拿纸巾擦了擦鼻涕，她的眼睛因为长时间的哭泣变得又红又肿。

“什么时候的事？”

“大前天晚上我做好饭等他下班，本来说好了吃完饭一起去看话剧的，票都买好了，结果我一直等到十点多，他也没有回家。打他手机发现关机，公司的人说他一下班就走了，因为他平时应酬很多，经常会晚回家，我当时没觉得是大事儿，就是觉得他不回来也应该跟我提前说一声。没想到……直到今天，他都还没回来！”说到这里，张冬再次控制不住自己的情绪，放声大哭起来。

“这种情况过去出现过吗？”

“他工作很忙，以前也有过失约的情况，但是从来没有好几天都不回家啊！”

“会不会是有什么急事，他又一时来不及通知你呢？”

“打个电话，用不了一分钟，能有多紧急的情况，连个电话都没时间拨呢？他难道不知道我在家里等他等得快要疯了吗？”

“你说的没错，即使再急再忙，打个电话的时间总会有的……张女士，你报警了没有？”

“还没……”

“我觉得这种情况下，你应该第一时间报警，虽然我们不应该把事情往最坏的方向想，但是有警方协助调查的话，事情应该会进展得顺利一些。”

张冬只顾自己哭泣，没有回应黎桠的建议。

“黎桠老师，我记得你有一次在直播中说过，男人要是突然变了，大部分的原因可能是外面有人了……原话我不记得了，意思是这个意思。我越想越觉得不对劲，你说会不会是他跟情人跑了？”

面对张冬的提问，黎桠显得非常尴尬，她以前是在节目中说过类似的话，但是这句话一旦套到现实中来，就显得异常的刻薄和尖锐。她没有办法判断张冬的丈夫为什么会突然失踪，这种情况下，她脑子里想得更多的是：张冬的丈夫也许出事了。

张冬又哭了一会儿，然后抬起头，说：“你说，我这叫什么婚姻，这件事我要是告诉别人，会不会被认为是我胡说八道？”

“你真的没考虑过他出什么意外吗？”黎桠忍不住说。

张冬说：“不可能的，他已经失踪很多天了，如果有什么意外的话，警察早就通知我认尸了。再说了，他人高马大，就算遇到什么危险，歹徒都不会是他的对手。他不可能有事的，我敢肯定。”

黎桠开始觉得有点蹊跷，她试探地问：“他以前失踪过吗？”

“因为他的工作平时比较忙，应酬非常多，连续几天不回家也是很正常的。但是无论是出差还是加班，都会提前跟我说明原因，这回奇怪就奇怪在，他连理由都没有。”张冬擦了擦眼泪，可能是哭累了，她从包里掏出烟盒，问，“能吸烟吗？”

黎桠本来想拒绝，但是观察到张冬不稳定的情绪，还是点了点头，随后站起身，把阳台门打开了。

一根烟结束，张冬的情绪明显稳定了很多，她冷笑了一声，说：“我不知道你结婚没结婚，反正在我看来，男人没一个好东西。”

黎桠点头，附和着张冬的表达，然后突然想起什么来，说：“对了，你有查过他的通话记录吗？也许从中可以找出一些线索。”

“我丈夫这个人你不了解，他不想让你知道的事情，你永远也不可能知道。”张冬说，“就说手机这件事，我都不知道他究竟有几个电话号码。他这人很聪明，尤其对于电子科技产品，他能把这些东西玩得很转，但我在这方面则是个白痴。前段时间我们家电脑出了点小问题，他把电脑重新装了一遍，所有的历史记录全都被清空了。这次他失踪之后，我很想看看他的网络浏览记录和聊天记录，但是我什么都找不到。他太精明了，当初我们俩结婚的时候，我就觉得自己不是他的对手，但转念一想，进入了婚姻，也就不必把多寡得失计较得那么清楚。至少他肯跟我结婚，说明他还是爱我的，不是吗？”

黎桠说：“你们俩是怎么认识的？”

“他是我以前好朋友的男朋友。”张冬说完这句话，有点自嘲地说，“我这算是得到报应了吗？当初为了追到他，我是用了点小心计。他各方面都很优秀，我第一眼看到他的时候，就被他身上那种神秘的气质给吸引了，觉得他就是我一直想要找的男人。那时他刚从国外留学回来，跟我的好朋友以前是同学，两个人自然而然地在一起了，但是很显然，我的朋友掌握不住他。”

黎桠仔细观察着陷入回忆的张冬，她发现张冬虽然被丈夫失踪这件事搞得焦头烂额，但是可以看出来她是个干练且气质出众的女人。她不算非常美，但是有一种很灵动的感觉在她身上，从她的眼神中就可以看得出来，她曾经一定是一个很自信的人。

“我有时候有点盲目自信，可能跟我成长环境有关，我父母从小对我溺爱有加，所以造成了我任性、不服输的毛病，我觉得没有我做不到的事情。在婚姻上我更是自信，当我第一眼见到我丈夫的时候，我就知道我要嫁给他，结果我成功了。

“可是，我真的成功了吗？表面来看我很幸福，丈夫工作体面且收入丰厚，我结婚后不必再为生计东奔西跑，平时跟朋友们逛街、购物，我也从来不用担心钱的问题。去年我看中了一个爱马仕的手袋，但是价格实在是太昂贵了，于是我想来想去还是没舍得买，我回家后把这件事跟丈夫提了一句，没想到第二天，这个包包就到了我手里——他总是这样，不承诺什么，但是他永远可以给人惊喜。我没有办法想象失去他以后我的生活会是什么样子。”

黎桠说：“你现在完全没有收入吗？”

“没有。嫁了我丈夫那样的人，我还需要工作吗？”张冬说，“我觉得结婚后再出去工作的女人都特别可悲。”

“我觉得任何时候，女性都应该有独立生活的能力，这是尊严和生存的问题。比如说现在——你的丈夫失踪了，我相信你除了感情上受到伤害之外，经济上也会出现问题吧？”黎桠一针见血地说。

张冬说：“是啊，平时我花钱都是刷他信用卡的副卡，我从来没有担心过这些问题。”

“你有跟他的父母或者朋友联系过吗？即使他有意失踪的话，可能也会和他们联系。”

“他的父母都在国外，平时很少来往，我和他结婚的时候，与他父母也只是视频通话了一次，他联系父母的可能性很低。朋友的话，他是个自我保护意识很强烈的男人，他不会允许自己有那种无话不说的朋友，即使是躺在他的枕边的我，也很难猜透他所有的想法。

“他是12月底出生的男人，据说这时间出生的男人，天生就有一种神秘的气质；他又是A型血，是最难掌握的一类人。你知道吗？一个本来应该是你最亲近的人，到头来你竟然发现完全不了解他……你了解那种感觉吗？我用尽了心思，但就是猜不透他在想什么。”

黎椏理解地说：“你在这场婚姻中，完全处于弱势，你没有控制的能力，你很害怕失去他。”

“你说的很对。其实这几年，我一直疑神疑鬼、患得患失，我觉得自己都有点精神疾病了。我怀疑我丈夫至少出轨了两次，并且有过无数次离开我的想法，虽然他从来不承认这一点，但是直觉告诉我，这都是真的。”

“有什么实际的证据吗？”

“在结婚前一晚，他突然问我：你觉得两个人在一起，需要拘泥于形式吗？为什么人和人之间不能随心所欲地相处呢？我相信这是他的心里话，他并不想结婚，只是我强烈要求，他才勉强同意的。我觉得他当时的意思是，如果我们不相爱了，即使有婚姻关系，也不可能把他拴住，他只属于他自己。”

“这也只是你的猜测，还有吗？”

“还有一次是我参加他们公司举办的年终派对，因为是一个演艺公司，所以现场美女如云。可以想象那么多美女的场合，会给我带来多么大的精神压力。我不能想象丈夫每天身处那样的环境，会真的完全不动心。同时我发现现场很多女人对我丈夫都是觊觎不已的，我完全可以读懂那些女人的眼神。那一刻我感觉自己像丑小鸭一样可笑，我甚至可以感觉到那些女人对我的不屑一顾。

“我丈夫对谁都是一样的态度，非常有分寸。可是就在我去洗手间再回来的片刻，我看到有一个女人正跟我丈夫说着什么，她的神态非常忧伤，看到我之后，她迅速地走开了。我后来再也没看到她，但我的直觉告诉我，他们俩关系一定不一般，因为那一晚，我觉得我丈夫也有点不太一样。那个女人走后，他虽然表面没看出来有什么变化，可是我能感觉到他一直闷闷不乐。我追问他那个女人是谁，他却一脸茫然，因此我几乎可以断定，他们俩肯定有着暧昧的关系。”

黎桠说：“你丈夫突然失踪，那他的工作怎么办？那么好的工作，不可能无缘无故放弃。”

张冬说：“这也就是我为什么断定他一定是离开我，而不是出意外的原因。公司说他请了年假。我说过他非常精明，如果他要做什么事情，一定会布置得天衣无缝，不会允许哪一环出现问题。”

“你有些过分神化他了，至少现在在你这一环，他出现了很严重的问题。”黎桠看着张冬不解的目光接着说，“如你所说，你丈夫作为如此追求完美的人，他难道不知道如果他突然失踪，你会满世界找他吗？”

“再精明的人，也有疏漏的时候，也许他过几天就会回来了。”张冬喃喃地低语，极力地为丈夫找着并不完美的借口。

“按照你的叙述，我觉得他最有可能的做法，是会先安置好你，再安排好公司的所有的工作，把一切都处理得很妥当，再去做他自己想做的事情。”

“我不知道他为什么会这样，四天了，这四天我几乎处在崩溃的边缘，我天天打他的手机，几乎一分钟拨一回，但电话那头永远是冰冷的电子音。我不断地哭、不断地打电话，我甚至觉得只要我能联系上他，即使真相是他跟情人跑掉了，我仍旧可以原谅他，只要他肯回来，我什么都能原谅……”

爱到如此疯狂，黎桠有些感慨，她同情张冬的遭遇，又有些羡慕她的执着。如果世界上能有这么一个人，让她奋不顾身地去爱，也算是一种悲伤的幸福吧。想想自己平静如水的生活，那些隐忍试探的情感，此刻显得多么地苍白无力。

2

“我还没来得及告诉他——我怀孕了。”张冬的话再次把黎桠拉进了伤心的迷阵，“孩子已经快两个月了，我也是半个月前才知道的，但却一直没机会告诉他。这十几天里，他几乎每天都有应酬，回来得很晚，有时候还会喝酒。我想在一个浪漫的气氛中宣布这个消息，我觉得孩子会给我们俩带来很大的转变，有了孩子才可以称为完整的家庭……他也许不会百分之百地爱我，但他绝对会百分之百地爱他的孩子，孩子将会是我们俩的希望。我一想到我们将有一个共同的孩子，就激动得不得了。谁知道，我还没来得及告诉他这个好消息，他就失踪了。”

“也许事情没有你想象的那么糟糕，就像你说的，也许几天后，他就会回家了，像以前出差或者应酬一样，他总是会回来的，这毕竟是他的家。”

“不。”张冬眼神涣散地说，“这次我有预感，他是决定要离开我了。”

“我觉得，如果他真的要离开你，会有很多方式，没有必要失踪。”

“你错了，这正是他的方式。”张冬冷笑，“如果他选择放弃，他不会让我有任何挣扎的余地，这是他绝情的地方，也是他成功的地方。你看，他正在世界上的某一个角落悠闲地生活着，而我在我自己的世界里马上就要发疯了，这些他都能意识到，但是他让自己看不到，因为看不到，于是什么都不必想，这就是我们俩的不同。”

“退一万步讲，你所有的猜测都是正确的，他有了外遇，同时又厌倦了你们的婚姻，所以他预谋了这起逃离事件，并且不打算再回来了。如果这一切都是真的，你打算怎么办？”

张冬呆呆地听着黎桠的话，并没有回答，只是在这句话里沉默着，沉默着。

“他如果未来的某一天突然出现，通知你离婚，你要怎么办？”

张冬喊了起来：“我不会离婚的，我永远不会离婚！”

黎桠说：“我只是给你一些提醒，如果你的丈夫不回来，你打算一直这样等待吗？”

“我不知道……我想让你帮帮我，我该怎么办？”

“撇开感情不说，我们来说说实际的问题。你丈夫失踪后，没有给你留下任何的财产，对吗？”

张冬点点头：“除了一张信用卡的副卡。”

黎桠说：“如果他真的打算离开你，相信这张卡很快就会作废了。”

张冬显然被这句话给吓到了，她喃喃地说：“他……不会这么绝情吧？”

黎桠说：“按照你的叙述，他应该会这么做的，我是说如果你的猜测都是正确的话。我们现在仍旧不能断定，你丈夫失踪的原因究竟是什么。”

张冬咬牙切齿地说：“既然这样，为什么他还要对我那么好呢？为什么会记得我的生日，会逗我开心，会给我买所有我想要的东西……不，我相信他还是爱我的，他只是一时迷糊了……他不会这么对我的！他还是爱我的！对吗？”

黎桠说：“你不要激动，我们现在只是假设。我说过了，在事实没有明朗前，谁都不知道你的丈夫这次突然失踪的原因，你猜测的可能性只占百分之五十，我更愿意相信他的失联可能是发生了意外——比如说突然有一些事情要处理，他不得不离开一段时间，但理由又没有办法详细跟你解释……还有一个可能是——”

“是什么？”张冬绝望的眼神中迸发出一线希望。

黎桠说：“还有一个可能，说出来很荒唐，我只是说可能——人有时候会突然需要一段绝对放空的时间，远离日常熟悉的一切人和事，去想清楚一些事情。也许他什么都没做，既不是你想象中的外遇，也不是我刚才假设的突发事件，他只是想离开几天，没什么理由。”

“没什么理由？那为什么会离开呢？”

“就是没有理由，他单纯地想要一段只属于自己的时间，去思考一些问题。又或者只是想享受一个无人打扰的假期，什么都是有可能的。”

黎桠说着，想到了自己，要说她想离开洛宁，真的要她说出一个完美的原因，她说不出来，但有的时候没有理由，就已经是一个足够的理由。

张冬听了黎椏的话，似乎在心里也给了自己一些安慰，她是在绝望中为自己放置了一层浅浅的救命稻草，对于处于绝望中的人，不断地给予希望才是人道的，黎椏想。

“如果没有怀孕，也许我有足够的耐心等他回来。”张冬右手不自觉抚上了自己依旧平坦的腹部，“本来是一件喜事，现在变得这么悲哀，我需要考虑，是否有留下这个孩子的必要。”

张冬话一出口，黎椏心里一沉，她说：“孩子是无辜的，千万不要将成年人的过错，惩罚到孩子身上。”

“如果我想让他后悔，孩子可能是唯一的法宝。”张冬自言自语地说。

“你听到我的话了吗？无论你心里多么绝望，请你不要伤害孩子，孩子来到你的身体里是你们的缘分，这是上天给你的礼物，你千万不要轻易地伤害他。”

张冬迷迷糊糊，呓语般地说：“你知道我有多恨他吗？当我一次次拨打电话却得不到回音的时候；当我一闭上眼睛他们公司那些年轻靓丽的女孩环绕在我眼前的时候；当我隐约间感受到孩子在我血肉里生长的时候……我又虚弱，又愤恨，我没有平静下来的办法。

“这是虐待，精神虐待！我为什么要受这种罪呢？如果他走了，孩子对于我有什么意义可言？他没有一个完整的家，他所面对的是狠心的爸爸和歇斯底里的妈妈。再说，生下他我拿什么养？重新到社会上去打拼？灰头土脸地挤地铁当天天加班的打工仔？

“我不再年轻，既没有体力，也没有经验，我甚至怀疑自己是否还有能力杀进职场去跟那些年轻女孩子竞争……不，这不是我想要的生活，我已经迈了过来，我绝对不要自己再退回去……”

“其实，这才是你最害怕的，对吗？”

张冬看着黎椏，眼神有点躲避。

“失去丈夫并不会天崩地裂，但是如果失去现在优渥的生活，你将没有办法面对。”

“尤其是再带个孩子，我不知道以后该怎么办！”张冬矛盾地说。

黎桠说：“我非常了解你现在的心情，你对丈夫的爱包含了很多东西，崇拜、占有欲、依赖……不仅是感情，更多是生活上的捆绑。其实你想想看，孩子未必是拖累，他维系了你们的关系，将你们的一生绑定。做母亲后，你的部分精力会转移到孩子身上，不再天天以丈夫为精神信仰。在陪着孩子长大的过程中，生活会充实很多，你也会变得更成熟。”

张冬没说话。

黎桠继续说：“如果事情发展到了最坏的情况，你的丈夫再也没有回来，四年后法院可以宣布他死亡，到时候他的财产可能会完全由你继承。另一个可能是，他消失一段时间后向你提出离婚，你也可以分得他一半的财产。所以，事情并不是你想象的那么绝望，除了感情上的巨大失落外，你在财产上不会有太大的损失，生活也不会一下子掉在地上。”

张冬突然冷笑着说：“是啊，如果爱情没了，孩子也许是我唯一的精神依靠，孩子也是他的血脉，是他的延续，即使他再也不回来，我也不会再害怕一个人的孤独了。”

黎桠为张冬的这段话感到难受。

张冬却似乎已经安抚好了自己破碎的灵魂，她说：“你能给我介绍一个律师吗？最好是免费的，帮我想想该怎么去争取更多的赡养费，或者，你干脆给我介绍一个工作？人没了，生活还得继续……”

3

张冬走后，黎桠坐在沙发上久久没有起身，她双臂撑在膝上，双手支着头。屋内弥漫着经久不散的烟味和一种属于怨恨的味道。每段感情的开始都满载义无反顾的美好，结束的时候都是凄厉的利益撕扯。美好的起点，丑陋的终点，这段旅程中，“爱”到底悄悄飘到哪里去了呢？

黎桠想到了自己，如今跟洛宁虽然名义上还是男女朋友关系，但是继续走下去的可能性已经微乎其微了。这段感情如同鸡肋，否定只需要一个念头，结束不过是一个决定。是那次催眠给了她勇气和决心，她感觉自己内心一直隐藏的勇气，真的被一点点唤醒了。

过了很久，黎桠脚步沉重地走出了房门。经过白沧海办公室的时候，她看到门窗紧闭，不知道白沧海跟邮票女孩会有什么样的交谈，黎桠笑了笑。

又经过了其他几个专家的心理诊室，有的正在进行咨询，有的门微开着。助理们忙着接待预约电话和到访客户，同一时间，有人用学术解决烦恼，有人为了谋生掌握技能，每个人都有自己的理想和道路，谁都无法真正与他人融合。即使彼此相对而坐，敞开心扉，把最隐蔽的部分示人，当倒数结束，推门而出，大家依旧是毫无关系的陌生人。

办公楼下是热闹的购物广场，大大小小的品牌交织林立，埋伏在鳞次栉比的商圈中。广场中央的喷泉水池旁边永远有休憩的人，慷慨的艳阳总是拥抱大地，试图给所有的潮湿和阴暗以热烈的安慰。

黎桠慢慢走到喷泉旁，想找个安静的座位坐下来享受一下暖洋洋的好天气。她看着眼前的人来人往，曾经她觉得世界很大，幅员辽阔、生灵众多，现在她觉得世界很小，小到每个人的每个故事构成了全部。不管承载了多少爱恨情仇，世界还是这样的安静、平和、宽容。躲在世界里的她，此时偷偷地享受着不被关注的愉悦，就像孩子临时脱离了严厉的管束，自由到想伸展四肢，想咯咯傻笑。

就在黎桠享受着难得的悠闲的时候，一个熟悉的身影映入她的眼中，那人嚣张的浓妆散发出久违的香气，霸道地笑看着黎桠。

黎桠脱口而出："小雀？"

4

"我还以为我看错了，真的是你！"林嘉嘉高兴地坐在了黎桠的身边，由于裙子过短，行人往来侧目，她左右拉扯了一下衣服，抱歉地站了起来。

黎椏说："好久没见你了。"

"是啊，我特意来找你的。"

"你怎么知道我在这里？"

"我正准备穿过广场去你的诊所，没想到在这里遇到你了，真巧。"

"刚刚有点累，想下来晒晒太阳。"

"累？要不要带你去玩玩？"

黎椏开玩笑地说："上次就说带我去吃意大利菜，你欠我好几顿了。"

林嘉嘉笑嘻嘻地说："一次补齐，走，今天就带你去吃意大利菜，吃完再去我最爱的酒庄喝一杯。"

"要不要先去我的办公室看看？"

"办公室听起来好严肃。"

"不是你想象中的那样。"

林嘉嘉点点头说："也好，参观一下你的工作环境，走吧。"

林嘉嘉跟随黎椏来到了诊所，一进办公室的门，林嘉嘉就满意地说："不错，挺有情调的，配色也很棒，尤其是这个大阳台，太棒了。"

"但大多数时候我都会把窗帘拉上。"

"也是，阳光下，罪恶无处遁形。"林嘉嘉正巧在书架上看到了阿加莎·克里斯蒂的波洛探案系列，伸手拿了一本《阳光下的罪恶》。

"喝点什么？"

"可乐，谢谢。"

黎椏拿来可乐，林嘉嘉捧着书坐在沙发上，兴奋地说："这里跟我想的完全不一样，好适合聊天，太舒服了。"

见到小雀让黎椏很高兴，她说："怎么这么久没见到你？如果你没事可以常来找我。"

"一言难尽……咦，你的脸色怎么这么差，是不是身体不舒服？"

“一言难尽。”黎桠叹口气。

“我是前天开车听你们节目的音频才知道你在心理诊所上班了，你现在又直播又坐诊，会不会太累了？”

“以为能胜任，实际操作发现有点力不从心。”

“那就给自己放个长假呀，为什么要让自己这么累，钱是赚不完的。”

“不是为了赚钱。”

“那是为什么呢？”

黎桠自黑道：“我要是说想担负拯救人类的使命什么的，你肯定会大笑。”

“对别人也许会，但是我相信你真的有这种情怀。”

“我哪有那么高尚，只是高估了自己的能力，现在有点力不从心了。”

林嘉嘉看着黎桠，很认真地说：“我是真心觉得你很伟大，每天面对那么多人的烦恼，用自己的元气去化解负能量，真的很伤神的。”

“我是缺乏精神武器，自身的能力太弱了，所以对抗不了外界的挑战。”

“你永远在找自己的问题，这样你会很累的。我妈说了，遇到问题就推给别人，责任让别人去承担，自己只负责高兴就好。”

黎桠哈哈笑起来，她说：“你最近的一言难尽是什么，发生了什么事吗？”

林嘉嘉说：“我正在跟一个外国人交往，德国人，英俊又有钱。”

“‘但是’呢？”

“你猜对了，永远有意外，从来不意外。但是，我发现他藏了一些奇怪的东西。”

“藏了什么？”

“假发、丝袜、化妆品什么的。”

“是谁的？”

“应该是自己用。”

黎桠没反应过来：“自己用？”

“十有八九是个异装癖，但也可能只是玩玩，我也不想深究了，发现秘密的那一刻，我对他的兴趣就不大了。”

“虽然‘怪物’的故事比较精彩，但我还是希望你遇到一个正常的人，彼此相爱，安稳地生活在一起。”

拉到阳光下，人人都有秘密。”林嘉嘉拍了拍手里的书，问，“你呢？婚礼筹备得怎么样了？”

“应该不会结婚了。”

“为什么？是发生什么事情了吗？”

黎桠说：“这就是我说的一言难尽。发生了一件事，颠覆了我现有的生活。现在我的人生可能要重新洗牌了。”

“发生了什么？”林嘉嘉立刻想到那天跟洛宁的意外相遇，想到了他身边的女孩。

“我做了两次催眠治疗，发现内心深处竟然有一个未知的创伤，它是我所有情绪黑洞的源头。如果能揭开埋藏在我记忆深处的秘密，我的软弱就有可能被治愈，我才能真正地强大起来。”黎桠说。

“那你查清楚这个秘密究竟是什么了吗？”

“不知道。以前我总是害怕改变、害怕失去，自从直面内心的伤口之后，我就像是拿到了勇气大门的钥匙，开始不害怕别离了。”

林嘉嘉说：“我能感受到你的变化。”

“我意识到，对抗软弱最好的方式就是接受现实，安全感太过虚无，如果总靠别人给予，必定会患得患失。溺水的人，必须自救，我忽然不需要别人给予的安全感了，也不想再依赖任何人。”

“了不起的改变。”林嘉嘉感叹。

“代价也是很大，我可能会放弃感情，以后还能不能遇到也未知了。”

5

林嘉嘉陷入沉思，她越是接触黎桠，内心就越愧疚，黎桠已经把小雀当作可以交换心事的朋友，而她只是一个骗子。想到这里，林嘉嘉有点难过，她何尝不想有一个像黎桠这样的好朋友呢，可以坦荡荡将这段友情放置到阳光下，她们可以到处吃喝玩乐，彼此关心，相互倾诉。可是这段友情的根基就是错误的，一旦真相浮出水面，就是结束的时刻。

“还不知道该怎么开口说分手。”黎桠低声说，“毕竟是三年的感情，只是因为我单方面的情绪变化就要结束，有点自私。”

看到黎桠还在自责，林嘉嘉多想把一切真相都告诉她，让她心安理得地彻底决断。但她内心太害怕从此失去黎桠，因此不想让黎桠知道自己的身份。左思右想之际，她做了一个决定。

“我再给你讲个故事吧。”

“好啊，你的故事是我的治愈机，聆听你的故事时，我不需要去思考如何解答，不用尝试去安慰对方，总的来说就是不必动脑子。”

林嘉嘉说：“这个故事有点特别，我想想怎么开始。”

“好。”

“大概两年前吧，也可能是一年半，我有点记不清了。我认识了一个人，长得很帅气，浓眉大眼、气宇轩昂、风趣幽默，还很慷慨，常送我礼物，甜言蜜语张口就来，使我无论是物质还是情绪都很满足。”

“美好的开始。”

“并不美好。我其实有点不知道该怎么讲。”林嘉嘉的语速和语气都与平口不一样，她讲讲停停，有点语无伦次。

“人和人之间的吸引很奇怪，我说不清楚他哪里吸引了我，但我对他的想法倒是一清二楚，他对我的过去一无所知，他觉得我就是个简单的白痴，爱财、虚荣、肤浅，日常就是收收礼物、听听情话、骗骗男人，仅此而已。”

“他把你想得太简单了。”

“他这么判断也没错，我确实很虚荣，也很肤浅，但我从不欺骗。”林嘉嘉说，“喜欢我的男人愿意花钱取悦我，这不是我的错，我只是乐于接受而已，跟他不一样。”

“他骗钱吗？”

“我不知道他是做什么的。虽然他出手很阔绰，但我从没见他工作过。”

“他是被富婆包养了吧。”黎椏说。

“我当时也这样想过，但什么样的富婆那么好骗，天天就放任他这样挥霍玩乐，满口的谎言还不揭穿呢？后来我还怀疑过他经营的是什么见不得人的黑色产业，总之，能想的我都想了，但答案很意外。”

“是什么？”

“他没有被富婆包养，也不是什么神秘的富商，他只是运气好，找了个对他深信不疑的有钱女友。”

“是手段太高明还是对方太迟钝？”

“其实也并不高明，我见证过很多次他撒谎的场面，明明漏洞百出，但对方却真的没有怀疑。我觉得不可思议，世界上真的有这么单纯的女人吗？为什么这么低级的谎言都听不出来呢？”

“你在旁边看到他那些举动，为什么还要跟他在一起？”

“我也说不清，好奇心？新鲜感？或者也有点贪恋他的美色……也可能是，他每次都说会分手。”

“那他成功分手了吗？”

“没有，这也是我好奇的地方。”

“好奇什么？”

“如果爱一个人，是不会选择背叛的。既然背叛了，又为什么不舍得放手？”

“一段婚姻关系很复杂，没有你想的那么简单，除了感情勾连，可能还有利益的纠葛……我接到最多的控诉就是离婚纠纷。”

“不，他不存在这个问题，他想离开，分分钟都可以走。”

“他为什么不呢？”

“这就是我好奇的点，我想知道到底是什么让他这么难以抉择。”

“最后你找到答案了吗？”

“没有，在探寻答案的过程中，就像你一样，我忽然有了颠覆性的改变，我不想知道了，也不想继续了，立刻按了暂停键。之前算是迷失过一段时间，清醒后觉得人性的黑暗没有必要探索，也没必要了解。人生苦短，只选那些阳光的、明媚的人来往就好了。”

6

黎椏刚要说什么，白沧海进来了，推门看到陌生人，有点惊讶。

林嘉嘉立刻起身打招呼：“我认识你，你是白沧海。”

白沧海不好意思地笑笑。

“我是黎椏的朋友，路过这里，过来看看她，没打扰你们工作吧？”

“没有没有。”白沧海笑着说，“欢迎美女来视察工作。”

黎椏皱了皱眉，对白沧海表现出来的轻佻态度有点反感。

“晚上忙不忙，一起吃饭？”林嘉嘉邀请两人。

白沧海说：“我现在要去处理一件急事，不能去了。”

“什么事？”黎椏问。

白沧海说：“那个邮票女孩，她被人骗了。”

“被骗？”

“她着急跑来找我，说邮票被人骗走了。”

“到底怎么回事？”黎椏吃惊地说道，这确实不是一件小事。

“节目播出后有一大群人联系她，于是她坐地起价，但仍有很多人要买。这几天她天天给我打电话，让我帮她做决定，我跟她建议过，这种买卖最好找一个安全的机构见证，她却完全没听我的忠告，就在昨天，跟一个出价最高的买家见面，结果对方三言两语就把邮票骗走了。”

“报警了吗？”

“怎么报警？她连对方叫什么都不知道，现在求我帮她找律师，还要跟苏霏闹，说那人是通过节目联系到她的，电视台要为此负责，还要苏霏再做一期后续节目，寻找骗子。我现在是焦头烂额，一会儿就带她去见苏霏……”

林嘉嘉听到这里，忍不住笑起来：“你们的工作真有趣，天天见识各种怪事，世界上怎么会有这么多怪人。”

“如果人人都正常，我们就要失业了。”白沧海打趣道。

“也对，那就改天再见吧。”林嘉嘉起身离开。

黎榧将林嘉嘉送到楼下，脸色阴沉沉的，始终一言未发。

下了电梯，林嘉嘉以为黎榧要跟她去吃晚饭，没想到黎榧停住脚步说：“小雀，今天我不去了，改天我们再约吧。”

“为什么，不是说好了要补齐吗？吃完饭还要去喝一杯。”

“晚上我还要直播，不能喝酒，下次吧。”

“黎榧。”林嘉嘉突然正色说，“这段时间我真的很开心，跟你谈天说地，分享隐私，像认识了一百年的朋友，我从没有过这么愉快的感受。答应我，要快乐、要自信，没有人值得你伤心，更不要让任何人伤害你。你是最重要的，无人可以取代，我会记住我们的友谊，记住我们这段快乐的时光。”

“听起来怎么像生离死别？”

林嘉嘉伤感地说：“好的感受一定要及时分享，谁知道明天会发生什么事情。每天都有天灾人祸，时时刻刻都会出现意外，下一秒可能就会被带到外星球上去了。未来不可预知，但此时此刻，一切都是真实的，我特别感恩。”

林嘉嘉的话很动人，黎榧竟然忍不住要哭出来，她努力地忍住眼眶里的泪，两个人慢慢地走着，脚步沉重，不知为什么会有如此强烈的不祥的预感，似乎真的这一别就是永诀了。

就在两个人要告别的时刻，一个意想不到的声音出现了：“林嘉嘉？”

当林嘉嘉意识到这个声音是来自谁的时候，她已经来不及躲开了。

7

洛宁出现在黎桠和林嘉嘉的身后，用一种异常尖锐的眼神看着林嘉嘉，林嘉嘉只觉得眼前一阵眩晕，脸色变得煞白，她最不希望发生的一幕，马上就要发生了。

黎桠显然不知道发生了什么，在这里遇到洛宁很意外，但更奇怪的是洛宁似乎认识小雀，还喊出了一个陌生的名字。

没等黎桠搞清楚状况，一个女孩从洛宁身后冲出来，对着林嘉嘉恶狠狠地说："你在这里干什么？"

林嘉嘉脸色很难看，似乎要避开什么，低头要走，却被洛宁一把抓住。

"你们认识？"黎桠吃惊地看着这一幕。

"放开我。"林嘉嘉使劲挣扎，面带怒色，却也有息事宁人的意味。

"你捣的乱还不够多吗？你怎么答应我的？"洛宁不依不饶，紧紧地抓住了林嘉嘉的胳膊。

"这到底是怎么回事？"黎桠看看小雀，又看看洛宁，完全如坠云雾。

洛宁身后的女生主动自我介绍说："你就是黎桠姐姐吧，我是洛小鸥，洛宁的妹妹。我俩这次来就是想解决一下你们之间的矛盾，没想到恶人居然自投罗网了。如果不是这个坏女人，我哥哥怎么会这么痛苦？"说完，洛小鸥恶狠狠地看了林嘉嘉一眼。

林嘉嘉面如死灰，尴尬到无以复加，只想快速逃离这个可怕的局面。

"对不起，我先走了。"林嘉嘉使劲挣脱了洛宁的手，低头要离开。

"等等。"黎桠的声音虽然不大，却充满了坚定。

林嘉嘉不敢直视黎桠的眼睛，她的心一下收紧了，同时意识到，这一次是彻底玩完了。

"你到底是谁？"黎桠平静地问。

“她叫林嘉嘉，是个十八线网红主播，专门骗人刷礼物捞钱的那种。我哥哥一时糊涂，受了她的诱惑，给她花了很多钱。她逼着我哥跟你分手，但我哥哥一直下不了决心，她为了报复我哥，故意接近你，目的是拆散你们。”洛小鸥一字一句讲出了这些话，每一个字都像是针尖一样扎在了黎桠的神经上。

“闭嘴，你这个笨蛋！”林嘉嘉急了，失控般地对洛小鸥怒吼。

洛宁低着头，一句话都没说。

黎桠依然看着林嘉嘉，问：“她说的是真的吗？”

“不是，黎桠……我认识你没有目的，我……”林嘉嘉想为自己解释，却发现百口莫辩。

“你不要再花言巧语了，我哥把你们的事情都告诉我了，在海南你逼着我哥分手还不够，被我哥发现你在黎桠姐姐身边捣乱后，你答应过我哥不再出现，结果你还是不死心，你到底想要怎么样？”

“海南？”黎桠抬头看着洛宁，确认地问，“所谓的在海南谈项目，是跟她在一起？”

洛宁不敢回答，林嘉嘉也再次低下了头。

黎桠倒吸一口凉气，努力想让自己保持平静，然而一阵无法遏制的怒火升腾起来，席卷了她的全身，浑身上下每一块骨头都爆发出了激动的颤抖。

“所以，我就是你要找的答案，是吗？林嘉嘉？”黎桠悲愤地说。

林嘉嘉止不住地流下泪来：“对不起，黎桠，对不起。”

“黎桠，都是我的错……”洛宁伸手想拉住黎桠，却被黎桠狠狠地甩开。

顷刻，昏天黑地的浓烟向黎桠袭来，她耳边不断地听到“对不起，对不起”，一半来自小雀，一半来自洛宁。她的意识在这一刻支离破碎，她的呼吸通道似乎被堵住，负责大脑运转的神经也停止了工作。

一切都紊乱起来，黎桠眼前出现了模糊的幻象，有摇头摆尾的大象、有怒目圆睁的狮子、有戴着面具的萨满巫师，还有跳舞的蛇精。散发着诡异光圈的幻象中，这些怪物的脸统统都变成了林嘉嘉和洛宁，交错着、旋转着向她冲来，带着“对不起”的咒语，一波接着一波……她被纠缠在这些幻象的中央，在旋涡里挣扎，她想跑，她要逃，但去向哪里她却不知道。

就这样，黎椏在极度迷乱的状态下，在广场上奔跑了起来。喷泉边休息的人看到这个场景，都被吓到了，不知道为什么会有一个忽然疯狂奔跑的女人。谁也想不到，这个“疯子”，就是他们城市中当下最红的情感顾问，为众多人解决了情感危机的黎椏老师。

看到黎椏的举动，大家都慌了神，林嘉嘉泪流满面，对着傻傻站在那里的洛宁大喊一句：“快点去追啊！”

洛宁此刻才从噩梦中醒来，他意识到黎椏状态不对，来不及多想，疯狂地冲出去追黎椏。在这一刻，他无比后悔、无比难受，黎椏变成这样，都是他一手造成的，他要补偿这一切，他要保护她，保护这个可怜的女人。

洛宁追上了黎椏，一把从身后抱住她，她的身体在剧烈地颤抖，她的脸色是从没有过的苍白，她甚至有点神志不清醒。

“黎椏，黎椏……对不起，黎椏，请你原谅我。”

洛宁的“对不起”又一次深深地刺激了身处幻觉中的黎椏，她紧紧捂住耳朵，但意识里那些妖魔依然在用“对不起”编造巨网，一丝一扣地箍着她，紧紧掐住她的咽喉，作势要把她掐死。

黎椏不知道哪里来的巨大的力气，翻过身来狠狠地对着洛宁扇了一巴掌。这时，岑女士出现在了幻象中，她带着邪恶的笑，给黎椏做出了正确的示范：岑女士对着祝先生的脸左右开弓，噼里啪啦，十几个连环掌打过去。

黎椏也模仿着她的姿势，对着洛宁的脸，左右开弓，噼里啪啦，十几个连环掌打过去。洛宁毫无防备，趔趔趄趄，后退了好几步。

岑女士在黎椏脑海中说道：“对，就是这样，乘胜追击，继续打。

所有的伤害都是他带给你的，不要原谅他们，不要放过他们。”

受到了岑女士的“鼓励”，黎桠就像是“恶鬼”上身一般，整个人都焕发出了超乎想象的能量，她卡住洛宁的脖子用力地掐，对着他的腿狠命地踢。洛宁被黎桠打到跪在地上，抱住了头满地打滚，但黎桠依然不肯放手，冲过去对着他使劲踢过去……

直到喧闹的人群把他们团团围住，直到随后赶来的林嘉嘉和洛小鸥吓到呆愣在原地，直到周围巡逻的警察闻讯赶来，直到黎桠的世界里再也没了颜色……

一片漆黑中，黎桠听到耳边有一些声音悄悄响起：

“这不是黎桠老师吗？”

“黎桠老师？不可能吧……”

“是她，是黎桠老师，天啊，真的是她。”

第十三章

软弱的大多数

倾诉者自述：

“不发亮又怎样？不当太阳又为什么不行？为什么总在别人的眼光中活着？”——黎桠

1

从派出所走出来的洛宁，全身上下狼狈不堪。在刚刚结束的问询中，他承认自己伤害了女朋友的感情，所得一切都是活该，不追究黎桠的任何责任。在反复确认之后，警察对他进行了一些公众场所不得扰乱秩序的教育，并让他签了字，按了手印，便让他离开了。

洛小鸥看到洛宁出来，急急地跑来关心他的状况，洛宁想笑，嘴角却生疼。

“结束了？”

“嗯，结束了，一切都结束了。”

“哥……”洛小鸥脸色难看地喊了一句，欲言又止。

“干吗？”

“你红了。”

“什么？”洛宁摸了摸肿胀的脸，以为她说的是脸色。

“你上了热搜，网上全是你跟黎桠姐的八卦，都在猜测你们为什么吵架……”

“跟名人谈恋爱就这‘好处’，一不留神就出名了。”洛宁自嘲地说。

回家路上，洛宁一直没说话，气氛凝重，洛小鸥忍不住问：“你后悔吗？”

“后悔有意义吗？也许一切都是注定的吧。”洛宁说。

“你打算怎么办？”

“不知道。”

“我们要去医院看黎椏姐吗？”

“她现在不会想看到我的。”

“哦。”洛小鸥叹口气，过了一会儿，又问，“你到底喜欢林嘉嘉哪一点？”

“年轻、漂亮、性感。”

“你这就是‘直男审美’，她五官根本就不好看，比例也一般。”洛小鸥挑剔地说道，“那你爱黎椏姐吗？”

洛宁想了想，竟然不敢轻易回答。

“男人果然可怕。”

“可怕什么？”

“黎椏姐那么好，像个母亲一样无私地爱你，不嫌弃你没工作、没理想，给你房子住，还给你钱，你竟然连说一句爱她都要犹豫。林嘉嘉那个女人一看就是妖精，只会玩弄男人，你竟然会喜欢那样的人？”

“你早点看透也是好事，男人就是这样，得不到的总想征服，面对真正为你付出的却觉得理所应当，如果黎椏不是这么宽容，我也许没有那么多的惰性呢。”

“虽然你是我哥，但连我听你说这些话，也想拿刀砍你呢。”

洛宁笑了笑，再度陷入沉默。

“之后你打算怎么办？”

“什么怎么办？”

“黎椏姐不可能原谅你了，你还是收拾一下行李，另找个房子住吧。

幸好这几天我在，可以帮你搬家。”

洛宁冷笑了一下。

洛小鸥问：“你笑什么？”

“我亲爱的妹妹，离开那个房子，我只能跟你回家了。”

“为什么？”

“我没钱租房子，也不可能租房子。”

“你都30岁了，没有存款吗？那你平时怎么生活，难道吃喝拉撒全都是花黎椏姐的钱吗？”

“洛小鸥，你让我保持点做哥哥的尊严，行吗？”

“哥，我一直很羡慕你，把你当榜样，在我心里，你这些年在大城市打拼，从刚刚站住脚跟，到如今活得风生水起，是那么了不起。爸妈也都把你当作他们的骄傲，天天和周围的亲戚邻居说你有多优秀。我真不敢相信，你怎么能把生活过成这样？”

“……”

“要不你明天就去找工作，钱的事我跟爸妈说，不行就先向他们借一点，等你发了工资还他们？放心，我不说实话，就说你投资失败了，需要一笔钱周转……”

“让我静静可以吗？我现在真的一句话都不想说，求你了，让我安静一会儿。”

“安静有用吗？你要想办法呀！”

“能有什么办法？”

“你现在这样的处境，不都是因为林嘉嘉吗？你给她打赏过那么多钱，送了那么多礼物，现在你落难了，去找她要回来。”

“这怎么可以？”

“钱是你的，现在你们撕破了脸，当然要拿回来。”

“那些东西都是我当初心甘情愿送给她的，她也没逼我，我再怎么无耻，也不可能把这些钱再要回来。”

“这时候你还顾及什么面子，她无情无义把你甩了，还在背后给你使坏，她干出这么多坏事，你还能忍？”

“客观来说她也没什么错。”

“你是不是糊涂了？不是她搅和的话，黎椏姐能跟你分手吗？”

“我们的感情出了问题。”

“那到底是什么问题呢？”

“我也想知道。”洛宁眼神空洞地看着远方，从未体验过的绝望感席卷全身，慢慢回落。他感觉自己已经被整个城市所有的建筑物、草地，甚至空气，都抛弃了。

2

黎椏刚刚睁开眼睛的时候，视力非常模糊，她看着母亲的脸逐渐清晰起来。

“椏椏，你醒了？医生！”母亲激动地跑去找医生。

黎椏的感觉慢慢恢复，大脑却依然一片空白，她看到天花板上的花纹，闻着洁白的床单上淡淡的消毒水味道。她感觉到右手手背上扎着的点滴，清凉的盐水慢慢地输送到了她体内的各个角落。自己这是在医院病房？发生了什么事？

记忆开始慢慢连接。

在大厦前跌倒，眼前一片漆黑。

警察将人群疏散，有人在描述所见，有人在窃窃私语。

奔跑，奔跑，被追赶上。

扇耳光，打，踢，歇斯底里，躺在地上抱着头的人影。

…………

黎椏觉得意识很模糊，再次昏睡了过去。

黎椏做了一个梦，她梦到自己赤着脚走在一片沙漠里，沙漠空远辽旷，分散着无数座造型奇特、小而独立的城堡。她走进其中一座，看到白沧海正在里面安慰一个哭泣的女孩，他如此温柔、如此体贴，手持邮票册对着哭泣的女孩诉说着绵绵不断的情话。

黎椏没有停留，而是走进另一座城堡，城堡里陈列着无数的小物件，一个女孩一边出神地看着它们，一边说这些是她的战利品。

黎椏又穿梭到更远一点的城堡，她看到苏霏在台上讲着什么。下面坐着的人，黎椏也很熟悉，有虔诚的金鱼、有多疑的蜜蜂，还有可爱的苹果脸女孩，她悄悄地离开，害怕打扰了这圣洁的宁静。

谁知她一转身，就看到洛宁和小雀手牵手在海边散步，两个人身形般配、柔情蜜意，时而对望、时而拥抱，一轮夕阳将两人的身影凝聚在一起。

沙漠呢？黎椏不想在海边停留，她想回到属于自己的沙漠里，去继续探索城堡。然而，一张恐怖的脸从天而降，是他？黎椏第一次录制完节目，那个从路边冒出来的孔先生……黎椏惊恐万分，骤然醒来。

黎椏发现她并没有在医院，而是在她自己的房间里。她感觉浑身酸疼，气力虚弱，她喉咙干渴，起身去倒水，走到客厅时，发现父母正一脸严肃地说着什么。

看到黎椏起身，母亲慌忙跑了过来："椏椏，你醒了？"

"妈，我想喝水。"

母亲赶紧扶着黎椏回到房间，父亲拿来了热水壶，帮黎椏倒了杯水。

黎椏喝完水，躺在床上，父母都围坐在她旁边，眉头紧皱，唉声叹气，看起来非常焦虑，似乎有沉重的心事。

"爸妈，你们怎么了？"

母亲说："我们为你担心啊，你已经睡了两天了，身体有什么不舒服吗？"

"两天了……那直播怎么办，诊所呢？"

"你别担心这些了，你妈都已经打电话向他们解释过了，这段时间你先好好休息，把身体养好再说。什么电视节目、心理诊所，一概先不去了。"黎椏的父亲说。

“椏椏，你现在感觉怎么样？”母亲握着黎椏的手，关切地问。

黎椏此时浑身毫无力气，精神受到了巨大的创伤，整个人处于麻木和僵硬的状态中。她本想逞强安抚父母，却忽然泪流满脸，胸腔里似乎堵塞着无数的委屈和怨恨，凝结成一坨冰块。如今冰块在父母的慈爱里，完全融化成水，抑制不住地流了出来。

“爸，妈。我好难过，真的……”黎椏说完这句话，泣不成声。

她似乎回到了很多年前，当她还是个小女孩的时候，在外面受到了欺负，一见到父母就会有说不出来的夸张至极的委屈一样。而每当这个时候，父母总能给予她厚重的依靠，是她的精神靠山。

如今她不再是小孩，父母的爱也不再有能力为她营造一个与世隔绝的玻璃瓶，她需要面对残忍、面对风雨、面对命运，她没有灾难豁免权，生活并不因为她的脆弱而不给她丑陋和残酷的现实。

看到黎椏流泪，母亲也跟着哭了起来。

父亲生气地说：“那个洛宁到底怎么欺负你了，把你气成这样，他到底做了什么伤害你的事情？我得找他问个清楚！”

黎椏摇摇头说：“爸，不要去找他，不要再让我看到他，求你们了。”

“椏椏，我跟你爸爸早就看出来那孩子品行不好，不过当时你喜欢，我们也不好说什么。但是，我们不允许他这么伤害你，他怎么能这么对你呢？”

“我也不知道为什么。我们俩认识已经三年了，这三年来，我从来没有怀疑过他，他说要做生意，要投资项目，要资金周转，我都支持他，希望他能发展自己的事业。可是，他拿着我给他的钱四处挥霍，去吃喝玩乐、去旅游、去打赏主播。他利用了我的信任，也利用了我的感情，他就是个不折不扣的骗子……”黎椏越说越激动，浑身都开始发抖，头剧烈地疼了起来。

“椏椏别说了，医生说你不能受刺激，过去的事就过去了，当买个教训。钱没了还有我跟你爸，趁这件事认清楚他的真面目也是好事，以后他就没机会伤害你了。”母亲说道。

“让桠桠好好休息吧。”父亲说完，就转身离开了，他叹了口气，高大的身影有点佝偻，看起来很凄凉。

母亲帮黎桠盖好了被子，又站在床头看了她一会儿，也轻声离开了。

黎桠此刻对父母充满了愧疚，他们已经年迈，本该享受安然的生活，现在却要为她操心，实在难受。

3

父母走后，黎桠一个人在房间里发呆，思绪非常凌乱。她不敢睡觉，因为只要一进入梦境，就会看到可怕的混乱。这种混乱已经严重影响到了她身体的机能，她再也没办法像以前一样控制自己了。

黎桠想起了曾经出现在她面前的无数个失控的男女，她以前无法完全共情这种脆弱，如今，当她深陷绝境，才知道为什么那么多人前来“求助”。破碎的心、飘荡的灵魂，无根无依，多么需要有人能够搀扶自己一把。

丛林需要强者捍卫，世界需要强者支撑，但我们只是软弱的大多数。此时的黎桠不是情感顾问，不是心理专家，而是一个被欺骗、被打败的普通女性。她好想倾诉，好想寻求帮助，好想找人痛快地说说，没有压力、没有负担，不必担心给对方带来困扰，她终于明白了为什么那么多人在电视台、电台、论坛，以及各种情感社区里“暴露”隐私，那些不能跟亲人朋友倾诉的糟糕事，需要有人来分担啊。

人是需要诉说的动物，无论表面上是多么无懈可击的坚强和高贵，私下里都有隐秘的烦恼和心事，倾吐就是卸掉包袱。

只是以黎桠如今的身份，她该去向谁倾诉呢？她被外界赋予了神圣光环，她也亲自筑起了铜墙铁壁，如今一切分崩离析，她再也没力量去帮扶他人了。毕竟连自己的问题都处理不好，如何有资格去解析别人的人生，发表不疼不痒的建议，制造一些虚幻的假象，给人并不遥远的希望……一切都结束吧，一切都结束了。

就在这天夜里，黎桠做了一个重大的决定。她给苏霏打电话，过了好久，电话才被接起。

还没等黎桠说话，苏霏已经像机关枪一样噼里啪啦地说起来："黎桠啊，我刚要找你呢，你好点了吗？出大事了，快来救命，十万火急。"

"什么事？"黎桠问，苏霏的生活里依然全是十万火急的大事。

"你还记得上回在咱们节目里卖邮票册的女孩吗？她跑到台里来闹，说自己受骗了，不仅被一个男的骗走了邮票册，还被骗了身。我们劝她去报警，可她说什么也不报警，一口咬定是因为我们节目才被骗的。现在她非要我们负责，让我们帮她找回邮票册，要不就赔偿她损失。

"你说有她这么不讲理的人吗？被男人骗是她自己蠢，这跟我们有什么关系？我们只是帮她做了节目，难道还要对她的人生负责到底吗？她在台里又哭又闹好几天了，说什么传家宝丢了，这实在是太可笑了，她要真把那册子当传家宝，就别打卖它的主意啊！

"这事啊，她要闹就让她闹，不过那期节目确实失误了，台里领导当时就批评我们选题不严谨，以为我们收费做广告。你说我冤不冤，本来是想帮她，结果惹了一身骚，真是烦死了。"

"哦……"黎桠心乱如麻，不知道在苏霏如此焦头烂额的时刻，怎么跟她说出自己的想法。

"怎么感觉你吞吞吐吐的，是不是身体还不舒服，你多休息几天，我处理完这些破事就去看你。你知道吗，除了邮票册，还有一件更头疼的事。"

"什么事？"

"罗非老师出事了。"

"罗非老师？她怎么了？"

"说出来你都不会相信，她最近在闹离婚呢……哎，等会儿，我出来说。"苏霏把声音压低了，但是仅仅这一句话，也足以令黎桠吃惊了。

4

过了几分钟，苏霏走到了一个安全的地方，继续跟黎桠说："你说这事可笑不？罗非都那么大岁数了，搭上个男粉丝，具体怎么认识的、怎么发展的谁都不知道。上周节目录制罗非不是请假吗，我们都以为她生病了，结果是跟粉丝约会去了。两人一起去爬黄山，结果也不知道怎么回事，在景区里闹起来了，还惊动了警察。

"男粉丝在大庭广众之下说被罗非骗了，但到底怎么骗的也没说清楚，总之现场闹得很难堪。罗非受了刺激，当场崩溃，又哭又闹，最后是她的丈夫把她接回来的……我真的是不敢相信，罗非平时心高气傲，又是两性专家，怎么可能会发生这样的事情？实在是太惊悚了……"

黎桠深深地叹了口，并不觉得好笑，反而有点同情罗非。

"现在这件事在台里都传开了，说罗非精神受了刺激，可能要住院疗养，她丈夫也准备跟她离婚。看来我要在短时期内赶快物色一个专家。"

"苏霏……我想，你可能要在短期内物色两个专家了。"黎桠适时地说。

"两个？"苏霏没反应过来，"什么意思？"

"我可能暂时不能去录制节目了。"

"为什么啊？"苏霏在电话的另一边叫了起来，"黎桠，你别跟我开玩笑啊，你现在可是我们节目的顶梁柱，你走了我们怎么办？"

"苏霏，我只是微小的一分子，节目的成功绝对不是我一个人的功劳，你不要神化我。"

"不，黎桠，你错了，你绝对是节目的王牌，是唯一女主角，其他人全部都是陪衬。如果你不在，这节目就没意义了。"

"对不起，苏霏……我知道你很信任我，也很照顾我，但我已经决定了。"

"你总得给我个理由吧，是不是在白沧海的心理诊所兼职太累了？

黎椏，你要是觉得累，我可以帮你调整到隔天录一次节目，现在是多事之秋，你不能在这时候抛弃我。”

黎椏说不出话来，只有眼泪在无声地掉落，她艰难地说：“对不起。”

“我不要听‘对不起’！”

黎椏握着电话，眼泪默默地流着，却说不出一句话来。说真的，她很舍不得跟节目告别，即使是此刻身心俱疲的状态下，她依旧对这份工作充满着感情。她知道每天都有不计其数的人等在屏幕前期待她的出现，她沉浸在别人的故事里难过、感动，观众也沉浸在她的情绪里，跟着她体验伤感和无奈，她都知道的，可是她现在无能为力了。

“黎椏，你给我振作起来啊，不就是遇到个‘渣男’吗？我们的人生不该因为一些垃圾而废掉呀……”苏霏仍旧在那边焦躁地喊着。

“对不起苏霏，这次我真的帮不了你了。”黎椏狠狠心挂掉电话，伏在床头，放声大哭起来。

听到黎椏的哭声，母亲忧心忡忡地走了进来，桌上的手机在拼命作响，但黎椏并不打算接听。母亲看到女儿如此难过，进退不是。

过了一会儿，电话居然打到家里来了，黎椏听到母亲在客厅说：“对不起啊，椏椏现在身体很不好，可能得休息很长一段时间……别，别，你先不要到家里来，她现在需要静养，需要休息，不能再受刺激了……”

黎椏擦了擦眼泪，过去接电话，她了解苏霏的性格，如果自己不说清楚，她一定不会就此罢休。

“黎椏，你到底是怎么了，我真的不知道你这么严重，我想去看你，但阿姨说不行……你遇到什么困难告诉我，我一定帮你解决，都怪我平日工作太忙，没顾上关心你，不知道你受了这么大的伤害……”

“苏霏，我的身体是真的出了问题，已经没办法应对从前的工作了。我打算听医生的话，好好休息一下，我不知道这个期限是多久，也许一个月，也许半年？我不想因此耽误节目的正常录制，所以请你原谅我。”

“黎柾，我真的不敢相信这是你会说出来的话，你到底受了什么样的刺激？我们先不说工作的事，你我是多年的好朋友，你告诉我，你跟洛宁怎么了？以我对你的了解，就算你们分手了，你也不会受这么大的刺激啊……”

黎柾一时不知道该如何回答，只好说：“等我平静几天，再跟你谈这些，好吗？”

苏霏叹了口气说：“怪不得我最近右眼皮老跳，真的是‘水逆’到家了，倒霉的事情一件接一件，难道真的是应了那句话——天下没有不散的筵席？我们的节目是不是也快要宣告结束了？”

“不要那么悲观，无论我在或不在，永远有人需要帮助，也永远有人愿意探看别人的故事，一切都会继续的。”

苏霏叹了口气，无奈地说：“那就先这样吧，你好好休息，希望你能够尽快恢复过来，我不想这节目里没有你，真的。”

再次挂了电话的黎柾，情绪比先前略微平稳一些了，母亲就站在她的旁边，担忧地看着女儿的一举一动。

看到母亲如此担心，黎柾有点抱歉，她说：“妈，我没事，我想去睡一会儿。”

母亲似乎欲言又止，黎柾示意母亲什么都不要说了，母亲会意地点了点头，心事重重地走了出去。

5

黎柾闭上了眼睛，才感觉到眼皮肿胀难受。

安静下来的世界让她清醒了很多，她深深地吸了一口气，希望自己能够马上入睡，一觉到天亮，无梦无忧。

可是，这实在是太难了。只要闭上眼睛，小雀的身影就会出现，接着是一脸诡异笑容的洛宁，还有夜色下的白沧海、在景区大哭大闹的罗非、正襟危坐的郑洲、抱着电话走来走去的苏霏……所有熟悉的人排着队到黎桠的大脑里来了，驱赶不走、阴魂不散。

黎桠在床上翻来覆去，感觉自己掉入一个巨大的陷阱里，陷阱里有很多人，他们有着各种肤色、各种装扮，但都戴着面具，看不清脸。周遭开始慢慢躁乱起来，虫鸣鸟叫、蛙声片片，起伏跌宕，不绝于耳。

黎桠想离开这个拥挤的陷阱，却感觉脚下绵软，低头一看，原来自己踩在了一个奇怪的人身上。她吓了一跳，立即跳开了，然后，奇怪的景象又出现了——她跳到了一个奇异的空间，那个噩梦中的场景再次出现了。

她似乎是躺在某处，一双双不断穿梭的腿在她的眼前晃来晃去，可是她感受不到自己的身体。为什么看得见外界，却看不到自己呢，她焦急地想去寻找……黎桠的呼吸开始困难，一种神秘的力量施加到了她的身上，她很想挣扎，但她喊不出来，也动弹不得。

就在这痛苦万分的时刻，黎桠猛然醒了过来，此刻的她一头大汗，却浑身冰冷……熟悉又可怕的梦，像个魔咒一样反复循环。这个梦到底是什么意思？到底藏着什么隐秘的细节？那些人影和晃动的腿，到底预示着什么？黎桠通通不得而知。她想起自己在诊所向小雀说的那些话，她以为自己已经有所成长，但是现实的重压还是排山倒海般地击向她，将她打回原形。

噩梦中惊醒的黎桠此时浑身乏力，想去倒杯水，缓解自己紧张的情绪。客厅里漆黑一片，黎桠怕吵醒父母，小心翼翼地走到饮水机旁，但就在她伸手要拿杯子的时候，忽然看到沙发上坐了一个人，吓得黎桠惊叫一声，杯子滚落在地。

那个身影连忙将沙发旁的落地灯打开，黎桠这才看到原来是母亲坐在沙发上发呆。

黎桠的意外出现和尖叫也把沉思的母亲吓了一跳，她慌忙站了起来，说："桠桠，你好些了吗？"

"妈，您吓我一跳！这都几点了，您怎么还不去睡觉？"

"我睡不着，想坐一会儿。"

“妈，您怎么了？”黎桠扶着母亲重新坐下，自己也倚在母亲身边。

母亲看着靠在自己肩头的黎桠，一言未发，表情十分复杂。

“妈，您别为我担心了，我就是前段时间太累了，休息休息就会好。您看，我刚才睡了一觉，是不是现在精神好多了？”黎桠绝口不提刚才的噩梦，她不愿意母亲再为自己担心。

“桠桠，你还记得你小时候，特别喜欢吃牛皮糖吗？”母亲抚摸着黎桠的头发，脸上露出了一丝温暖的笑意。

黎桠点点头说：“当然了，我不光爱吃牛皮糖，还喜欢彩虹糖、跳跳糖、薄荷糖……只要是糖，我都爱吃，结果吃成了一嘴的蛀牙，经常牙疼得半夜哭醒，您跟爸当时都快为这件事愁死了。”

“现在你还爱吃糖吗？”

黎桠摇了摇头：“长大了，就不喜欢那些没营养的零食了，它对我没什么好处，只会腐蚀我的牙齿，还会让我变成大胖子。”

“很好，人长大了就学会保护自己了，妈妈看着你一天天长大，一天天懂事，非常欣慰。”

“妈，您怎么了？我觉得您今晚说话有点怪。”黎桠不解地看着母亲。

母亲收住笑容，叹了口气，但还是什么话都没说。

“您有什么事情要告诉我吗？”黎桠试探地问。

母亲看向黎桠的表情是黎桠从没见过的，她觉得自己这次的失控事件对父母的影响非常大，而母亲现在的表情中所蕴含的无法解读的复杂情绪，又让黎桠感到有点害怕。

“桠桠，你上次问过我，你小时候是不是有什么可怕的回忆。”

“只是催眠看到了一些不能解释的幻象，所以想追溯一下，也未必是可怕的回忆。”

母亲笑了笑说：“桠桠，其实我这段时间内心一直在挣扎。”

“挣扎什么？”

“我跟你爸反复讨论过这件事，但每次都无法达成一致。我们都太自私了，有些事早就应该告诉你，不该向你隐瞒这么多年。桠桠，你知道吗？背负秘密就如同坐监狱，时刻要受到这个秘密的牵制，是很痛苦的。”

母亲的话令黎椏瞬间呆住，这段话标志着她所有的猜测都没有错。是的，原来她真的背负着一个秘密，而且这个秘密严重到母亲会因此彻夜难眠，父母因为这件事即将要被揭露而矛盾重重……

到底是什么？黎椏突然在谜底将要揭开之前变得非常恐惧，一方面，她急不可待地想解开这个困扰自己已久的谜团；另一方面，她又本能地对这件事有些抗拒，她甚至怀疑自己是否有接受现实的能力。

一个洛宁已经让她的世界分崩离析，再来一个可怕的真相，她究竟能不能够面对？

黎椏说：“妈，如果您不想说，就先不要勉强了。”

“不，想来想去，我还是决定告诉你。其实都是因为之前我和你爸太自私了，我们害怕将这件事告诉你之后，会失去你。人一旦老了，就会变得脆弱，总害怕失去……”

“妈，我不想让您和爸爸这么为难，如果像您所说，说出这个秘密会影响我们之间的关系，那我宁愿什么都不知道。”

母亲摇摇头说：“我知道你这段时间为了这件事一直心神不宁，如果我不把它告诉你的话，它还会一直困扰着你，也困扰着我跟你爸。我们俩商量决定，还是由我来告诉你。知道这件事后，你可能会恨我们，但是如果继续隐瞒，我们会良心不安。”

听着母亲这些掏心窝子的话，黎椏难过得流下了眼泪。她沉默着，不知道迎来的会是怎样可怕的真相。

“你之前告诉过我，你一直做着相似的噩梦，不知道是怎么回事，却又摆脱不掉它，所以极度痛苦。”

黎椏拼命点头，心跳紧张到快要停止：“这个梦困扰我好多年了，尤其是接受催眠之后，我频繁地梦到那些可怕的景象：梦里我看到很多人、很多腿，我只有一双眼睛，却没有身体。”

“我接下来告诉你的，应该就可以解答你的所有疑惑。”

“妈……”

黎樞的母亲调整了一下自己的状态，静静地讲出了下面一段话——

“很多年以前，发生了一起意外，我当时已经怀孕八个多月了，却因为下楼梯踩空，从高处滚落，造成了大出血。被送到医院的时候，我肚子里的孩子已经没了，我的子宫也被迫切除。”

黎樞瞪大眼睛，几乎不敢呼吸，也不敢打断母亲的话。

“当时我真的是万念俱灰，我觉得对一个女人来说最残忍的事，就是被剥夺做母亲的权利。当我醒来知道自己再也不能生育的时候，我甚至不想活下去，只想一死了之。是你爸爸劝住了我，虽然他喜欢孩子，可是他更在乎我的健康，他说，如果这是命运的安排，他接受。

“我记得很清楚，出院那天非常冷，我们俩慢慢地往停车场走，一句话也没说。当我们走到停车场入口的时候，听到一个细弱的哭声从旁边的草丛传来。我们循着声音去找，发现了一个纸箱，声音就是从这里传出来的。

“我们走近看，这一看不要紧，发现里面竟然是一个刚出生不久的小婴儿。她气息很微弱，裹在小被子里，眼睛都有点睁不开。我欣喜若狂，一把将孩子给抱了出来，本来我以为被遗弃的孩子不是残疾就是生病了，可是抱在怀里我却发现，她非常健康、非常乖巧，似乎能够感觉到我的善意，还对我微笑。我一下子就哭了，我刚刚失去了一个孩子，她就出现在了我的面前，我认定这是天定的缘分。

“无论是家人还是朋友，都不知道我受伤的事，我们当即决定把孩子抱回家，代替那个夭折的孩子。”

黎樞完全惊呆了：“我就是那个抱回来的孩子吗？”

母亲点了点头。

母亲的话如同晴天霹雳，将黎樞的思绪完全扰乱了，她以为自己小时候受过侵害，以为自己走丢过，甚至以为自己闯了什么弥天大祸。唯独没想到的是，如此疼爱自己的父母，居然与自己没有血缘关系。

“我跟你爸原本决定将这个秘密永远保守下去，在我们心目中，这个孩子就是我们亲生的，我们用全部的爱去对待她，希望给她一个完美的人生。童年、少年，直到成年，这孩子带给了这个家数不尽的快乐，不仅让我体会到了做妈妈的幸福，也让我的人生更加圆满……椏椏，你知道我有多么感谢你吗？”

“妈……”黎椏打断了母亲的话，猛地扑到了母亲的怀抱里紧紧抱住她，眼泪奔涌而出，再也抑制不住。原来如此，她从来没有像这一刻这样感觉到母亲是如此伟大，如果不是母亲亲口坦白这个秘密，她绝对不会对自己的身世有一丝一毫的怀疑。

从黎椏有记忆开始，父母对她的关爱从未吝啬过，为她创造了美好而自由的生活，让她心满意足。而就是这样一对完美的父母，竟然与自己完全没有血缘关系……这是怎样伟大的情感和多么善良的灵魂？

而她作为女儿，一直享受着无私的爱，却从没给予他们相应的回报，她总想逃离父母的“监管”，寻求所谓的自由。直到如今头破血流，才哭着回来求安慰，这是多么自私、多么任性。

“椏椏，我们瞒了你这么久，你怪爸爸妈妈吗？”母亲慈爱地抚摸着黎椏的头发，“我真的非常害怕你知道这件事后会怪我们，会离开我们，都是我们太自私了，你有知道自己身世的权利……”

“不，您就是我的妈妈，爸爸就是我的爸爸……”黎椏含着眼泪难过地说。

她突然懂了那个一直以来困扰她的梦，是的，那个神秘的空间，是当年父母捡到她的纸箱，而她世界里的那些人就是路过停车场的人，也只有婴儿，是看不到自己的身体的，原来如此，原来如此……

母亲紧紧地抱住黎椏，眼泪流了下来。

当然，这是一个注定不平静的夜晚，黎椏的父亲虽然一直没有出现，但是他躺在床上，一直未能入眠。他眼眶湿润地看着窗外，月光一如 27 年前那个夜晚一样皎洁、温柔，似有抚平一切伤痕的魔力，默默地注视着夜幕下这躁动的人世间中悄悄发生的一切。

他也有一个没有说出口的秘密，手术后的妻子痛不欲生，而他意外得知就在同一天，一个19岁的女孩未婚生育后，把孩子遗弃在了医院。他买通了护士，制造了这场“偶遇”。

这世上哪有那么多意外和巧合，多数是人为的秘密堆砌起的善意假象。谎言，只要以善意打底，就不再邪恶；秘密，若有保护的对象，就值得一生缄口。

想想这近30年的美满和幸福，他觉得一切都值得。

6

洛小鸥像发现了新大陆一样冲着洛宁跑了过来：“哥，哥，太好了！”

洛宁皱着眉头说：“你又怎么了？”

“看啊，快看，我没想到你还挺有心计的。”

洛宁接过手机来，看到了云盘里存储的他之前跟林嘉嘉拍过的照片，照片中林嘉嘉穿得暴露，和洛宁非常亲密。洛宁都不记得这是什么时候拍的照片了，经历了这么多事，他有种恍若隔世的感觉。

他拿着手机，看了半天，说不出来一句话。

“哥，你看傻了？”洛小鸥拍了拍洛宁的肩膀，神秘地说，“这可是绝好的证据，天助我也。”

“你想干什么？”

“你别管了，我有办法帮你就行了。”洛小鸥胸有成竹地把手机拿走，满脸得意。

洛宁一下子明白过来洛小鸥的意思，他说：“你把话说清楚。”

“我要帮你报仇。”洛小鸥像个孩子一样天真地说。

“你要拿照片威胁她？你实在太低估她了，她不会受你威胁的，她什么都不在乎。”洛宁摇摇头。

“试试看呗，万一她愿意花钱把照片买回去呢？”

“我想和黎桠再见一面。”洛宁说，“这也许是我们最后一次见面了。”

洛小鸥说："你一定要把握机会，这可是最后一搏了。"

"还有机会吗？"

"她肯见你，就是有机会。我这几天给你找的恋情挽回术你看了吗？找准战略、战术，一举逆袭呀。"

"没心情，顺其自然吧。"

"打起精神来，万一黎椏姐姐原谅你了，一切不就重启了吗？"

"原谅？"洛宁笑了一下，"除非出现奇迹吧。"

"如果黎椏姐姐执意要跟你分手，你就听我的，执行第二套方案，让林嘉嘉把钱还你。"

"洛小鸥，我说过无数次了，还钱这件事不可能。我现在只想保留最后的一点点尊严。"

"你们都分手了，尊严有什么用，还是讲究点实际吧。"

"你快点收拾行李，我们准备离开了。"

"我搞不懂，林嘉嘉那么坏，把你害得这么惨，你怎么总是对她心慈手软？你就不恨她吗？"

"恨她也没用，算了吧。"洛宁简单地说完，推门出去了。

7

休息了几天的黎椏感觉自己精神好多了，奇怪的是，从母亲口中得知了自己的身世后，她没有在真相里崩溃，也没有因此而承受更大的伤害。相反地，她把这件事消化完了之后，突然之间就感觉自己的世界天高海阔了。就像一口积郁胸腔已久的浓痰，忽然被抽了出去，身体内诸恶消散，病痛全无。

她曾经跟白沧海讨论过为什么通过催眠，她会被唤醒婴儿时代的往事，白沧海认为，其实婴儿期未必没有记忆。只不过很多记忆后来被覆盖了，一旦有适当的机会，它就会再次浮现。

"可是，这些记忆究竟去了哪里？难道大脑是一个选择性存储的仓库？有些记忆被压在箱底，有些却时刻活跃，经年不散？就算如此，那选择的机制又是什么呢？伤痛的记忆难道不该是最为深刻的吗？会不会大脑还有一个保护机制，排列出创伤的等级，藏匿或者展示随等级而定？”

黎桠完全被这套神奇的防御及筛查系统给迷住了。为此，她查阅了很多的相关资料，从前她略有耳闻的一些学说、学派，如今因为兴趣都被她关联研究起来。学术理论的夯实再加上这一年多来工作经验的积累，以及白沧海的鼓励和引导，黎桠决定正式研修心理学。

此后，黎桠和白沧海还有过一次比较有趣的对话。

那天是一个阳光晴朗的午后，白沧海带了百合花来看望在家休养的黎桠，黎桠看到花，心情很不错，当场就剪枝修叶，插在了漂亮的花瓶里。

白沧海见黎桠有了笑容，身体也恢复得很不错，觉得挺开心的：“经历了这么多之后，有什么新的感想？”

黎桠说：“人生如梦，不管美梦还是噩梦，都不是永恒不变的。各种复杂的感受交替，可能就是人生吧。”

“我说过你是一个有悲观情结的乐观主义者。我跟你正相反。”

黎桠抬头看向白沧海，忽然觉得对方好陌生，如果说曾经她对他产生过一丝心动，此时此刻，面对试图去解析自己的白沧海，她竟然一丝探索的欲望都没有了。

“控制情绪确实是一个强者的终身课题，当你完全不被低落掌握，不因兴奋失控，就成了真正的赢家。反过来，那些情绪的奴隶，究其根本，是心智太过软弱。”

“偶尔的失控也并不是失败，人活得太无懈可击，也蛮无趣的。”黎桠接嘴道。

“没错。”白沧海笑笑说，“我还带了一份失恋情绪研究报告来，看起来似乎没必要给你了。”

“什么报告？”

“是一个国外的心理学家，针对万名因失恋导致情绪问题的人，做的一个追踪报告，试图解析失恋伤害问题和治愈方法，非常实用。”

“可以给我看看。”

“你看上去已经完全走出失恋的阴影了。”

“你认为我的情绪问题单纯是因为失恋吗？”

“应该是其中很大的一个因素吧，情绪的崩塌都是有诱因的，就像山洪暴发前的一点震颤，拉扯到了内部的核心，组成了毁灭的全部。”

“你呢，你的内部核心，一定很牢固吧。”

“我也有我的问题，我总是怕别人失望，于是也就揽下了很多的责任，久而久之就变成了一种负担。大家都认定你是阳光，你就要时刻保持光芒，太阳还有日夜交替的时刻，我却只能一直发亮。”

“不发亮又怎样？不当太阳又为什么不行？为什么总在别人的眼光中活着？”黎桠说，“你可知，别人偶尔经过，对你投去的也许不是满心的希望，只是无意间的一瞥。你为此拼命照耀，而对方也许早时过境迁，完全不在意了。你亮不亮，暗不暗，与人无关，只是虐己。”

黎桠的话令白沧海若有所思，又怅然失落，整个下午，他的情绪都因为这几句话而沉入谷底，再也没有往常灿烂的笑脸。

白沧海临走的时候，忽然问了黎桠一个很敏感的问题：“当你知道自己的身世后，有想过寻找亲生父母吗？”

黎桠非常坚定地摇了摇头。

白沧海有些不解：“你不好奇他们是谁，为什么做出抛弃你的决定吗？”

“我不关心他们是谁，也不想知道当年发生了什么。我们之间的缘分可能只是我借助他们的身体来到这个世界上，但本质上来说，他们和我只是陌生人。而我的养父母，他们不仅救了我的命，还给了我养育的恩泽，陪我成长、教我做人，呵护我至今，这才是世界上最隆重的恩情。”

白沧海点了点头，欲言又止。

“你好像有话想说？”黎椏说。

“怎么说呢？你好像又变回了理智冷静的黎椏老师。”

“变回？我曾经变成了什么？”

“有一段时间……也许是我的错觉吧，我觉得你柔软、脆弱，像个迷路的小女孩一样无助……”

黎椏平静地看着白沧海。

“那时候我觉得自己有责任去照顾你、关心你、帮助你……现在想来是我自不量力，像你说的，也许没人要我发亮，而我却为此殚精竭思，你刚才的话点醒了我。”白沧海的话吞吞吐吐，从没见过他如此没有自信的样子。

黎椏原本想安慰他一下，但转念一想，所有人的坚强都需要自己去建设，她不想再做任何人的精神依靠，也不想再将自己的软弱交付给任何人，于是便作罢。

看着白沧海失落地离开，黎椏内心曾经燃起过的，那不切实际的小火苗彻底熄灭了。此刻的她，越发能够判断出，当初对白沧海的“心动”，仅仅是手握炸弹浑身发抖的自己对安全的渴望。而当她周身平稳、处境安全的时候再次观察才发现，她向往的光亮，只是他向全世界发出的光，他竟然以为自己是太阳。

8

这天，洛宁给黎椏打电话，约她见面，她很爽快地答应了。

见面的地点是洛宁选的，在一个露天的酒吧。地方比较偏僻，黎椏开着导航找了半天才找到，这是她在家里蜗居两周后第一次出门。

当天太阳非常好，肆无忌惮地照在黎椏身上，把她整个后背都烤暖了，像是在为她做物理治疗。充足的光照和安稳的休息交替，黎椏已经完全摆脱灰暗状态，甚至有点神采奕奕了。

时间真是神奇，仅仅过了十几天，却像更换了新天地，一切都不同了，包括她看到洛宁的时候，所有的爱恨情仇一笔勾销，她放下了怨恨，也看淡了感情，只像是见到了一个久未谋面的老朋友。

洛宁显然还没走出来，他蓬头垢面，精神萎靡，气色很差，曾经自信满满的他，像是被抽去了灵魂般，已经完全丧失了在这段关系里的主动权。如一只等待命运宣判的无助小兽，连目光都黯然了。

“你还好吗？”洛宁这句话说出来，自己都想笑。

当年看到电影里，久别重逢的恋人问出这句话，他只觉得肉麻。如今他才明白，唯有这句开场白是合适的。

洛宁要了一瓶酒和两个杯子，给黎椏倒满，却忘了倒自己的。

黎椏也帮他倒了酒，整个过程表情平和，无悲无喜，情绪稳定，但她始终没有开口。

洛宁观察着黎椏的状态，说：“你看起来状态还可以。”

“休息得不错。”

“那就好。”洛宁说完，再次沉默了，此时似乎什么话题都不适合。

沉默持续了一小会儿，洛宁小心翼翼地问：“你还在生我的气吗？”

黎椏说：“我说我原谅你了，你相信吗？”

洛宁说：“你说我就信。”

黎椏说：“我们不必再谈过去的恩怨，还是谈谈眼前的事情吧。”

“你决定跟我分手了？”

“否则怎么可能原谅你。”黎椏笑了，如此轻松。

“说的也是，刚才我看你这么平静地走过来，就知道我已经不在你的选择里了。”

“你有什么打算吗？”

洛宁摇摇头，手指摆弄着酒杯，他说：“分手对你来说是一件好事，你终于解脱了；对我来说，却是一个噩梦。这些日子，我心里特别难受，做什么都提不起精神来，不知道以后的日子怎么过。以前我太自信了，总觉得自己能掌控一切，如今才明白，我失去了最重要的东西，而且已经没有机会了。”

“找一个合适的时机重启人生吧，你一直很聪明，相信很快就会找到。”

洛宁自嘲地笑了一下，说：“别再讽刺我了，我知道自己错了。”

黎桠说：“对和错都不重要，重要的是未来的日子，该怎么去规划和布置。”

洛宁笑了笑，端起被太阳晒得发热的酒，一饮而尽，他看着黎桠说：“既然这是最后一次谈话，不如你也为我做一回情感顾问，听听我的故事吧。”

黎桠点了点头，笑了。

洛宁说：“我们俩认识这么多年了，我竟然从来没有给你讲过我的家庭、我的经历。选在分手的时候谈这些，是不是有点太蠢了？”

“没关系的，我今天的时间交给你，如果你想说，我愿意听。”

“好，那我开始讲了。”洛宁陷入了一阵长久的酝酿中。

黎桠静静等他恢复平静，等他在分手时刻讲出自己的故事。

“我家住在一个偏远的小镇上，那里有多穷呢？来这座城市之前，我甚至没有见过五层以上的楼。

“我父母都是农民，小时候生活很艰难，后来把我妹妹送到县城姑姑家，生活质量才有了一点改善。姑姑对妹妹很不错，所以她的个性比较活泼，古灵精怪的，我就不一样了，我吃过太多苦，内心的阴暗面很大。父母辛苦劳作，却连基本生活都很难维持，这种日子太可怕了，我想离开家，到外面的繁华世界里去。

“但这个梦想太奢侈，太难实现，很长一段时间我觉得自己这辈子都走不出这片土地了。少年时期的我一直活得很压抑，太过压抑就会产生怨恨，终日胸中苦闷，怨天尤人。贫穷给了我很多的苦难，也让我开始寻找突破的捷径。

“我第一次尝到甜头是在念中学的时候，那是我谈的第一场恋爱。说是恋爱也不算很恰当，那个女孩是当时镇上比较有钱的一户人家的女儿，长得不算好看，但是为人非常慷慨。记得当时我过生日，她送了我一块手表，那是我生平第一次收到生日礼物，我高兴得不得了，几天几夜都没有睡好觉。对于那时候的我来说，手表是一件太奢侈的东西，也就是那一次，我意识到——原来恋爱就可以不劳而获。

“这个发现令我兴奋不已，我接连谈了几个女朋友，都是相似的情况，她们在不同程度上都给我带来了好处。但这些都不是我的终极梦想，我不可能只甘愿在本地娶个小有财富的女人过一辈子，我要去更大的世界，去寻找梦想。”

“你的梦想是什么？”

“那时候的梦想很简单，想离开落后的故乡，想摆脱贫困的日子。我讨厌那里的一切，讨厌乡音、讨厌土地、讨厌亲戚朋友，我没有任何故乡情结，那里对我来说是人生中要甩掉的污点，我要改变它。

“说出来你肯定会笑，第一次来到这座城市的时候，我眼花缭乱，甚至过马路都不知道走斑马线，但我知道，这就是我要的生活，我要的世界。我没有钱，也没有什么技能，钱只够住地下室。地下室没有窗户，不透风，夏天热得要死，冬天又冷得要死，周围邻居都是跟我一样的穷人，他们不讲究卫生，走廊里永远弥漫着一股恼人的怪味。生活环境还没有我在家乡的时候好，至少那时候我可以经常呼吸到新鲜的空气。但是，每当我想到外面的高楼大厦，我就能说服自己，只要忍耐，就会有奇迹发生。”

说到这里，洛宁看了黎桠一眼，问道：“你还记得我们是怎么认识的吗？”

黎桠回答道：“躲雨。”

“我以为你不记得了。”洛宁笑了，“那天我结束打工回地下室休息，没承想碰巧遇到你像个落汤鸡似的站在屋檐下，鬼使神差地我就走了过去。”

黎桠说：“那天其实是我跟前任男朋友分手的日子。”

“你看，不光你不知道我的故事，我也不知道你的故事。”

“是啊，当天我跟他分手之后很伤心，就在城市里漫无目的地瞎走，没想到天降大雨。我当时觉得连老天爷都在跟我作对，原本想在雨里疯狂发泄一下，但还是没勇气，怕感冒，所以看到最近的一个可以避雨的屋檐，就走过去了。”

“你避雨的那个屋檐下，就是我当时住的地下室。”

“原来如此，真是很巧。”

“是很巧。”

“你对我第一印象是什么？”黎桠笑着问。

“说实话，没有特别的印象，就是看到一个女孩在避雨，湿漉漉的，挺可怜。”洛宁诚实地说。

“知道我对你第一印象吗？”

“不知道，应该不会很好。”

“第一眼看到你，觉得你浓眉大眼，身材高大，特别有安全感。”

“我竟然都不知道。”洛宁很意外，说着，居然感觉眼睛有点湿润，“对不起，让你失望了。”

黎桠的眼眶也红了，她说：“我当时很天真地觉得，你在我分手这天出现，也许就是天意。”

“当时我们聊了好久。说到了那场雨，说到了寿喜烧，我记得你当时说，这么冷的天，就应该听着大卫·鲍伊吃寿喜烧。说实话，我当时都不知道大卫·鲍伊是谁，更不知道寿喜烧是什么，只觉得你挺有意思，所以很直接地问你要不要一起吃饭。”

“对，我们一起去吃了寿喜烧，那顿饭治愈了失恋带给我的坏情绪。”

“其实我当时兜里根本没有钱，如果最后要我埋单，我只能分期付款。”

“那顿是我请的，因为是我提出来吃寿喜烧的，为了感谢你陪我淋雨，又请你吃了顿消夜，那天雨一直没停，我们也一直没分开。”

“我被你的落落大方和慷慨打动了，你丝毫没有介意埋单的事，那天晚上的花销，是我地下室三个月的房租。其实我当时真的很害怕，因为我连一顿面都请不起。”

“原来我才是老天给你送来的小富婆。”黎桠笑着开起了玩笑。

“谢谢你，黎桠。”洛宁由衷地说，“这几年，你对我一直很好，这种好就像是一个有毒的温室，让我忘了当年的苦难，忘了地下室的潮湿，忘了那些咬牙切齿地誓愿，也许遇见你透支了我所有的好运吧。”

“算了，不要再回忆了，到此为止吧。”黎桠叹了口气，不想再继续说了。

洛宁点了点头，从兜里拿出了钥匙，放在黎桠面前：“我已经把行李收拾好了，今天晚上就会搬走。”

“不用着急，你可以继续住一段时间，你妹妹还在呢，让她安心地玩一段时间吧。等你把一切安顿好了再走也没关系。我目前想把更多的时间用来陪伴父母，暂时不会回去。”

洛宁也点了点头，说：“这几年，我林林总总向你借了不少钱，这几天我大概地列了一下，可能短时间内无法完全还清，但是我一定会尽快把这笔钱还给你。欠条和清单都在这里，你可以看看。”洛宁说完，把一个信封交给了黎桠。

黎桠嘴唇动了动，终究没有说出一句话。

“好了，就到此为止吧。”洛宁把一切都交代好了，深深地吐了口气，看着黎桠，“好好照顾自己，我会常常看你的节目的。”

黎桠说：“直播和诊所我都暂时不去了。”

“为什么？”

“我在没有足够的专业能力的时候，贸然闯进了一个领域，撞得浑身是伤才发现自己的软弱和缺失。现在我打算一边调养身体，一边攻读心理学，如果有一天我有足够的专业和自信，也许还会继续做情感咨询，去分担千万人的烦恼和痛苦。”

“你一定行的，你善良、仁慈、有耐心，能够帮助很多人，非常了不起。”洛宁说，“希望你忘记我带给你的所有伤害，好好调整身体，找一个真正疼爱你的人。”

还想再说什么，却又觉得没必要了，感情走到了这里，人生也有了新的转折，他们交会过，此刻该是离别的时候了。

出租车来的时候，黎桠跟洛宁说，她也有个东西要给他，晚上到家他应该就可以收到。洛宁点点头，看着黎桠上了车，车门一关，绝尘而去，冲入茫茫人海中，再也看不见。洛宁站在车水马龙的路上，看着一个个行人经过眼前又消失，仿佛这个世界都跟他不再有任何关系，他觉得像是整个人都被挖空了一般难过。

这一别，将是永诀了吧？

尾声

也许不是结局

灯光一亮，录制间所有的人都激动万分。

今天是黎桠重新回归直播的日子，距离她上次离开，已经过去整整一个月，而今天，也正好是她加入《危情现场》一周年的日子。为了迎接和庆祝黎桠的回归，节目连续三天打出了“黎桠老师暂别多日，强势回归”的预告。

消息一出，台里的报名热线都被打爆了，很多人都想在黎桠首次回归的节目里与她同台，甚至还有人打电话来问候她的健康状况，并且表达对她的想念。曾经接受过她帮助的人，特意给节目组发来了快递，给黎桠送来了各种表示感谢的礼物。

苏霏把这些问候一一转达给了黎桠，黎桠听着这些来自陌生人或只见过一两面的人的关怀和问候，内心暖流如注，这一刻，她觉得自己是世界上最幸福的人。

久别重逢，苏霏为她安排的案例也有点不同，走的是“温情唤归”路线。

当事人是一个伤心欲绝的妈妈，几天前，她 16 岁的女儿突然写了封信离家出走，原因是她爱上了一个流浪歌手，打算跟着他去浪迹天涯，让父母不用再找她。这件事给父母造成了沉重的打击，母亲在节目里呼唤女儿早点回家。

看着泪流满面、容颜憔悴的母亲，黎桠深有感触：“每个做儿女的都曾经想逃脱家的束缚，逃离父母的怀抱，去寻找心目中的理想国，去实现自我，以为远方才是港湾，以为陌生才是真爱。只有当我们遍体鳞伤、绝望无助的时候，才看得到家永远为我们亮着灯，父母永远敞开温暖的怀抱。不要伤害这无私的爱，不要头也不回地离开最安全的地方，不要寄情于漂泊无根的情感，把你最好的爱回馈给家人，回报给给予你安全的人，守护好自己所得，这是任何事物都无法取代的福分。”

直播结束，观众离场，黎桠换下舞台装束后重新走回了演播厅，望着空旷的大厅有些恍惚。

就在此刻，她收到了一条信息，是洛宁发来的，他说：“我回家探望父母了，你说的很对，家是我们的根，是我们漂泊无依时，永恒的安全港。谢谢你，黎桠，你是我在这个城市最美好的记忆。”

黎桠笑着读完信息，心里默默地祝福他“一路顺风”，但并没回复消息。她走出了演播厅，乘坐电梯下楼，在电梯厢内四面的镜子里，她看到了自己崭新的笑脸、崭新的气场、崭新的信念、崭新的希望。

在这万物渐寂、万家灯火长明的深夜，她迫不及待地想要回家，家里，爸爸依然在认真地读着书，妈妈已经给她煮好了消夜，热气腾腾的洗澡水也在等着赐她一个芬芳的美梦，美好的一天即将这样收尾。

此刻的洛宁，正在返乡的火车上。

对面是叽叽喳喳一直说个不停地洛小鸥，即将要回家的她似乎忘记了她在这城市经历的所有故事。她兴高采烈地看着窗外，一排排的树木，一座座的村庄，就这样飞驰着跟她别过。回家的兴奋席卷了她的全身，她不停地说话，天南海北、上天入地，年轻人从来没有真正的烦恼，因为随时随地都可以重新开始。

洛宁敷衍地听着她的话，其实什么都没有听进去，他手里一直拿着黎桠给他的信封，那里是他写给黎桠的借款清单和欠条，黎桠在见面的当天下午给他发了快递，原封不动地还给了他。

这个城市对很多人来讲，冰冷又陌生，却对他充满了善意和厚待，只是他把所有的恩赐都浪费了。

洛宁想，这次的别离一定不是结束，等他调整好自己，找回失去的自信，找到人生的方向和真正的理想，他会再次回来，回到这个深爱他也是他深爱的城市中。眼前，先回去看看父母，听听久违的乡音，住住久别的村庄。

未来，值得期待。